1,-

ANNE B. RAGDE

Der Muttermörder

W0388302

Buch

Als Petter beinahe ein kleines Mädchen umbringt, weil es ihn zu Doktorspielen verführen will, lehnen die Pflegeeltern des Sechsjährigen jede Verantwortung ab, er kommt in ein Heim. Obwohl man vermutet, dass ihn seine Mutter missbraucht hat, scheint aus ihm schließlich ein ganz normaler junger Mann zu werden: tierlieb, nett und hilfsbereit. Aber Petter hasst alles Unvollkommene. Petter hasst kranke, übel riechende Frauen. Und sie ziehen ihn magisch an. Polizeikommissar Hansen ermittelt im Mordfall an einer unauffälligen jungen Frau, die sehr krank war. Es gibt keine Verwandten. Einen Freund hat sie gehabt, aber an den kann sich Siri, die Vermieterin der Ermordeten, in die sich Hansen auf den ersten Blick verliebt hat, kaum erinnern. Die Zeit drängt, denn der Mörder hat schon das nächste Opfer im Visier: eine kranke junge Frau ...

Autorin

Anne B. Ragde, geboren 1957 im westnorwegischen Hardanger, wohnt noch heute in dieser Stadt. Die erfolgreiche und beliebte Kinder- und Jugendbuchautorin legte 1992 in ihrer Heimat einen ersten Band mit Kriminalerzählungen vor, der von der norwegischen Kritik enthusiastisch gefeiert wurde. Heute sind Anne B. Ragdes Krimis in ihrer Heimat Bestseller.

Von Anne B. Ragde bei Goldmann lieferbar:

Mord in Spitzbergen. Roman (43681)

Anne B. Ragde

Der Muttermörder

Roman

Übersetzt von Gabriele Haefs

GOLDMANN

Die Originalausgabe erschien 1999
unter dem Titel »Lille Petter Edderkopp«
bei Tiden Norsk Forlag, Oslo

Umwelthinweis:
Alle bedruckten Materialien dieses Taschenbuches
sind chlorfrei und umweltschonend.

1. Auflage
Deutsche Erstveröffentlichung Januar 2004
Copyright © der Originalausgabe:
1999 Tiden Norsk Forlag A/S, Oslo
Copyright © der deutschsprachigen Ausgabe 2004
by Wilhelm Goldmann Verlag, München,
in der Verlagsgruppe Random House GmbH
Umschlaggestaltung: Design Team München
Umschlagfoto: Wolf Huber
Satz: deutsch-türkischer fotosatz, Berlin
Druck: GGP Media, Pößneck
SR · Herstellung: Sebastian Strohmaier
Made in Germany
ISBN 3-442-44958-8
www.goldmann-verlag.de

Für Eva

Der kleine Petter …

DER SANDKASTEN WAR VIEL ZU KLEIN, er musste ihn ganz und gar ausnutzen. Niemand sonst durfte auch nur einen Fuß hineinsetzen.

Der Sandkasten war zu einem Boot geworden, zu einem Bild, einem Gesicht, das er aus verschiedenen Karton-Stücken zusammenbaute. Während der Arbeit dachte er die ganze Zeit an sie. Daran, wie weich sie gewesen war. Und wie schön. Und er dachte viel über die Tatsache nach, dass er am Leben war. Er. Und nicht sie. Dass er am Leben war, obwohl sie nicht mehr lebte. Dass die Erwachsenen sich gewaltig geirrt hatten.

Er schaute zu den nackten, schmutzigen Gesichtern hoch, die ihn umgaben. Ihre Körper warfen Schatten, der Sand lag im Dunkeln, abgesehen von einem schmalen Streifen kalter Sonne, der quer über den mit Wasser gefüllten Joghurtbecher fiel. Der Becher stand genau in der Mitte, er hatte das mit den Händen ausgemessen und ihn dann, ohne etwas zu verschütten, in den Sand gebohrt. Und er hatte auch darauf geachtet, dass kein Sand ins Wasser geriet, es musste doch sauber sein. Eigentlich schwamm in diesem Wasser eine ertrunkene Katze, aber das wusste außer ihm niemand.

»Petter weint«, sagte eine Stimme.

»Warum weinst du?«, fragte eine andere.

Er hatte Stücke aus einem Milchkarton gerissen und wie einen Stern um den mit Wasser gefüllten Becher gelegt. Und er hatte am Abend zuvor den Rest von Sussis Trockenfutter in seinen Rucksack gesteckt, niemand hatte das gemerkt. Jetzt lagen die Stücke in einem großen Ring um die rotgefleckten Fetzen aus Milchkarton. Sie hatte Milch geliebt, immer hatte sie ihren Napf leer getrunken.

Seine Gummihose raschelte, wenn er sich bewegte. Er hatte hinten beim Zaun weiße Steine gefunden, die legte er nach außen. Sie waren unterschiedlich groß, und einige waren eher grau, aber er hatte eben nur sie, und eigentlich sahen sie gut aus. Am Sandkastenrand zeichnete er eine lange Reihe von kleinen Kreuzen in den Sand. Er hätte sie gern größer gemacht, aber dazu war nicht genug Platz. Er hätte auch gern einige Dosen mit Ölsardinen hingelegt, in jede Ecke eine.

Sie hatte immer laut miaut, wenn sie so eine Dose entdeckte, einfach bei ihrem Anblick, wenn jemand sie in der Hand hielt. Er hatte die Dosen nie für sie öffnen dürfen; Tante Lise glaubte, er könnte sich schneiden, wenn er den langen, komischen Schlüssel herumdrehen und aus dem Dosendeckel eine Metallwurst machen dürfte. Aber immer hatte er die Dose auf den Boden setzen dürfen, und dann hatte er zugesehen, wie sie sich zuerst hinlegte und sozusagen zusammenfaltete, Schwanz, Pfoten und alles, um dann langsam zu fressen anzufangen, mit offenem Maul, so dass er sehen konnte, wie ihre schmalen, weißen Eckzähne sich durch silbrigglänzende Fischhaut und dann ins Fleisch hineinbohrten.

Du bist so fein, mein Sussilein.

Sie hatte eine Sardine nach der anderen aus dem Öl gezogen, hatte sie über den Dosenrand gezerrt und auf den Boden fallen lassen. Dann wurde der Fisch ausgiebig beschnuppert, angefangen beim Kopf und weiter bis zu dem kleinen Schwanz. Danach aß sie sich vom Schwanz zum Kopf vor. Auch die, die sie mit dem Kopf zuerst aus der Dose zog, wurden so verzehrt, von hinten. Sie kaute immer abwechselnd auf einer Seite, schob die Sardine nach rechts, wenn sie ein wenig auf der linken Seite gekaut hatte.

»Was ist hier eigentlich los?«

»Petter baut«, sagte eine Stimme.

»Und das wird richtig schön«, sagte eine andere.

»Und dabei weint er die ganze Zeit«, sagte eine dritte.

Der Schatten wurde tiefer, höher. Petter scharrte nicht mehr im Sand. Alles zerfiel. Jetzt passierte es. Er hatte damit gerechnet, dass Erwachsene kommen würden, es überraschte ihn, dass es erst jetzt passierte. Er hatte damit gerechnet, dass alles zerstört werden würde, hatte gewusst, dass jede Minute zählte, aber das spielte keine Rolle; ihm war wichtig gewesen, alles zu planen und mit der Arbeit anzufangen, nicht, dass es von Dauer sein sollte, dann hätte er es an einem geheimen Ort gemacht, den andere nicht fanden. Im Wald. Hinter dem Haus von Tante Lise und Onkel Jan, oder weit weg in einem fremden Land. Auf einem anderen Planeten. Dort, wo der *kleine Prinz* wohnte, über den in dieser Woche im Kindergarten vorgelesen wurde.

»Petter?«

Er schaute nicht auf. Nicht, als er gefragt wurde, was er hier mache. Nicht, als diese Frage wiederholt wurde. Und schon gar nicht, als er daran erinnert wurde, dass ein Sandkasten in einem Kindergarten ein Ort ist, an dem alle spielen können, nicht nur ein einzelner Junge.

Der erste große Fuß trat drei Stücke Trockenfutter in den Sand. Der Schuh war blau. Der nächste Fuß stieß den Becher mit dem Wasser an, der Becher fiel jedoch nicht um. Auch dieser Schuh war blau. Und plötzlich hockte ein ganzer Mensch vor ihm. Berit. Ein großer Körper, der nach Erde und grüner

Seife roch, mit Händen, die sein Gesicht streichelten, während sie ihre Fragen wiederholte.

»Was ist los, Petter?«

»Es ist so dunkel hier«, sagte er.

SIE WAR SO WUNDERBAR GEWESEN, dass er anfangs nicht geglaubt hatte, etwas so Wunderbares könne lebendig sein. Sie hatte die Augen geschlossen und öffnete sie auch nicht, als Onkel Jan sie in seine plötzlich ausgestreckten Arme legte.

Er hielt sie fest. Er hatte schreckliche Angst davor, sie loszulassen. Er spürte die Stöße eines winzigen Herzens, sein rasches Pochen. Sie war lebendig. Hinter dem weißen Fell mit dem schwarzen Tupfen auf dem einen Ohr.

Dann gähnte sie. Das winzigste Maul der Welt öffnete sich und zeigte rosa Glätte und Sauberkeit und winzige weiße Stacheln, bei denen es sich vermutlich um Zähne handelte. Ihr Gaumen war geriffelt, wie der Sand am Strand bei Ebbe, und ihre Zunge war weiß belegt, mit, wie er später herausfand, einer Art Fell aus Widerhaken, die ein scheußliches Geräusch machten, wenn sie seine Wange leckte. Ihr Maul war so klein, dass er kaum die Spitze seines kleinen Fingers hineinstecken konnte.

Tante Lise und Onkel Jan standen über ihm; er merkte, dass ihnen sein Staunen und seine Freude gefielen. Ohne hinzusehen, wusste er, dass sie Blicke und vielleicht auch ein Nicken wechselten. Er hatte gelernt, sie zu durchschauen. In dem Jahr, das er bei ihnen verbracht hatte, hatten sie bewiesen, dass sie nicht gemein waren. Selbst als er krank und schlapp gewesen war und sie mit ihm hätten machen können, was sie wollten, hatten sie ihn in Ruhe gelassen. Aber sie hatten ja auch einander zum Kuscheln und brauchten ihn nicht.

Er schmiegte sein Gesicht an sie, sie zappelte mit den Beinen. Sie duftete nach Wind und Vanille.

»Ist die für mich?«

»Ja. Weißt du nicht mehr, dass wir zu Heiligabend darüber gesprochen haben? Als du den Film über den Jungen gesehen hattest, der einen Hund bekam? Wir haben gesagt, dass du ein Tier haben kannst, wenn du sechs wirst? Einen Fisch oder einen Vogel oder so?«

Tante Lise hatte sich vor ihn gehockt. Ihr Gesicht war weit offen, und wenn er jetzt etwas ganz Gemeines sagte, dann würde es zerbrechen. Er sagte nichts Gemeines. Er sagte:

»Das ist aber kein Fisch und kein Vogel. Das ist eine Katze.«

»Du musst einen Namen für sie finden«, sagte Onkel Jan. Der Onkel blieb stehen, er ging nicht in die Hocke, er hatte einen wehen Rücken.

»Ist das … eine Katzenfrau? Oder ein …«

»Das ist ein kleines Miezenmädel«, sagte Onkel Jan. »Glauben wir. Wenn sie so klein sind, kann man das nicht immer so leicht sehen.«

»Sussi«, sagte Petter.

»Sussi? Ooooo, was für ein schöner Name«, riefen die beiden wie aus einem Munde, Tante Lise richtete sich wieder auf. Und jetzt wusste er ganz genau, dass sie nickten und Blicke tauschten. Jetzt hätte er etwas Gemeines sagen und damit den Augenblick unter seine Kontrolle bringen müssen, aber zum zweiten Mal verzichtete er darauf.

»Und sie gehört mir«, fügte er hinzu. Er hörte die beiden lachen. Sie lachten auf eine glückliche, glucksende Weise, und kleine Speicheltropfen flogen aus ihrem Mund, ohne dass das eine Rolle spielte.

Er legte den Kopf in den Nacken und lächelte zu ihnen

hoch. Sussis Herzchen pochte, sie zappelte, um sich aus seinem Griff zu befreien, aber er hielt sie fest.

»Sussi«, sagte er noch einmal und lächelte so sehr, dass seine Kiefer weh taten. Und noch einmal: »Sussi.«

Es hätte jetzt gut getan zu weinen, aber er weinte nicht. Er setzte Sussi auf den Boden und sah zu, wie sie wie ein Ball über das Linoleum sprang. Sie steckte in ihrem Fell. Dahinter. Er schaute zur Tür. Die war geschlossen.

»Aber wenn sie wegläuft«, sagte er.

»Sie muss ein paar Tage im Haus bleiben«, erwiderte Tante Lise. »Bis sie begriffen hat, dass sie hier wohnt. Dann läuft sie nicht weg. Dann weiß sie, dass sie dir gehört.«

Er lief aufs Klo. Er schloss die Tür ab. Er weinte in seine Hände, ganz leise, und das tat gut. Sussi gehörte ihm. Er hatte ihr einen Namen gegeben. In ihr gab es ein Herz, er hatte einmal ein Fischherz gesehen, und Sussis sah wahrscheinlich ähnlich aus. Und später, wenn er die Tür öffnete und aus dem Klo zum Vorschein käme, würde sie da sein.

BERIT HAVNEN war keine ausgebildete Vorschullehrerin. Sie war einfach auf dieser Stelle hängen geblieben, nachdem sie einmal eine Vertretung übernommen und die Studierten erkannt hatten, wie gut sie mit den Kindern umgehen konnte, obwohl sie nicht einmal Kinderpsychologie oder Sprachentwicklung oder effektive Konfliktlösung durch Grenzerprobung gelernt hatte. Sie besaß nicht ein einziges Stück Papier, das ihr Geschick im Umgang mit Kindern beweisen konnte, aber dieses Geschick hatte sie. Deshalb war sie nun schon seit Jahren hier, für ein Gehalt, das für ein Taschengeld und ein paar Lebensmittel ausreichte, für mehr aber auch nicht. Sie hatte einen gut verdienenden Mann, einen Mann, der sie versorgte, und sie musste nicht zu Hause sitzen und die Vorhänge anstarren und die Stunden zählen, wohl wissend, dass sie diese Stunden nicht vernünftig nutzte.

Ihre Freundinnen, die jetzt ebenfalls auf die Fünfzig zugingen, begriffen nicht, wie sie den Lärm und den Stress im Kindergarten aushielt. Von außen gesehen fand sie das auch seltsam. Aber den Lärm überhörte sie; er war zu einer Geräuschkulisse geworden, wie das Gerede im Hintergrund, wenn sie im Café saß und sich auf ihr Gegenüber konzentrierte, zu einer Untermalung, die nur dann Aufmerksamkeit erregte, wenn etwas nicht stimmte. Eine winzige Frequenzänderung in einem Ruf sagte ihr, dass hier erwachsene Assistenz gefragt war; ein zu plötzlich einsetzendes Weinen wies daraufhin, dass ein Kind gefallen war oder sich auf andere Weise wehgetan hatte.

Aber an diesem Tag war es die Stille, die sie herumfahren ließ, als sie ihre Finger in Blumenerde gebohrt hatte, um die Wurzeln zu betasten, um zu prüfen, ob die Pflanzen umgetopft werden mussten, obwohl es dazu schon viel zu spät im Jahr war. Das ungewöhnlich heftige Gewitter vor einigen Wochen hatte so viel Erde aus den Blumenkästen gespült, dass fast nur noch Wurzeln übrig waren. Vorher hatte sie an den Film gedacht, den sie am Vorabend gesehen hatten, einen Film der Regisseurin Anja Breien, bei dem es um eine Erbauseinandersetzung ging. All das Ungesagte zwischen den Menschen, all die schwarzen Löcher, alle Bitterkeit, die in Form von Ansprüchen auf Silber und Krimskrams und Eckschränke zum Ausbruch kam, all die ungeweinten Tränen und der Mangel an Liebe und Respekt in der Familie. Das hatte den größten Eindruck auf sie gemacht, das Fehlen von Liebe. Und daran dachte sie, während ihre Fingerspitzen feststellten, dass die

Pflanzenwurzeln wie dicke Taurollen in den Kästen lagen, Wurzeln, die gegen die Topfwände drückten und ausbrechen wollten, wachsen, mehr Nahrung in sich aufnehmen. Sie entschied trotzdem, nur Erde nachzufüllen und mit dem Umtopfen bis zum Frühling zu warten. Dann war die Stille da, und die war nicht richtig, und sie fuhr herum und wischte sich energisch die Hände ab, um sie sauber und zugänglich zu machen.

Im Sandkasten ging etwas vor.

Mehrere Kinder standen im Kreis um den Sandkasten herum. Die Herbstsonne zwischen ihren grellbunten Overalls warf harte Schatten. Einige Kinder lutschten am Daumen, wie dann, wenn sie ihnen vorlas. Das verriet ihr, dass die Kinder etwas beobachteten, ohne aktiv daran teilzunehmen. Es verriet ihr auch, dass sie von diesem Anblick völlig in Anspruch genommen waren.

Berit Havnen war keine, die hart und laut mit Kindern sprechen musste. Doch als sie jetzt hinüberstürzte und über die kleinen Köpfe hinwegblickte und versuchte, das Szenario im Sandkasten zu deuten, war ihre erste Empfindung Angst, wie vor etwas Unbekanntem, für das sie keine unmittelbare und automatische Reaktion hatte. Und deshalb reagierte sie so: »WAS IST DENN HIER LOS?«

Eine Antwort erhielt sie nicht. Die kleine Gestalt mit dem Stöckchen in der Hand bückte sich, und die Kreuze im Sand waren parallel zum Sandkastenrand gezeichnet. Er hatte sich große Mühe gegeben, das hatte Zeit verschlungen. Seltsam, dass ihr das nicht früher aufgefallen war. Die Kinder erzählten, dass er weinte. Sie hätte gern sein Gesicht gesehen. Das Gesicht des kleinen Petter. Die dunkelblauen Augen, die so viel in sich versteckten. Sie hatte diesen Jungen lieb gewonnen, besonders lieb, wie das passiert, wenn uns bewusst wird, dass ein anderer Mensch leidet. Sie kannte nicht die ganze Geschichte, die verdammte Schweigepflicht des Jugendamtes sorgte dafür, dass die, die sich um verletzte Kinder kümmern sollten, nie wirklich erfuhren, wie es zu dieser Verletzung gekommen war. Deshalb konnte sie sie nur mit Liebe, Geborgenheit und gelegentlich mit erwachsenem Verstand überschütten und hoffen, dass etwas wie ein Pflaster wirkte, an die richtige Stelle kam, heilte. Und sie hatte den Eindruck, dass er sich verändert hatte, in dem Jahr, seit er gekommen war, seit das Jugendamt ihn seiner Mutter weggenommen und zu Pflegeeltern gegeben hatte. Sie hatte aus einem Gespräch zwischen der Kindergartenleiterin und Leuten vom Jugendamt das Wort »missbraucht« aufgeschnappt, das war alles.

Aber sie hätte gern sein Gesicht gesehen, und deshalb beschloss sie, zu ihm in den Sandkasten zu klettern, auch wenn sie damit sein Werk zerstörte, ehe sie ihm erklären konnte, dass es zerstört werden musste. Sie stieg über die Kante und begann mit einer Strafpredigt darüber, dass das nicht richtig war, dass der Sandkasten für alle Kinder da war, dass kein einzelner kleiner Junge einen so wichtigen Spielort allein mit Beschlag belegen konnte.

Sein Gesicht war nass und verschlossen. Als strömten die Tränen aus ganz besonderen Öffnungen, nicht aus traurigen Augen. Er erwiderte ihren Blick, hielt sich aber an einem anderen Ort auf. Er sagte, es sei dunkel, als sie fragte, was ihm fehle. Dunkel. Diese Antwort sagte ihr nichts. Sie löste das Problem, indem sie für alle Heißwecken holte und für Petter eine leere Plastiktüte, in die er die Reste seines Werkes legen konnte. Er gehorchte und leerte den Joghurtbecher langsam über dem Sand aus. Eine tiefe, feuchte Grube entstand.

»Petter sagt, das ist ein Grab«, rief ein anderes Kind und zeigte auf diese Grube.

»Iss du deinen Heißweck«, erwiderte Berit Havnen. Sie wünschte, er wäre schmutziger oder müsste aufs Klo. Dann hätte sie mit ihm ins Haus gehen, hätte ihn auf den Schoß nehmen und das Lied über den kleinen Spinnenmann singen können, über Petter, der niemals aufgab. Der auf die Sonne wartete, die ihn wärmte, um dann noch einmal hochzuklettern. Er war ein kleiner Optimist, und Petter hörte dieses Lied gern; wenn sie die Wörter ganz dicht vor seinem Ohr formte, ihn in ihren Armen wiegte, seinen Geruch in sich aufnahm, versuchte, ihn in ihrer Umarmung zu verbergen, in ihrem Herzen.

Aber er war nicht schmutzig.

»Musst du Pipi machen, Petter?«, fragte sie.

»Nein.«

Andere Kinder waren jetzt in den Sandkasten geklettert, eins zeichnete am Rand kleine Kreuze.

»Hör auf damit«, sagte Berit Havnen streng.

»Aber Petter, der …«

»Hör auf, und iss deinen Heißweck, bald kommt deine Mama dich abholen.«

Wie schon so oft ertappte sie sich bei der Überlegung, auf welche Weise eine erwachsene Frau einen fünfjährigen Jungen missbrauchen könnte. Sie hatte mit ihrem Mann darüber gesprochen, er hatte das Wort »Inzest« verwendet. Aber Berit Havnen hatte eingewandt, das bedeute eine Beziehung zwischen Geschwistern oder vielleicht zwischen Vater und Tochter. Sie hatte versucht, sich darüber durch Bücher zu informieren, sich bestätigen zu lassen, dass es wirklich passierte. War es denn möglich, dass Petters Mutter ihren eigenen Sohn benutzt hatte, um sich sexuelle Befriedigung zu verschaffen?

Sein Pimmelchen konnte nicht der Grund gewesen sein. So ein kleines, runzliges Jungenschwänzchen diente doch nur zum Wasserlassen: Berit Havnen wusste nicht einmal, ob es einem Fünfjährigen gefällt, daran herumzuspielen, obwohl sie einige Male gesehen hatte, wie die kleinen Glieder steif wurden, wenn sie daran zogen, im Sommer, wenn die Kinder leicht bekleidet waren.

Aber dass eine erwachsene Frau einen kleinen Kinderpenis als sexuell erregend betrachten konnte? Sicher hatte sie seinen Mund benutzt. Berit Havnen musste sich zusammenkrümmen, um ihr Blut in ihren Kopf strömen zu lassen, wenn sie für einen Moment daran glauben, es sich vorstellen konnte. Sie hätte sich erbrechen mögen. Rasch verdrängte sie das Bild, um alles wieder unbegreiflich, unmöglich, unwirklich werden zu lassen.

Die Sonne war kalt, aber es war trotz allem eine Sonne. Dennoch empfand Berit Havnen einen Stich von der Dunkelheit, über die Petter gesprochen hatte, einer Dunkelheit, die nichts mit dem Fehlen von Sonne und mit der Sehnsucht nach Sonne zu tun hatte, sondern mit einem Ort, wo die Frage nach dem Licht nicht mehr gestellt wird, weil niemand mehr Licht erwartet. Mit einem Fehlen von Liebe, bei dem es um sehr viel mehr geht als um eine Erbauseinandersetzung. Mit einer Dunkelheit, die saugt und pocht, die die Zeit in Fetzen reißt, die alles Schöne und Geborgenheit Schenkende zerschlägt, einer Dunkelheit, die immer irgendwo vorhanden sein und warten wird, einem eigenen Organismus aus Hoffnungslosigkeit, da der eine Mensch, auf den wir uns verlassen haben, so, wie wir uns darauf verlassen, dass der Erdball nicht unter unseren Füßen verschwindet, da dieser eine Mensch die Sonne in die Hand genommen und zerquetscht hat.

Fast unmerklich war Sussi gewachsen. War innerhalb einiger Monate zu einer erwachsenen Katze geworden. Ihr Fell wurde auf dem Rücken ein wenig gröber, war unter dem Bauch und unter dem Kinn jedoch so weich wie eh und je. Nachts schlief sie in seinem Bett, und sie war bei ihm, wenn er draußen spielte. Wenn er sie suchte und sie nicht sofort entdeckte, machte er sich Sorgen.

Ihre Augen waren das Wichtigste. Hinter diesen Augen war Sussi. Er starrte sich daran schwindlig, wäre so gern in die gelbe Wärme mit dem senkrechten schwarzen Spalt in der Mitte gekrochen, der nicht gefährlich war, weil er zu Sussi gehörte. Onkel Jan gab ihm eine Lupe, und er konnte sie sich genau ansehen. Die Spalte. Das Loch in der Mitte, die Wimpern, die es umgaben. Glatt in der Mitte, weich an den Rändern. Er versuchte sie an der glatten Stelle zu streicheln, aber Sussi wand sich aus seinen Händen und sprang auf den Boden. Er träumte von ihr, zeichnete sie, badete sie, fütterte sie, streichelte sie, liebte sie, ohne wirklich zu wissen, dass hier von Liebe die Rede war.

Es regnete an dem Tag, als er Tante Lise am Telefon sagen hörte: »Petter kann ohne diese Katze nicht leben.« Sie ließ diese Worte zu Lachen werden und schaute dabei liebevoll zu Petter herüber. Er lief aus dem Haus und rief: »Sussi!«

Sie kam angesprungen, miaute irgendwo im Garten.

Kann ohne sie nicht leben.

Konnte er das wirklich nicht?

Sie presste ihren Kopf in seine Hände und rieb sich mit halb geschlossenen Augen an ihm. Auf ihren Lippen waren die Eckzähne zu sehen. Ihr Schwanz peitschte hin und her, ihre Pfoten waren feucht vom regennassen, frischgemähten Rasen, kleine grüne Grashalme klebten daran.

»Das werden wir herausfinden«, sagte er. »Hab keine

Angst, du.« Er durfte nicht zum Brunnen hinter der Garage gehen. Er brauchte lange, um den Stein wegzurollen, der auf dem Holzdeckel lag. Eine kleine Spinne lief weg, als er den Deckel zur Seite schob, leise, damit niemand es hörte. Die Spinne krümmte sich zu einer schwarzen Lakritzpastille zusammen und verschwand im Gras.

Er nahm sie auf den Arm. Sie ließ sich bereitwillig hochheben und schnurrte erwartungsvoll. Danach packte er eine Pfote, nur die eine Pfote, und warf sie über den Brunnenrand. Sie hing an der einen Pfote fest und war anfangs ganz still. Eine Hummel flog über seinen Kopf, sie schien sich zwischen den Regentropfen im Zickzack zu bewegen.

Der Brunnen war schwarz, und unten auf dem Boden glitzerte etwas. Der ganze Brunnen war blank. Er ging sehr tief hinunter in die Erde. Sussi krümmte die Pfote, die er hielt; krümmte sie in einem scharfen Winkel und kratzte ihn. Sie miaute jetzt schon lange. Die drei anderen Pfoten versuchten die Pfote zu fangen, an der er sie festhielt. Sie kratzte; das tat weh; er ließ los. Die Hummel kam zurück, vielleicht war es auch eine andere Hummel. Etwas fiel platschend ins Wasser. Es miaute. Es schrie.

Er leckte die Kratzer und wartete auf den Tod. Aber er starb nicht. Nicht einmal dann, als das Wasser im Brunnen wieder ganz blank geworden war, und das hatte wirklich sehr, sehr lange gedauert. Er konnte ohne sie leben. Obwohl der Brunnen sehr dunkel und sehr tief war, konnte er ohne sie leben. Sie hatten wieder gelogen, die Erwachsenen.

Er schob den Deckel zurück, wurde aber mit dem Stein nicht fertig. Er legte kleinere Steine auf den Deckel. Langsam ging er ins Haus und sagte »ja«, als Tante Lise wissen wollte, ob er hungrig sei. Als sie sich nach Sussi erkundigte, schwieg er. Sie stellte keine weiteren Fragen.

Zwei Wochen vergingen. Onkel Jan wartete darauf, dass jemand Sussi am Straßenrand entdeckte und sie informierte. Tante Lise wartete darauf, dass sie zur Tür hereinkäme, »als sei überhaupt nichts passiert.« Petter wartete nicht. Er weinte viel, wenn es niemand sah, obwohl er gar nicht weinen wollte. Er zeichnete nicht, aber er träumte. Und als Berit aus dem Kindergarten Tante Lise von den Kreuzen erzählte, die er in den Sand gezeichnet hatte, sagte Tante Lise: »Er ist einfach außer sich im Moment, seine Katze ist verschwunden, der Arme. Ohne diese Katze konnte er doch nicht leben.«

»Doch«, flüsterte er, aber das hörten sie nicht. »Das stimmt nicht. Ich kann das doch.«

»Möchtest du eine neue?«, hatte Onkel Jan gefragt, doch er hatte den Kopf geschüttelt, und Onkel Jan hatte ihn auf den Schoß genommen und an sich gedrückt, bis beide dazu keine Lust mehr hatten.

Langsam ging es Petter auf, dass er allein war. Niemand gelangte hinter sein Gesicht. Und er selber entschied, was nach draußen gelangte. Es reichte, nichts zu sagen und sein Gesicht flach und leer zu machen, und niemand stocherte in dem herum, was er für sich behalten wollte.

Die Welt war *alle.* Und die Kinder, mit denen er ab und zu spielte, waren *jemand.* Das, was er dachte, tat und träumte, wurde *alles.* Sussi war *verschwunden.*

Aber er lebte. Er konnte im Kopf Wörter bilden, ohne sie von seinem Mund laut aussprechen zu lassen. Er konnte ganze Sätze bauen, von denen niemand erfuhr. Er konnte Tante Lise in die Augen schauen und dabei sagen: *Sussi ist tot im Brunnen Sussi ist tot im Brunnen Sussi ist tot im Brunnen.*

Sie hörte es nicht. Sein Gesicht war so dick, dass kein Geräusch hindurchdrang. Sie nahm ihn auf den Schoß und gab ihm einen Kuss.

In seinem Körper war er ebenfalls allein. Er spürte sein Herz hämmern, vermutlich irgendwo in seinem Bauch. Wenn er rannte, spürte er es im Hals. Das Blut. Sein eigenes Blut. Wenn er hinfiel und blutete, konnte er etwas davon sehen, einige Tropfen. In der übrigen Zeit war es nur sein eigenes geheimes Blut, an das niemand dachte; es gehörte ihm. Er hatte Knochen und Fleisch und Fingernägel, und alles gehörte ihm. Er entschied selber, ob er ging oder stand, ob er schnell oder langsam lief. Er versuchte den Atem anzuhalten, bis es hinter seinen Augen wehtat und er Luft schnappen musste. Das ärgerte ihn. Dass er nicht selber bestimmen konnte, ob er atmete oder nicht.

Er durfte Sara berühren, ihre Wange, und sie lächelte ihn an. Er tat ihr Leid, weil er seine Katze verloren hatte. Sie fragte, ob er traurig sei, und er nickte, weil er wusste, dass sie das wollte. Sie sagte, sie werde ihn trösten, und drückte ihn an sich, so wie Berit das machte. Und er küsste sie mitten auf den Mund. Er wusste nicht, warum er das machte, er hätte es lassen können, aber er ließ es nicht. Sie hatte Rotz unter der Nase, er bekam Rotz auf die Lippen, das war ekelhaft, er musste lange husten und sich die Lippe reiben.

Sara zeichnete für ihn große Herzen, mit rosa Buntstift. Er sah, dass Berit darüber lächelte. Sie versteckten sich in dem großen Korb mit den Sachen, mit denen sie sich manchmal verkleideten. Er wollte nicht mehr küssen. Er wollte ihr nicht mit den Fingern zwischen den Beinen herumstochern, obwohl sie das verlangte, und obwohl er sich vorstellen konnte, dass sie anders aussah und ein kleineres Loch hatte als eine erwachsene Frau. Er nahm ihren Geruch wahr, diesen leisen, ekelhaften Geruch von etwas Süßem und Feuchtem und Warmem. Er bekam ganz viel Spucke in den Mund und wollte aus dem Korb klettern, doch da fragte sie schnell: »Darf ich mal deinen Pimmel anfassen?«

Sie durfte seinen Pimmel anfassen. Sie drückte ihn vorsichtig. Sie sagte, er sei klein. Er schaute an sich hinunter und stimmte ihr zu. Er war wirklich ziemlich klein.

»Der wird größer«, flüsterte er. »So groß wie der von Onkel Jan. Wenn ich erwachsen bin.«

Licht fiel durch den geflochtenen Korbdeckel, sie hörten die Stimmen der anderen Kinder, und Berit rief: *»Petter! Petter! Wo steckt mein Spinnenmann?«*

»Pst«, flüsterte Sara. »Der wird größer.«

Sein Pimmel fing an, zwischen ihren Fingern zu wachsen.

»Ich will nicht«, flüsterte er. »Lass mich los.«

Sie ließ nicht los.

»Lass los!«

Sie ließ los.

»Bist du sauer? Hat das weh getan?«

»Jetzt ziehen wir uns an.«

Er wollte aus dem Korb raus, aus dem Haus, wollte oben auf der Rutsche sitzen, ohne loszurutschen. Wollte hinter seinem Gesicht allein sein.

Berit fragte, wo sie gesteckt hätten.

»In der Küche«, sagte Sara. Er sagte nichts. Ging in die Garderobe und zog seinen Nylonanorak an.

»Es regnet«, sagte Berit.

»Ich will draußen sein. Bis M … bis Tante Lise kommt.«

Die Luft stank. Wie der Kompost des Hausmeisters. Im Kompost hausten lange Regenwürmer. Die krümmten sich auch dann noch, wenn sie durchgetrennt wurden. Wenn jemand in die Metallrutschbahn Wellen machte, würde sie aussehen wie ein Garagendach. Der Himmel war glatt und grau und hatte hinten ein blaues Loch. Durch dieses Loch schien die Sonne auf einen weit entfernt gelegenen Berg. Er hätte gern gewusst, wie dieser Berg hieß. Er hätte gern gewusst, ob dort Menschen wohnten. Leute, die sich über die Sonne freuten. Er dachte, dass er sich wehtun würde, wenn er sich auf der anderen Seite der Rutschbahn fallen ließe und auf den Boden aufprallte. Und dann würde er einfach weinen müssen. Das würde schön sein.

Der Regen zeichnete Streifen auf das Metall der Rutsche. Die Regentropfen jagten um die Wette nach unten. Und jetzt kam Sara. Auch sie hatte sich angezogen. Sie hatte einen Regenanzug, gelb mit blauen Vierecken, sie sah aus wie eine Zeichnung.

»Wollen wir nicht …«, sagte sie.

»Nein«, sagte er.

Sie kletterte zu ihm hoch und setzte sich.

»Du darfst nicht reden, wenn du hier sitzen willst«, sagte er.

»Kacke und Pisse«, sagte sie und lachte.

»Dann musst du gehen.«

»Ich will nicht still sein.«

Sie fand die beiden niedlich, und Berit Havnen freute sich darüber, dass Petter eine so enge Beziehung zu einem anderen Kind aufrechterhalten konnte. Sie beobachtete sie nun seit Tagen und hatte sich zuerst Sorgen gemacht, als ihr aufgegangen war, dass die beiden im Kleiderkorb steckten, auch wenn sich alles geklärt hatte, als sie seinen Namen gerufen hatte.

Doch als Berit Havnen sich später zu erinnern versuchte, wie Petter reagiert hatte, als Sara von der Rutschbahn gefallen war und sich zwei Milchzähne abgebrochen hatte, war ihr das nicht möglich.

Sara hatte geweint und stark geblutet. Nicht Petter hatte das Unglück gemeldet. Ein anderes Kind hatte das Weinen durch das Fenster gehört.

Sie suchten im Sand nach den Zähnen, konnten sie aber nicht finden.

Berit Havnen erschrak über das viele Blut und fragte Sara streng, wie sie es geschafft habe, von der Rutsche zu fallen, wo es doch auf der Rückseite breite Treppenstufen und ein Geländer zum Festhalten gab. Aber Sara hatte nur geweint. Und war dann ins Krankenhaus gefahren worden, weil festgestellt werden musste, ob die Lippenverletzung genäht werden müsste, damit sich später keine Narbe bildete. Petter wurde etwas später von seiner Pflegemutter abgeholt. Sie fragte Petter, ob er Sara gestoßen habe. Diese Frage provozierte Berit Havnen, und sie sagte mit scharfer Stimme: »Natürlich nicht, sie sind doch unzertrennlich, Petter und Sara.«

Petter sagte nichts. Und deshalb überlegte Berit Havnen, wie er reagiert hatte, als Sara auf dem Boden saß, heulend und blutüberströmt. Sie konnte sich nicht erinnern, dass er geweint oder etwas gesagt hatte. Er hatte offenbar still daneben gestanden und keinerlei Reaktion gezeigt. Sie fuhr Petter über die Haare und sagte: »Sara ist bald wieder ganz gesund. Nur ein paar Tage, dann ist sie wieder bei uns.«

Ihr grauste vor der Diskussion, die auf Saras Sturz folgen würde.

Eltern wollten immer, dass ihre Kinder im Kindergarten zu

hundert Prozent vor allem geschützt waren. Physische Naturgesetze sollten nicht gelten. Niemand durfte sich schneiden, fallen, sich wehtun. Auf jeden Fall nicht mit sichtbaren Folgen. Denn dann hatten der Kindergarten und seine Angestellten versagt, nicht die wirkliche Welt. Zu Hause, in Gesellschaft der Eltern, war alles möglich, hier jedoch nicht. Zu Hause konnten die Kinder sich Angelhaken in die Finger bohren, sich mit glühend heißem Kaffee übergießen, Kautabak essen, weil sie ihn für Süßigkeiten hielten, mit Feuerzeugen spielen und sich im Badezimmer mit Rasierklingen schneiden. Das waren dann Dinge, die *Kinder eben tun,* und nicht etwas, das Kindergartenangestellte zu verhindern haben.

Berit Havnen hätte die Eltern erwürgen können, wenn sie mit vorwurfsvoller Miene festgestellt hatten, dass ein Kind sich im Kindergarten verletzt hatte. Am liebsten würden sie die Kinder in eine gepolsterte Zelle sperren, wenn sie zur Arbeit gingen, und dann vergessen, dass diese Kinder existierten. Aber Berit Havnen nahm nicht an solchen Diskussionen mit den Eltern teil, dazu war sie ja nicht ausgebildet. Sie hielt den Mund und überließ der Kindergartenleiterin, der jungen, studierten Elisabeth, die Aufgabe, die Eltern zu beruhigen. Im Esszimmer jedoch machte sie ihrem Ärger Luft.

»Sollen wir den Boden mit Watte polstern? Sollen wir an jedem Spielgerät alle scharfen Kanten wegfeilen? Sollen wir den Kindern nur kalten Kakao servieren, damit sie sich nicht verbrennen können, wenn sie zu schnell trinken? Sollen wir sie vor dem normalen Leben schützen, damit sie niemals leben lernen?«

»Aber, aber«, sagte Elisabeth dann. »Natürlich machen die Eltern sich Sorgen. Vergiss nicht, dass viele ohnehin ein schlechtes Gewissen haben, weil sie so wenig mit ihren Kindern zusammen sind.«

Doch, Berit wusste das alles nur zu gut. Sie wusste auch, dass das Gequengel nach wenigen Tagen verstummte. Wenn die Wunde verheilt und vergessen war. Bis vielleicht ein Kind in Westnorwegen im Kindergarten ein Brett auf den Kopf bekam und die Zeitungen Großaufnahmen von der Wunde im Hinterkopf brachten und alle Eltern heimlich den Spielbereich nach Brettern absuchten. Oder einem Rechen. Wie der, an dem sich ein Kind in Finnmark verletzt hatte. Und wie jetzt: eine zwei Meter hohe Rutschbahn mit solidem Geländer, das doch nicht solide genug war.

Wenn Kinder fallen wollten, dann fielen sie.

ALS SARA ZURÜCKKAM, DURFTE er vorsichtig ihre Lippe berühren. Er hatte das Blut hinter dem Haus gesehen, aber jetzt hatte sich alles wieder geschlossen, war fast verheilt. Das Blut drehte und drehte sich um das Herz mitten im Körper, ohne loszulassen.

»Du hast mich gestoßen«, sagte sie. »Aber ich habe nichts verraten.«

Sie wollte wieder in den Kleiderkorb. Sie wollte kuscheln. Er wollte nicht. Sie wollte sich wieder ausziehen. Er wollte nicht. Er ging nach draußen und setzte sich zu den kleinen Kindern, die es nie satt bekommen, Eimer mit Sand zu füllen und sie dann umzudrehen. Die Eimer hatten unten im Boden ein Muster, und das Muster zeichnete sich im Sand ab. Das fanden sie offenbar toll. Sie ließen ihre Finger über das Muster wandern, ehe sie es zerstörten. Er half ihnen.

»Ich sag's«, hörte er hinter sich Saras Stimme.

»Tu das nicht«, sagte er, ohne sich umzudrehen.

»Komm«, sagte sie. »Sonst sag ich's.«

Hinter dem Kindergarten lag ein winziges Wäldchen. Es war kein echter Wald, das wäre viel zu gefährlich gewesen. Aber trotzdem stellten die Bäume eine Art Wald dar, obwohl vorausschauende Erwachsene alle unteren Äste abgesägt hatten, um Klettereien zu verhindern. Der Boden war durch die Tannennadeln hellbraun, und das Licht des Himmels fiel in Streifen durch die Baumkronen.

Für Berit Havnen war das Ganze überhaupt kein Wald, sondern eine kultivierte Baumsammlung, die auf pädagogisch einwandfreie Weise von allem befreit worden war, was vielleicht gefährlich sein könnte. Kein Bach. Keine großen Steine, von denen Kinder fallen oder gegen die sie mit der Stirn stoßen könnten. Keine Abhänge. Nur flacher Boden mit Bäumen und vielleicht hier und da einer krummen Baumwurzel, die beim Stolpern für einen sanften Fall sorgte. Außerdem war es nicht groß genug für einen Wald, aber sie wusste natürlich, dass für Kinder alles größer aussieht als für Erwachsene. Für ein Kind war diese Nadelbaumsammlung durchaus mit einem Wald zu verwechseln.

Sie sah sie zu den Bäumen gehen. Sie freute sich, dass sie einander an den Händen hielten. Die Kinder spielten dort nur selten. Ihnen waren offenbar der Sand, den sie formen konnten, und die Spielgeräte in den grellen Farben lieber. Aber wenn Tannenzapfen von den Bäumen fielen, sammelten sie die in ihre Eimer. Und im zeitigen Frühling lugte das ein oder andere Leberblümchen zwischen den Tannennadeln hervor. Im Winter lag dort kaum Schnee, und dann konnten sie Sommer spielen. Aber jetzt war der Wald wie ausgestorben. Wenige Tannenzapfen, keine Leberblümchen. Nur zwei Kinder, die Hand in Hand zwischen den Bäumen verschwanden.

Aber sie verschwanden gar nicht. Alles, was im Wald geschah, war sichtbar, wenn man genau hinschaute. Dass sie gerade an diesem Tag verschwanden, lag daran, dass Berit und eine der anderen Erwachsenen anderweitig beschäftigt waren. Die andere Erwachsene stellte fest, dass ein kleines Kind sich in die Hose gemacht hatte, während Berit Havnen den Zeichentisch aufräumte. In der Tür begegnete ihr Elisabeth, die gerade nach draußen wollte.

»Im Westen nichts Neues«, sagte Berit munter zur Kindergartenleiterin.

Sie war guter Laune. Sie fühlte sich geliebt. Sie ertappte sich bei dem Gedanken an die Frauen in ihrem Alter, die allein lebten und sich damit abfinden mussten, dass es dabei wohl bleiben würde. Sie dagegen war seit fünfundzwanzig Jahren in ihren Mann verliebt. Am Vorabend hatten sie zusammen Spaghetti gekocht, Rotwein getrunken und im Kamin ein Feuer gemacht, obwohl es nicht kalt war. Sie hatten zwei Sofadecken geholt und sich heftig und erfahren vor den Flammen geliebt und dann später überlegt, ob sie zu Weihnachten verreisen oder das Geld lieber in einen flotten Ford Granada investieren wollten. Berit wollte verreisen. In den Süden, diesen undefinierbaren Ort ganz unten in Europa, der in vielen Ländern liegen konnte, ganze Flugzeugladungen von Menschen wurden in den Süden geschafft, es wurden immer noch mehr. Sie kamen mit braunen Karaffen mit Messingbesatz zurück, die würzigen Likör enthalten hatten, und sie hatten Fotos von sich selber beim Schweinefest, aufgenommen von professionellen Fotografen. Ganze gebratene Schweine wurden verteilt, während die Gäste johlten und sangen und sich auf eine Weise gehen ließen, die zu Hause undenkbar war. Aber Berit Havnen träumte nicht von den Schweinefesten. Sie stellte sich ein großes, warmes Hotelzimmer vor, wo die Vorhänge sich träge in der sanften Brise bewegten und den Alltag auf eine

Armlänge Distanz hielten. Einen Ort, wo die Zeit nichts mit der nächsten Sekunde zu tun hatte, sondern mit der Sekunde, in der man sich gerade befand.

Danach dachte sie an Petter. Sie dachte in letzter Zeit sehr viel an ihn. Sie dachte an ihn, um ihrer eigenen Zufriedenheit zu entkommen. Dachte an sein Leben, wie es verlaufen würde. Sich entwickeln. Er hatte sich nach dem Verschwinden seiner Katze verschlossen, war still und blass geworden. Sie hatte sich früher an diesem Tag sein Gesicht angesehen, als er Saras Lippe berührt hatte, und sie hatte den Ausdruck in seinen Augen nicht deuten können. Wenn sie es nicht besser gewusst hätte, hätte sie ihn als Hass definiert. Aber obwohl sie die kindliche Entwicklung nicht studiert hatte, verwarf sie diese Möglichkeit. Es war kein Hass, es musste Schmerz gewesen sein, er hatte sich in Saras Schmerz hineingelebt, hatte gespürt, wie weh so eine geplatzte Lippe tut. Die Wunde hatte nicht genäht werden müssen, sie war sozusagen geklebt worden.

Sie packte die Zeichnungen zu einem Stapel zusammen und wollte gerade die Buntstifte in ihre Schachteln legen, als der Schrei ertönte. Ein schrilles Geheul, das Berit Havnen die Buntstifte aus den Händen riss und ihre Knie zittern ließ, als hätten sie sich plötzlich mit schwappendem Wasser gefüllt. Mehrere Sekunden lang blieb sie regungslos stehen. Nur der Atem bewegte sich in ihrer Brusthöhle, das Herz schluckte in schweren Stößen literweise Blut, die Buntstifte fielen mit leisem Klirren auf den Boden. Die Entfernung zwischen dem Zeichentisch und dem offenen Himmel war riesig, sie musste die Ellbogen benutzen, um vorwärts zu kommen, musste sich anstrengen und schaffte es doch fast nicht.

Die Kinder schauten zum Wald hinüber. Der Schrei war verstummt. Aber obwohl er nicht mehr vorhanden war, hatte sie ihn als Elisabeths Schrei erkannt. Elisabeth war nicht zu sehen. Berit Havnen rannte um die Ecke. Der Atem steckte ihr in der Kehle fest, hatte sich in einen Angelhaken mit Widerhaken verwandelt. Sara lag auf dem Boden. Petter stand daneben und sah sie an. Elisabeth war neben Sara auf die Knie gefallen. Sara bewegte sich nicht. Blut. Ihr Kopf, an der Schläfe und weiter oben in den Haaren, war blutverschmiert. Ein Hosenbein war aus dem Gummistiefel gerutscht; sie kriegt Tannennadeln in den Stiefel, dachte Berit Havnen und brach in Tränen aus.

»Schaff ihn ins Haus! Lass ihn nicht aus den Augen«, heulte Elisabeth.

»Ihn …? Petter?«

»Schaff Petter ins Haus und hol einen Krankenwagen.«

»Aber Petter ist doch nicht … Das ist doch Sara, die …«

»Schaff ihn ins Haus, hab ich gesagt!« Elisabeth schaute zu ihr hoch. Ihr Gesicht war weiß, ihre Lippen waren grau, auf beiden Seiten der Nasenwurzel hatte sie grüne Falten in der Haut. Berit Havnen dachte an die Buntstifte, die noch immer auf dem Boden lagen, jemand konnte darauf treten, sie zerbrechen.

IHR HALS WAR SO weich gewesen. Dort, wo im Nacken die Haare der Haut begegneten, hatte er sich angefühlt wie Katzenfell.

Du bist so fein, mein Sussilein …

Er hätte gern seine Wange an die weiche Stelle geschmiegt und daran geschnuppert, aber plötzlich war es zu spät gewesen. Ihre Worte quengelten und forderten, ihre Augen ließen seine nicht los, sie pressten sich hinein wie riesige Finger. Und bald würde sie auch seine Zunge haben wollen.

Er hatte sich umgedreht, die spielenden Kinder betrachtet und dann wieder Sara angesehen, die noch immer redete. Ihr Körper war so klein. Ihr Kopf nicht größer als ein Tennisball. Wenn er sich das richtig überlegte, dann war er wohl viel größer als sie. Und stärker. Aber sie redete. Sie wollte nicht aufhören, sie wollte wieder in den Kleiderkorb, sie hörte nicht zu.

Er wusste, dass der Atem, mit dem man atmet, derselbe ist, mit dem man redet. Wenn man den Atem zum Aufhören brachte, dann würden sicher auch die Worte aufhören.

Im Moment zeigte Elisabeths Gesicht nicht, dass sie studierte Kinderpsychologin war, deren Regale dermaßen mit Büchern über das Verhalten Sechsjähriger vollgestopft waren, dass nichts sie überraschen konnte.

Petters Pflegemutter, Lise, weinte hemmungslos. Elisabeth, die die Verantwortung trug, musste immer wieder ihren Rücken streicheln. Lises Mann Jan saß mit Petter draußen im Auto und wartete.

Sie versuchten zu verstehen. Das Einzige, was sie wirklich wussten, war das, was Elisabeth gesehen hatte: dass Petter mit festem Griff um Saras Hals immer wieder ihren Kopf gegen einen Baumstamm geschlagen hatte.

»Bestimmt hatten sie vorher Streit«, sagte Elisabeth.

»Das arme, arme Mädchen«, stöhnte Lise, und Berit Havnen hätte sie schlagen mögen. Sie sagte jedoch: »Vielleicht sollten Sie jetzt nach Hause fahren, damit Petter zur Ruhe kommt. Und sich dann an den Psychologen vom Jugendamt wenden, den Sie erwähnt haben.«

Er sass ganz still im Auto, registrierte seine Knie und die Art, wie seine Hände darauf ruhten. Der Kindersitz wärmte seinen Rücken. Noch immer nahm er den Geruch von Blut und den Geschmack ihrer Zunge wahr. Sie würde sicher sterben. Er wollte, dass sie starb, er konnte ohne sie leben.

»Ich begreife gar nichts mehr«, sagte Onkel Jan. »Und Tante Lise weint nur.«

Er gab keine Antwort. Und nun kam sie, setzte sich ins Auto, sie fuhren los.

Berit stand auf der Treppe vor dem Kindergarten. Er würde nie wieder herkommen, würde sie niemals wiedersehen.

»Ich möchte eine Katze«, sagte er.

Tante Lise drehte sich um, ihr Gesicht sah aus wie eine Karnevalsmaske. Er hörte die Wörter nicht, die sie sagte, sie waren zu laut, um gehört zu werden, sie spuckte dabei kleine Tropfen aus, eine Tropfendusche, in ihren Mundwinkeln hingen Schaumfetzen. Onkel Jan fuhr an den Straßenrand, hielt den Wagen an, legte die Arme um sie und flüsterte ihr ins Ohr. Auch diese Wörter konnte er nicht hören, obwohl er sich Mühe gab.

»Eine Katze«, sagte er noch einmal.

Onkel Jan nahm Tante Lise fester in den Arm, hielt sie zurück, fing sie ein. Er selber umklammerte seine Knie noch energischer und ließ nicht los. Würde niemals loslassen, sich selber niemals loslassen. Es tat gut zu spüren, wie der Atem in seinem Hals auf und ab glitt, obwohl es im Auto zu sehr nach Zigaretten und nassen Stiefeln roch. Und ein wenig roch es jetzt auch nach Tränen.

Es würde gut tun, sich erbrechen zu können, den Autoboden und vielleicht auch ein wenig seine Hose vollzukotzen. Es würde nach Erbrochenem riechen, alle würden diesen Geruch erkennen.

Und er wollte sie gern sehen. Wie sie jetzt aussah. Unten im Wasser.

Sicher war sie sehr nass. Und verwest. Vielleicht verfault, wie Essen, mit grünen, weißen Punkten. Diese Punkte waren schön, wenn man sie genauer ansah, mit kleinen, grünen Stängeln. Sie sahen aus wie Pilze, die aus einem Fellbüschel wuchsen.

Ab und zu gab es auf dem Brot solche Punkte. Und Erwachsene aßen einen Käse mit fauligen, grünen Flecken und fanden das lecker. Er sah sie mit solchen Punkten vor sich, sie hatte sie auch auf den Augen, in der Mitte, wo früher das Gelbe gesessen hatte.

»Eine Katze«, flüsterte er und starrte aus dem Fenster.

Onkel Jan ließ den Motor wieder an und fuhr ruckhaft los. Tante Lise weinte ganz still. Jetzt konnte er es hören.

»Er ist verletzt, sicher hat ihn das alles ziemlich kaputtgemacht.«

»Es ist so grausam, dass ich zerbrechen könnte, wenn ich nur daran denke«, sagte Berit Havnen. »Und ich glaube nicht, dass diese Pflegeeltern viel Ahnung haben. Vielleicht wissen sie ebenso wenig wie wir, was er erlebt hat.«

»Es gibt nicht viele, die Erfahrungen mit Pflegekindern haben. Das Schlimme ist, dass überhaupt solche Eltern gebraucht werden.«

Sie hielt seine Hand umklammert und spielte mit einem Lederknopf an seiner Strickjacke. Sie kam sich klein vor, so klein wie Petter, wie Sara, wie der kleinste Blutfleck auf ihrer Schläfe.

»Sie wird doch wieder ganz gesund«, sagte er.

»Als ob das ein Trost wäre.«

»Pfui, hör mal«, sagte er. »Das darfst du nicht sagen. Sie hat doch wirklich viel abgekriegt.«

»Du weißt doch, was ich meine. Die Wunde wird verheilen, und sie wird sich wahrscheinlich kaum daran erinnern, was passiert ist. Für sie wird es leicht, mit ihren Gefühlen umzugehen. Ihr wird erzählt, dass Petter gemein zu ihr war, ganz einfach. Und das zieht keinem Menschen den Boden unter den Füßen weg. Aber Petter ... der muss doch damit leben ...«

»Dass er das getan hat«, sagte er.

»Genau.«

Sie hatten wieder Feuer im Kamin gemacht. Und sie hatte sich in eine der Decken gewickelt, auf denen sie sich so gern liebten. Sie wurde nicht warm, sie wollte nichts essen.

»Ich werde ihn niemals wiedersehen!« Plötzliche, heiße Tränen quollen ihr aus den Augen. »Und was soll aus ihm werden ...«

»Aber, aber ...«

»Der arme kleine Petter.«

Ihr Blick ruhte auf den Flammen im Kamin, durch den Tränenfilm sahen sie aus wie etwas in einem Aquarium, wie ein riesiger Tintenfisch. Sie hatten das Feuer unter Kontrolle, das ist so, wenn man einen Kamin hat. Wenn die Flammen zu stark wurden, waren sie gefährlich. Ein Kaminfeuer war wirklich ein Spiel mit dem Feuer. Auch ein brennendes Haus wärmte. Aber dann gab es zu viel Wärme, sie wurde zerstörerisch. Was sollte aus ihm werden? Wer sollte ihn erreichen? Wer sollte ihn lieben?

»Er ist so allein«, flüsterte sie. »So schrecklich allein.«

Sie sah ihn an dem Tag vor sich, an dem er im Sandkasten dieses seltsame Muster gelegt hatte. Die Tüte, die sie für ihn geholt, die kleinen Gegenstände, die er vorsichtig aus dem Sand aufgehoben und hineingesteckt hatte. Seine Hand, die danach die Tüte umklammerte, als er ihren Blick erwiderte. Sein Blick hatte ihr Angst gemacht, sie hatte versucht nicht daran zu denken.

Jetzt dachte sie daran. Wie leer und erwachsen dieser Blick gewesen war, und dass noch etwas darin gelegen hatte. Etwas, das Ähnlichkeit hatte mit … Triumph. Ja, Triumph. Sie schauderte.

»Ich leg noch Holz nach«, sagte er. »Und dann hol ich dir ein Glas Rotwein.«

»Danke«, sagte sie. »Ja, danke, ich möchte gern blaue Zähne kriegen.«

Sie wollte ihn nicht mehr bei sich haben. Er war zu viel für sie. Onkel Jan hatte das am Telefon gesagt. Und deshalb war es gut, dass er noch alles erledigt hatte. Er drehte sich um und schaute die Bäume an, niemand würde es finden oder sehen. Es gehörte ihm in alle Ewigkeit.

Er ging auf den Brunnen zu. Dann hörte er sie rufen. Aber sie konnten ihn nicht sehen. Rasch nahm er die Steine vom Deckel und schob ihn zur Seite. Er hätte eine Taschenlampe gebraucht. Vermutlich packten sie schon seinen Koffer. Viel besaß er nicht.

Es roch nach gar nichts. Weder nach grünen Punkten noch nach Kompost mit zappelnden Regenwürmern. Und es war dunkel, er konnte den Boden nicht sehen. Der Brunnenrand war kalt und rau und ein wenig feucht. Er presste die Finger dagegen. Wenn er Tante Lise nicht geglaubt hätte, wäre Sussi noch am Leben.

Er hob das Gesicht und ließ seinen Blick auf grüne Blätter

fallen. Sie bewegten sich langsam, die Blätter, betropften sich gegenseitig mit Regentropfen. Es tat gut, hier zu stehen. Sich an den harten Brunnen zu lehnen und zu hören, dass in der Ferne jemand rief, seinen Namen rief. Petter. Er hieß Petter. Vor langer Zeit hatte jemand gesagt, dass er Petter heißen solle. Mama hatte das gesagt. Und er selber hatte gesagt, dass Sussi Sussi heißen solle. Und Sara ... das war ein seltsamer Name. Ein seltsamer, hässlicher Name. Ein viel zu kleiner Name. Mama hieß Beate. Das war ein schöner Name, jedenfalls, wenn er so dastand wie jetzt und sich am Brunnenrand ausruhte und sie nicht dabei war.

»PEEETTER!«

»Sussi ...?«, flüsterte er.

Der Brunnen rauschte leise. So wie das hohle Geländer vor dem Lebensmittelladen, wenn er das Ohr dagegen presste, gegen einen Stapel aus Luft, die stillstand und zitterte.

»Ich muss weg von hier, Sussi.«

Er hätte so gern etwas gerochen. Durchaus auch etwas Schlechtes. Etwas, das ihn zum Erbrechen gebracht hätte.

Er zog Stiefel und Wollsocken aus und warf die Socken in den Brunnen. Sie landeten lautlos in der Dunkelheit. Sie waren warm und weich; sie hatte beim Spielen so oft hineingebissen. Er zog die Stiefel nicht sofort wieder an, ließ seine Strumpfhose klatschnass werden. Sie hatte auch in seine Zehen gebissen. Wenn er ein Messer hätte, könnte er einige abschneiden und hinunterwerfen. Obwohl es schrecklich wehgetan hätte, hätte er es gemacht.

Wieder riefen sie. Erwachsene Stimmen, die aus Türen und Fenstern fegten, die über seinen Kopf hinwegjagten und mit dem Wind verschwanden.

Es tut uns Leid, aber Petter ist doch zu viel für uns.

Er war zu viel. Er war sein ganzes Selbst. Vermutlich hatte Tante Lise auch entdeckt, dass er die Seifendose gestohlen hatte. Er zog die Stiefel wieder an, sie passten genau. Er war nicht zu viel für die Stiefel, aber bei Erwachsenen war das etwas anders. Sie hatten sogar geglaubt, Sussi sei zu viel, er könne nicht ohne sie leben. Er ging zu dem großen Stein, den er damals vom Brunnendeckel genommen hatte, und beugte sich darüber. Er packte ihn an beiden Seiten, aber obwohl er alle Kraft aufwandte, konnte er ihn nur ganz wenig hochheben. Aber immerhin konnte er ihn umdrehen.

In der schwarzen, glatten Grube wimmelte es von Würmern. Von Würmern, die sich im scharfen Licht wanden; zwei hatten sich umeinander gewickelt, der eine war viel größer als der andere, sie zappelten und rieben sich auf widerliche Weise aneinander. Er legte beide Hände auf die eine Seite und drehte den Stein ganz schnell wieder um. Er verschloss das Loch im Boden mit einem dumpfen Knall. Er fragte sich, ob er sie umgebracht hatte, oder ob sie rechtzeitig ihre Tunnel erreicht hatten. Er wusste, dass sie im schwarzen Boden Tunnel bauen, nie im Lehm, der ist zu fest, und dass ein Regenwurm im Grunde den Unterschied zwischen schwarzer Erde und hellem, glattem Lehm ausmacht. Er hatte sie sicher umgebracht, so schnell konnten nicht einmal Regenwürmer davonzappeln. Er beugte sich über den Brunnenrand, atmete durch die Nase ein und schloss die Augen.

»Was machst du denn da, Petter?«

Onkel Jans Stimme. Petter richtete sich auf, seine Ohren rauschten, seine Zunge prickelte, als stecke ein krabbelndes Insekt darin. Er kniff die Augen zusammen und starrte den großen Stein an.

»Nichts.«

»Aber Herrgott, du wolltest doch wohl nicht … wolltest du … WOLLTEST DU DAS, Petter?«

Petter stand ganz still da. Er wollte gern antworten, dass er gar nichts gewollt hatte, aber er starrte nur weiter den großen Stein an. Der war glatt und fein, ein wirklich feiner Stein, nur schade, dass er so klein war, dass er so schöne Steine nicht aufheben konnte.

»Petter, jetzt antworte schon. Du wolltest doch wohl nicht … in den Brunnen springen?«

Er erwiderte Onkel Jans Blick, sagte aber noch immer nichts. Bald würde er aufs Klo müssen.

Und Onkel Jan zog ihn an sich, brutal und heftig, seine Stimme klang rund und zottig, als er flüsterte: »Du armer, armer Kleiner. Wenn ich zu entscheiden hätte … aber Lise, sie kann nicht …«

Petter riss sich los. Onkel Jan hockte allein da. Er schlug die Hände vors Gesicht.

»Du bist doch nur ein kleiner Junge«, stöhnte er. »Nur ein kleiner Junge. Verzeih mir, Petter. O Herrgott, verzeih mir.«

Er weinte. Der erwachsene Mann, so erwachsen, wie ein Vater das gewesen wäre, weinte. Petter atmete vorsichtig aus und ein. Er legte den Kopf in den Nacken und schaute zum Himmel hoch. Der war rosa und blau zugleich. Hoch oben flogen Vögel, machten Jagd aufeinander, spielten und hatten Spaß.

»Ja«, sagte er, ohne zu ahnen, worauf er antwortete.

BERIT HAVNEN WAR DARAUF VORBEREITET, aber trotzdem musste sie einen Moment hinausgehen, als Elisabeth ihr mitgeteilt hatte, dass Petter nicht zurückkehren, sondern in ein Heim mit Sonderbetreuung gesteckt werden würde.

Die Kinder spielten. Die Sonne ruhte tief und glatt auf Eimern und Spaten und flaumweichen Nacken, die sich eifrig über ihre Sandprojekte beugten. Es waren ruhige, sichere, normale Kinder, die es traurig fanden, dass Sara ein Loch im Kopf und Blut auf den Kleidern und eine Gehirnerschütterung gehabt hatte.

Sie hatten es nach dem Frühstück gezeichnet, hatten weihnachtsrote Wunden an Mädchen in allen Formen gezeichnet, nur ein Kind hatte sich erinnern können, welche Haarfarbe Sara hatte. Keines hatte eine Ahnung davon, was wirklich passiert war, sie glaubten, sie sei gegen den Baum gefallen. Noch ein Risikofaktor, in den die Eltern sich verbeißen würden. Petters Verhalten würden sie nicht begreifen. Aber mit Saras Verletzungen konnten sie umgehen, diese Verletzung konnten sie unterbringen, abhaken. Und von dem Wort »Gehirnerschütterung« waren sie fasziniert.

Die Kinder hören neue Wörter auf eine Weise, die immer zu Fragen führte. Ein Gehirn, das erschüttert worden war. Auf und ab oder seitwärts? Ein Kind erzählte, dass sie im Ferienhaus Sahne in einer Dose »erschütterten«, bis daraus Sahne geworden sei. Schlagsahne, erschütterte Sahne. Ein anderes Kind erzählte, seine Mutter sage oft, sie sei erschüttert, aber das war wohl etwas anderes. Und das Gehirn wurde doch die ganze Zeit erschüttert, wenn man ging oder sprang, das konnte doch nicht gefährlich sein?

Berit Havnen hatte sich im Gespräch mit den Kindern vergraben, war in die naiven Gemüter mit den banalen Fragen eingetaucht, in diese Naivität und Banalität, die leicht intelligent und tief schürfend wirken konnte, ganz einfach, weil sie neu war. Sie gehörte zu den Gründen, aus denen sie so gern mit Kindern zusammen war, und die sie ihren Freundinnen nie erklären konnte, ohne sich über die Kinder lustig zu machen; ohne Anekdoten über deren Kommentare zu erzählen, was sie geschmacklos und respektlos fand und deshalb nur selten tat.

Elisabeth war weiß und müde. Wieder und wieder beschrieb sie Petters Entschlossenheit und Ruhe, während er Saras Kopf gegen den Stamm geschlagen hatte.

»Ich kann dieses Bild nicht loswerden«, sagte sie. »Und dieses Geräusch, wie eine kleine, stumpfe Axt in einem großen, breiten Baum. Ich begreife nicht, warum er das getan hat.«

»Er ist verletzt, sicher ist er ziemlich kaputtgemacht worden«, sagte Berit Havnen. Sie wiederholte die Worte ihres Mannes, denn die trafen zu. »Seine Mutter hat ihn missbraucht.«

»Woher weißt du das?«, fragte Elisabeth.

»Ja, hat sie das denn nicht? Und weißt du eigentlich, wie sie das gemacht hat?«

»Wenn dieses Wort benutzt wird, dann muss es doch sexuell gewesen sein.«

»Ich begreife das nicht. Dass eine erwachsene Frau …«

»Ich auch nicht.«

»Vielleicht sollten wir die Kinder zeichnen lassen und die Zeichnungen ans Kinderheim schicken? Als eine Art Gruß«, schlug Berit Havnen vor.

»Nein«, sagte Elisabeth. »Er braucht jetzt Ruhe, muss sich mit der Wirklichkeit befassen, die ihn umgibt, mit seiner unmittelbaren Wirklichkeit. Ein Stapel Zeichnungen würde ihn daran erinnern, was er verloren hat.«

Berit Havnen nickte. Natürlich hatte die Kindergartenleiterin Recht. Sie war schließlich entsprechend ausgebildet, auch wenn sie noch jung war.

Aber trotzdem ... ein Gruß von den Kindern hätte ihm gezeigt, dass sie an ihn dachten. So ein Gruß wäre wie ein kleiner Stapel Liebe. Striche in vielen Farben, die er nicht vergessen würde.

DIE GEWITTERWOLKEN ragten wie Türme am Himmel auf. Dem Hund gefiel das nicht. Dem alten Mann mit der Hundeleine in der Hand auch nicht. Er nahm an, dass ein schreckliches Unwetter im Anmarsch war, er hoffte, dass es nicht so schlimm werden würde wie einen Monat zuvor, als der Blitz im Großraum Oslo insgesamt achthundertmal eingeschlagen hatte, gefolgt von einer Niederschlagsmenge, wie sie sie seit fast dreißig Jahren nicht mehr erlebt hatten, seit 1951. Die Dachrinnen waren übergelaufen, die Abflussrohre hatten auf dem Boden wie kleine Wasserfälle gesprudelt, und die Kloaken waren angeschwollen, Flüsse und Bäche hatten sich senfgelb verfärbt. Heute standen sie wieder wie Soldaten am Himmel, diese klassischen Gewitterwolken.

Trotzdem ließ er seinen Waldspaziergang nicht ausfallen. Gewohnheiten mussten eingehalten werden, und seine Frau zu Hause sollte sich nicht zu sehr um sein Herz sorgen.

Er setzte behutsam einen Fuß vor den anderen, er wollte nicht ausrutschen, der Waldboden war von Moos und fauligen Blättern glitschig. Er freute sich auf seinen Sessel und den Fernseher. Wollte Nachrichten sehen, wollte erfahren, was in Polen vor sich ging. Sie streikten da unten wie besessen, garantiert würde alles zum Teufel gehen.

Der Hund pisste energisch gegen Büsche und Baumstämme und beschnupperte den Boden, um ihm jegliches Geheimnis darüber, wer vor ihnen hier unterwegs gewesen war, zu entreißen. Ab und zu schaute er auch zum Himmel hoch. Er hasste Blitz, Donner und Silvesterraketen.

Als er mit einem Joghurtbecher im Maul angerannt kam, musste der alte Mann lachen. Der Hund sah dumm aus, als wäre seine Schnauze aus weißem Kunststoff.

Der Hund machte aufgeregt kehrt und verschwand tiefer im Wald.

Der Mann, der ihm folgte, lief in ein Spinnennetz und entfernte es vorsichtig aus seinem Gesicht. Er entdeckte die Besitzerin des Netzes, einen schwarzen, zusammengedrückten Klumpen aus lebendem, unbegreiflichem Sein, das sich fast ganz und gar in einer Rindenspalte am nächsten Baum versteckt hatte. Die Spinne glänzte, rührte sich nicht, wirkte fast ein wenig unbeholfen, weil sie zusehen musste, wie ihr sorgfältig gewebtes Netz zerrissen wurde. Sie bewegte sich nicht. Sie hatte den Kampf schon aufgegeben, hatte die unbegreifliche, unbesiegbare Übermacht anerkannt.

Der Wald roch würzig und gut, wie aus einem tiefen, dunklen Keller, in dem in Gläsern und Flaschen geheime Leckerbissen aufbewahrt wurden. Die Bäume glühten wütend und färbten sich gegenseitig rot, gelb und orange. Dazwischen standen die unveränderlich grünen Nadelbäume, wie eine hartnäckige und reaktionäre Generation, in der der nahende Herbst kein Entzücken auslöste.

Als Erstes blieb er vor den Resten des Milchkartons stehen. Sie lagen seltsam symmetrisch im Kreis. Und um diesen Kreis waren Steine gelegt worden. Sicher haben hier Kinder gespielt, dachte er. Und Sardinendosen hatten sie auch bei sich. Himmel, daran können Kinder sich doch schneiden, ihm selber war das auch schon passiert.

Dann entdeckte er ein Stück entfernt einen weiteren Kreis. Diesmal zog die rosa Farbe seine Blicke auf sich. Rosa Herzen, auf viele Papierstücke gezeichnet.

Der Hund beschnupperte bereits eine Schachtel zwischen den rosa Herzen, er lockte ihn mit einem Stöckchen fort und ging langsam hinüber, um sich diesen neuen Kreis anzusehen. Ja, hier hatten die Kinder sicher mit großer Begeisterung gespielt.

Das Papier, auf das die Herzen gezeichnet waren, hatte sich fast aufgelöst, obwohl er nicht glaubte, dass es schon lange hier lag. Aber die Herzen waren noch deutlich zu sehen. Groß und üppig, mit kleinen Steinen, die ordentlich auf jedes Stück Papier gelegt worden waren. Ein Stein in jedem Herzen. Mitten im Herzen.

Er bückte sich und hob die Schachtel hoch. Es war eine rosa Seifendose aus Plastik mit einem Blümchenmuster. Er konnte sie nicht sofort öffnen. Vielleicht hatten die Kinder etwas begraben wollen? Einen Goldfisch vielleicht oder einen Wellensittich?

Er lächelte nostalgisch. Kinder …

Er hielt die Dose weit von sich ab, als er sie öffnete. Ein kleines totes Tier könnte arg stinken. Aber als er keinerlei Geruch wahrnahm, hielt er sie dicht vor seine Augen, um sehen zu können. Seine Brille lag zu Hause.

Die Seifendose enthielt ein Haargummi mit zwei roten Plastikkugeln, an jedem Ende eine. Und zusammengeknülltes, braun geflecktes Toilettenpapier.

Er faltete das Papier auseinander und starrte verwundert darauf.

Zwei kleine Milchzähne.

Im Toilettenpapier lagen zwei kleine Milchzähne. Das war alles.

… Spinnenmann, der stieg mir auf den Hut …

Er spürte den Regen im Nacken. Er mochte Regen. Regen spülte Staub und Schmutz fort und legte die Schattierungen in den Felswänden frei. Es war inzwischen hellichter Tag. Er ging noch immer. Die Birken verschwanden hinter ihm. Jetzt hatte er Moos und Felsboden unter sich, und die vage Stille, die durch Nieselregen und Morgennebel entsteht. Keine Vögel, die sangen. Keine Insekten. Nur das Schwappen seiner Sohlen und den Atem an seiner Nasenspitze, das Gewicht des Rucksacks an seinem Gürtel. Er ging über vertraute Pfade, war schon oft hier gewesen.

Die Wolken rissen auf, zeigten hinter der vielen Watte nackte blaue Haut. Sie verwelkten und wichen kleinlaut vor den brennenden Sonnenstrahlen zurück. Er blieb stehen und atmete durch, horchte auf das Gesumm, das einsetzte, sobald die Wärme das Heidekraut erreicht hatte. Eine Libelle kam wie ein schwer beladener Hubschrauber in geringer Höhe angeschwirrt, versuchte ein ungeschicktes Ausweichmanöver und verschwand zwischen den Bergen. Er winkte ihr zu, lächelte. Eine Libelle verbrachte fast ihr ganzes Leben unter Wasser. Wenn sie sich endlich aus ihrer Puppenschale herauspresste und die Flügel ausbreitete, hatte sie nicht mehr lange zu leben; ihr einziges Ziel war es, sich fortzupflanzen, mit ihren schönen Farben zu prunken, um Aufmerksamkeit auf sich zu ziehen, auserwählt zu werden und dann zu sterben.

Der Nebel unten im Tal schwand und eröffnete die Aussicht in alle Richtungen. Ein Mäusebussard segelte in weiten Kreisen dem Boden entgegen, ließ sich dann vom Aufwind heben und war verschwunden. Und überall lagen die Berge, wie Wände, die die Welt und die Ewigkeit aussperrten, stumm und schwer und verheißungsvoll, sie kniffen die Augen zusammen und ließen die Jahre einfach vorüberstolpern. Tausende von ihnen, Millionen, während die Menschen sich abmühten. Religionen und Kulturen und Kriege kamen und gingen, doch die Berge standen da, die Natur lag da, Tiere wurden geboren und starben, Arten kamen und gingen in dem großen Ewigkeitsbild.

»Petter interessiert sich sehr für so was«, sagten sie.

Fast hätten sie ihm alles kaputtgemacht. *Interessiert sich für so was …* Als sei die Rede von einem kleinen Dreckshobby, wie Briefmarkensammeln und Laubsägearbeiten.

»Alles, was mit der Natur zu tun hat«, fügten sie immer hinzu.

Er fand es schrecklich, dass sie deshalb solches Geschrei machten. Sie prahlten mit ihm, wenn Besuch ins Kinderheim kam und sehen wollte, wie die Pöbelkinder dort hausten. Sie drangen in sein Zimmer ein, auch wenn sie vorher anklopften. Er musste ja schließlich »herein« sagen; sie zeigten auf die Bücherregale, denn alles, was über vier Taschenbücher hinausging, war offenbar ungewöhnlich für Kinder seines Alters, seines Milieus. Zugleich gab ihm das eine Entschuldigung, um sich vor dem trockenen Kram zu drücken, den sie in der Schule lernen sollten, wenn sie damit protzten, dass er Bücher las, obwohl er sich diese Bücher doch selber ausgesucht hatte. Er tat so, als begreife er nicht, warum er in der Schule lernen sollte, und sehr oft kam er damit durch. Dass er am Ende ein

Zeugnis bekommen würde, mit dem er sich höchstens den Hintern abwischen könnte, war ihm egal. Bis die Trottel, mit denen er im Klassenzimmer und im Heim zu tun hatte, durch die Straßen latschten, um sich Jobs an Tankstellen und in Supermärkten zu ergattern – wenn sie Glück hätten! –, würde er längst weit weg sein, in einem Zelt in der Wildnis leben, in einer der kältesten oder heißesten Gegenden der Welt, er hatte sich noch nicht entschieden. Aber das Zelt sah er schon vor sich, und er ging dort aus und ein, mit einem Notizbuch unter dem Arm, während er die Expedition des Nachmittags plante, wenn er den Tieren noch ein wenig näher kommen, sich ihr Vertrauen verdienen würde.

Genau wie *er.*

Das Lagerfeuer lag so da, wie er es verlassen hatte. Aber die Aussicht war jetzt anders, sie war immer anders. Licht und Wetter und die Beschaffenheit der Bäume im Wechsel der Jahreszeiten ließen sich bis ins Unendliche variieren. Er ließ seinen Rucksack auf den Boden fallen und spürte, wie die Muskeln in Schultern und Rücken sich befreiten, wie frisches Blut hindurchgepumpt wurde und Milchsäure herausholte. Er lief nicht gern so lange, bis ihm der Schweiß ausbrach, aber es musste sein, wenn er allein sein, wenn er hierherkommen wollte. Die anderen im Heim beneideten ihn, mochten solche Strapazen aber nicht auf sich nehmen. Und in die Stadt mit Kinos und Kneipen durfte niemand ohne »Anstandswauwau«.

Er aber durfte. Losgehen. Denn sie nickten anerkennend und meinten, er entwickle das Urnorwegische in sich, suche das Abenteuer in der Natur.

Er sammelte Reisig, trockene Rinde und totes Moos, baute ein Lager aus brennbarem Material, aus dem er schließlich ein Feuer mit immer größeren Zweigen entstehen ließ. Am Ende schnitzte er zwei Astgabeln zurecht und bohrte sie in den Boden, um an einem darüber gelegten Zweig seinen Wasserkessel aufzuhängen. Der Geschmack von süßem Tee war immer der Anfang, danach kam er zur Ruhe, eroberte seine Lagerstätte von Neuem, zog die Angelrute aus dem Stoffetui, montierte Schnur und Kurbel, machte sich an der Ausrüstung zum Fliegenbinden zu schaffen, drehte den Fliegenstoff fest, fischte ein wenig Entengrütze aus dem Wasser, sah, was sich dort und in dem kleinen, ein Stück weiter weg gelegenen Bach alles rührte, sah, wovon sie sich derzeit ernährten, die Fische. Um dann dieses Gewimmel mit ein paar simplen Federn und Wollfäden zu kopieren, schwarzen Zwirn darumzuwickeln, einen Knoten zu binden, zu lackieren und festzukleben. Es wäre witzig gewesen, wenn *er* jetzt hier wäre. Wenn er mit der Kamera am Wasser hockte und von dieser Perle in der norwegischen Bergwelt erzählte, von den Tieren, die hier lebten, von den Fischarten, die in dem schwarzen, ein wenig sauerstoffarmen Wasser schwammen.

Er dachte an die ersten Fernsehsendungen mit David Attenborough; er saß oft allein im Fernsehzimmer, während die anderen Idioten im Musikraum im Keller immer dieselben blöden Platten toll fanden. David Attenboroughs leise und fast hypnotische Stimme, die erzählte und andere dazugehören ließ, sein Blick, seine Hände, die Tatsache, dass er fast flüstern musste, weil er den Tieren, über die er erzählte, so nahe gekommen war. Furchtlos und sanft zugleich, energisch. Sogar die Tiere begriffen, dass er auf ihrer Seite war, dass er ihnen nichts tun würde.

Selbst, wenn er hier vor dem Feuer hockte, konnte er, wenn er nur an David Attenboroughs Stimme *dachte*, das Fernsehzimmer im Heim vor sich sehen, das Sofa riechen, die lächerlichen Aquarelle an der Wand betrachten, gemalt und gerahmt, um zu zeigen, dass sie wirklich einen Wert hatten. Und er freute sich sehr, dass er nicht auf diesem Sofa saß, sondern wieder für einige Tage hatte herkommen dürfen.

David Attenborough hatte in ihm einen heftigen Hunger danach geweckt, mehr über die Welt der Tiere zu lernen, und Attenborough zeigte mit zahllosen Beispielen, wie lebende Wesen sich veränderten Lebensumständen anpassen können. Darin lagen Stärke und Zukunft der Tiere: in ihrer raschen Anpassungsfähigkeit. Anpassen oder sterben! Ja, das stimmte. Wenn du so tust, als könntest du deine Umgebung akzeptieren, wirst du lange im Lande leben. Mach, was du willst, aber tu so, als akzeptiertest du, als passtest du dich an. Denk selber, aber vermittele den Eindruck, dass du der Menge folgst, dass dir alles recht ist. Während du dich zugleich änderst, jedesmal ein wenig, um endlich als der Eine dazustehen, der zum Überleben geschaffen ist.

Von nun an, von dem Moment an, als die Naturwissenschaft sich als möglicher Weg nach oben und nach vorn gezeigt hatte, hatte er sich nie mehr gelangweilt. Immer gab es ein neues Buch zum Lesen, ein neues Buch, das in seine Hände gelegt werden musste. Zwischen den Einbanddeckeln wohnte eine Hoffnung, ein Stück von einem neuen Horizont, neues Wissen, neue Türen, die einen Spalt breit offen standen, in weißen Wänden, in denen man bisher eine Tür nicht einmal erahnt hatte. Er hatte sie in seinem Rucksack, die allernötigsten Bücher: das über die Vögel, das über die Pflanzen, das über die Insekten. Und Nietzsche natürlich. Er konnte sich an die allerersten Worte erinnern, die er von Nietzsche gelesen hatte: *Erst, wenn man Wissen über alles erreicht hat, kann man sich selber kennen lernen.*

Aber er hatte noch viel zu lernen. Er nahm den Kessel aus

den Flammen und füllte seine Tasse mit dampfendem Tee, süßte ihn mit Zucker. Es gab hier oben Vielfraße und wilde Rentiere. Und sicher auch den einen oder anderen Wolf. Attenborough hätte diese Tiere gefunden und sie und ihre Jungen streicheln dürfen. Er selber musste sich an die Fische halten, die wie lebendiges Silber in seinen Schoß sprangen. An die Fische und vielleicht an die eine oder andere Beobachtung aus der Ferne. Die nur er machte. Denn das Schlimmste am Heim war die Gemeinschaft. Das hatte er immerhin über sich selber gelernt: dass er kein Herdentier war, das sich über gemeinsame Bustouren oder kollektives Waffelbacken freute. Alles, was ihm eingetrichtert worden war, gehörte auf den Schrotthaufen: dass Besteck, das von mehreren benutzt worden ist, gekocht werden muss, wenn man keine Spülmaschine hat, dass weiße und bunte Wäsche ganz unterschiedliche Dinge sind, dass man älteren Menschen Respekt erweisen muss, dass die Sozialdemokraten eine tolle Partei sind, dass Nächte zum Schlafen da sind, dass man die andere Wange hinhält, wenn man geschlagen wird, dass man sich die Hand vor den Mund hält, wenn man niest oder hustet, dass man Pickel nicht ausdrückt, wenn man nicht hässliche Narben davontragen will. Obwohl er das Heim verabscheute, sah er ein, dass seine Jahre dort keine verlorene Zeit waren. Sie steuerten seine Tage auf das Erwachsenenalter hin, auf die Selbstständigkeit. Das Heim gab ihm eine Basis für seinen Aufruhr, eine Planke, von der er abspringen würde, an dem Tag, an dem er es verließ, etwas, an dem er sein Wohlbefinden messen konnte, eine Grundlage zum Vergleich, auf die er im Grunde nicht verzichten mochte.

Aber das hier war etwas anderes. Teegeschmack im Mund, der wartende schwarze Bergsee. Er würde das Zelt erst später aufstellen, er legte Zeltplane und Schlafsack zum Lüften über die Büsche und ging mit dem Käscher zum Wasser. Der Schweiß in seinem Rücken trocknete jetzt.

Drei Stunden später hatten fünf kleine Forellen gegenüber den Federmückenlarven, in denen sich ein gemeiner Haken verbarg, den Kürzeren gezogen. Die Fische lagen nebeneinander im Heidekraut. Der Himmel spannte sich blau über ihm und dem See, Stille umgab ihn; er hatte einen Mäusebussard und etwas gesehen, das er für einen Bergfuchs gehalten hatte; ein Fuß war nass, seit er die erste Forelle an Land geholt hatte.

Sie hatte nicht sterben wollen, hatte sich eingebildet, der Haken werde nachgeben, wenn sie nur heftig genug zappelte. Ihr Eifer und das blinde Vertrauen darauf, dass alles gut gehen werde, beeindruckten ihn. Nachdem er ihren Nacken gebrochen hatte, schienen die Fische immer ganz erstaunt auszusehen. Er hatte Sauerrahm und Salz und Pfeffer im Rucksack. Eines Tages würde er nicht mehr so weit wandern müssen, um allein sein zu können, er sah sich in seiner eigenen Wohnung stehen und wissen, dass niemand kommen würde. Und falls doch jemand an der Tür klingelte, würde er nicht öffnen.

Das Feuer war fast heruntergebrannt, ließ sich aber bereitwillig wieder zum Leben erwecken. Er hängte den Kessel darüber. Dann löste er den Riemen um seine Feldküche, nahm die Bratpfanne heraus, befestigte den Griff, zündete den Gaskocher an, ließ die Butter über der Flamme zerlaufen und begann, am Seeufer die Fische auszunehmen. Und dann sah er sie. Ein Paar, einen Mann und eine Frau, beide schwer bepackt, die um den See herumwanderten. Die Frau trug nur Shorts und ein rotes Oberteil; selbst aus dieser Entfernung konnte er sehen, dass sie keinen BH trug; ihre Brüste bewegten sich haltlos auf und ab.

Er schnitt sich, es tat weh, er schaute seine Hände an: Fischblut, mit seinem eigenen vermischt, sie hatten nicht einmal angeklopft. Er packte das Messer und versuchte ruhig zu atmen. Sie würden vorübergehen, weitergehen, verschwinden, ganz sicher. Er roch die verbrannte Butter, er wollte aufspringen, aber sein Herz hämmerte so heftig, dass er auf der Stelle schwankte und nur noch kleine pulsierende rote Flecken sah. Er ließ das Messer nicht los. Der Mann johlte und winkte ihm zu. Zwei Fische mussten noch ausgenommen werden. Er versetzte ihnen einen Tritt, ohne zu wissen, warum. Der eine landete auf der rostbraunen Erde.

»Guten Tag, ja, ja, dass hier auch Leute sind«, sagte der Mann.

Er nickte kurz, ohne zu antworten. Die Frau ließ sich stöhnend den Rucksack von der Schulter rutschen. Er roch ihren Schweiß bis hierher, wo er hockte, zwischen Ufer und Feuer, er hatte sich diese Stelle nicht genau ausgesucht. Er ließ das Messer nicht los, konnte seinen Zugriff aber so weit lockern, dass es Vertrauen erweckend aus seiner Hand baumelte.

»In deiner Bratpfanne brennt etwas an«, sagte die Frau und lächelte. Ihr Mund war eine tönende Wunde, ihre Zähne blendendweiß, der Zahnschmelz war der härteste Stoff im Körper.

»Stimmt was nicht?«, fragte der Mann, der seinen Rucksack nicht abgenommen hatte.

Er schüttelte den Kopf. Ein einzelnes Mal.

»Du lädst uns nicht zufällig zu einer Tasse Kaffee ein?«, fragte die Frau. »Wir haben Schokolade.«

»Ich habe keinen Kaffee«, sagte er.

Beide starrten gleichzeitig den Kessel und dann ihn an, dann blickte der Mann zu ihrem Rucksack hinüber und nickte kurz. Sie lud sich den Rucksack wieder auf.

»Dann mach's gut«, sagte sie.
Sie gingen.

Die Butter war dunkelbraun und hatte einen mehligen Bodensatz. Er holte die drei ausgenommenen Forellen vom Ufer und beförderte die beiden anderen mit Tritten ins Wasser.

Die Fische fauchten in der Butter und wanden sich wie in einem neuen Todeskampf. Er konnte die Frau nicht richtig sehen, obwohl ihr rotes Oberteil hinter ihrem Rucksack verborgen war. Sie gingen am Ufer entlang. Noch immer. Er wusste, dass es auch auf der anderen Seite einen guten Lagerplatz gab.

Er briet die Fische, konnte sie aber nicht essen. Vergaß, Sauerrahm in die Pfanne zu geben. Er war vollauf mit Atmen beschäftigt. Außerdem trank er Wasser, kaltes Wasser, das ihn spüren ließ, wie seine Speiseröhre geformt war, wie sie in seinem Körper lag. Nach mindestens einem Liter registrierte er die Kälte in seinem Magen, die dann ins Gedärm weiterwanderte.

Er sah, wie sie ihr Lager aufschlugen, wie sie ihre Rucksäcke fallen ließen. Sie waren dreihundert Meter von ihm entfernt – der See war hier nicht sehr breit. Ganz bewegungslos sah er sich das alles an: Er saß auf dem Baumstumpf neben dem Fliegenstock, er musste pissen, rührte sich aber nicht. Sie zog sich vollständig aus, während der Mann das Zelt aufbaute, er konnte erkennen, dass sie den roten Fetzen abwarf, von dem sie glaubte, sich dahinter verstecken zu können. Sie ging ins Wasser, in sein Wasser, in dem seine Fische schwammen, seine Nahrung. Das kleine schwarze Dreieck über ihren Beinen traf auf die Wasseroberfläche auf und verschwand, sie schwamm los, er wollte sich erbrechen, kotzen.

Er schlang die Arme um seine Knie und versuchte zu denken. An das Verdauungssystem der Forellen, an den Bergfuchs, der von einem Lemmingjahr träumt, an die Jagdinstinkte des Mäusebussards, an Sauerrahm und die Nähte in der Zeltplane, an die Beschaffenheit des Schlafsacks, was Feuchtigkeitsabsonderung betraf, an die Federmückenlarven, die die Forellen an der Nase herumgeführt hatten, an Nietzsches Verheißung, dass Wissen den Weg in die eigene Seele öffne. Er schaute zum Himmel hoch und begriff, dass es noch derselbe war wie vorhin. Der Kessel kochte über den Flammen, er würde leer kochen, anbrennen.

Er hob das Messer an sein Gesicht, betrachtete die vom Fischblut und auch etwas von seinem eigenen Blut verklebte Schneide. Ihr Kopf war ein weißer Badeball mit einem dunklen Haarpuschel, ganz oben, jemand sollte sie allein und nackt hier zurücklassen und zusehen, wie sie zurechtkam, jemand sollte sie hassen, weil sie hier in dieser Schönheit wie eine Nutte herumlief.

Er drückte mit dem Zeigefinger gegen die Messerspitze. Der Schmerz fühlte sich gut an, formte in seinem Kopf ein Lied, einen Summton, der Ähnlichkeit mit leisem Kinderweinen hatte. Er fing an, seine Sachen zusammenzupacken.

»ICH GLAUBE, ER GEHT«, sagte sie.

»Aber doch nicht unseretwegen? Er wollte sicher gerade aufbrechen, du hast ja gesehen, dass er Zelt und Schlafsack zum Lüften hingelegt hatte.«

»Ich weiß nicht, ich hatte irgendwie das Gefühl, dass ... nein, ich weiß nicht. Er kam mir so jung und hilflos vor.«

»Nicht hilflos«, sagte der Mann. »Aber jung. Fünfzehn oder sechzehn, schätze ich.«

»Der Arme. Er hatte etwas Armseliges.«

»Ach, was du dir alles einbildest. Vergiss den Jungen einfach.«

Aber sie blieb sitzen und sah ihn an, holte ihr Fernglas und versuchte es möglichst scharf einzustellen.

Seine Bewegungen waren rasch und wirkten schlecht geplant, immer wieder fiel ihm etwas auf den Boden. Oft fuhr er sich mit der Hand durch die Haare. Und als sie das Fernglas endlich richtig eingestellt hatte, fiel ihr auf, wie oft er über den See zu ihnen herüberschaute. Sie kam ihm mit dem Fernglas so nah, fast schämte sie sich. Sie empfand eine heftige Zärtlichkeit für ihn, hätte ihn gern an ihre Brust gezogen und seine wütenden Bewegungen beruhigt, hätte ihn dazu gebracht, das Messer loszulassen. Eine Ameise kletterte aus dem Heidekraut ihren nackten Rücken hoch, das kitzelte, und sie hatte ihren Nacken schon erreicht, als sie sie zu fassen bekam und zerdrückte. Als sie ihre Finger ansah, sah sie, dass sie eine kleine Spinne erwischt hatte; sie fuhr mit den Fingern durch das Moos, ehe sie das Fernglas wieder an die Augen hob.

Er hob den Rucksack hoch, der zu schwer für seinen schmächtigen Körper wirkte, aber er brachte ihn an die richtige Stelle, indem er ein wenig auf und ab hüpfte. Mit dem Rucksack auf dem Rücken pisste er ins Feuer, sie konnte den Rauch ahnen, der dabei aufstieg. Er hätte Wasser nehmen können, aber er pisste in die Flammen, wie um sie zu erniedrigen, dachte sie, als werde er nie wieder an diese Lagerstätte zurückkehren.

Er schaute sich um, ehe er aus ihrem Blickfeld verschwand, er blieb stehen und blickte ihr durch das Fernglas ins Gesicht. Er wich nicht aus. Am Ende war sie es, die das Fernglas auf ihre nackten Oberschenkel sinken ließ. Sie schauderte. An den Armen und an ihrem Rücken bekam sie Gänsehaut.

»Du frierst ja, Herzchen«, sagte er hinter ihr. »Zieh dir was Trockenes an.«

… doch dann brach der Regen los, und er verlor den Mut …

Siri Taraldsen hatte schon viel durchgemacht; ihr Mann war nach nur dreitägiger Krankheit an einer Hirnhautentzündung gestorben, eine Tochter mit Down-Syndrom war mit siebzehn einem Herzversagen erlegen. Ihre eigenen Eltern waren gestorben, als sie sie noch sehr gebraucht hätte. Als sie mit den Kindern allein geblieben war, ohne ihren Mann, und ohne, dass er für seine Hinterbliebenen finanzielle Vorsorge hätte treffen können. Aber wie hätte Thor Taraldsen auch ahnen können, dass ihn mit nur einundvierzig Jahren bereits der Tod erwartete? Lebensversicherungen waren teuer, und sie brauchten das Geld für andere Dinge. Und da die kleine Pernille mit Down-Syndrom geboren worden war, hatte Siri Taraldsen ihren Beruf aufgeben müssen. Naja, nicht müssen, sie hatte es gewollt. Hatte mit Pernille zusammen sein und trotzdem noch genug Kraft haben wollen, damit die beiden anderen Kinder nicht zu kurz kamen. Sie hatten etwas Besseres verdient, sie alle hatten etwas Besseres verdient.

Und die Folge war natürlich, dass sie sich und ihre eigenen Träume vernachlässigt hatte. Ohne Ausbildung oder berufliche Erfahrung hatte sie dagesessen, ohne Mann, aber mit drei kleinen Kindern, das eine hatte nur noch sieben Jahre zu leben, aber das hatten sie ja nicht gewusst. Schluss mit dem Hausfrauenleben, mit Zeit zum Brötchenbacken und für die Fingerfarben! Zuerst hatte sie Arbeit gesucht, hatte diesen Versuch aber aufgegeben, denn ihr wurden nur Drecksarbeiten angeboten, mit denen sie keine Familie versorgen konnte. Sie brauchte eine Ausbildung, etwas Reelles. Sie bewarb sich an der Universität, und plötzlich war es soweit; sie ließ sich kopfüber in dieses System aus Bücherstapeln und Vorlesungsverzeichnissen, aus Lageplänen von Hörsälen und Terminen für die Abgabe von Hausarbeiten und Examensmeldungen fallen. Sie hatte nicht einmal Zeit, sich vor dem Versagen zu fürchten.

Und da sie keine Eltern mehr hatte, musste sie ihre Kinder von Fremden betreuen lassen. Die Tage wurden zum Puzzlespiel aus Uhrzeiten, die andere Erwachsene so haben wollten: das Kindergartenpersonal und die Tagesmütter; Siri Taraldsen hatte immer das Gefühl, dass sie die Bedürfnisse der Kinder erst an zweite Stelle setzten. »Das hier ist auch ein Arbeitsplatz«, hatte die Leiterin von Pernilles Kindergarten gesagt, als Siri ihre Kinder ein wenig später bringen wollte, um zu Hause mit ihnen frühstücken zu können. Für sie wäre das gut gewesen, im Hinblick auf die Vorlesungen und das schlechte Gewissen, das sie ohnehin mit sich herumschleppen musste. Für den Kindergarten sah das anders aus. Dort hieß es alles oder nichts. Sie behaupteten, die täglichen »Spielkonstellationen« und Gruppenbildungen würden beim Frühstück festgelegt, und die Kinder, die später kamen, könnten diese Muster nur mit Mühe durchbrechen. Und für das Personal bedeutete das zusätzliche Arbeit. Wenn die Kinder also nicht zum Frühstück gebracht wurden, dann konnten sie auch gleich den ganzen Tag zu Hause bleiben.

Wenn sie heute an diese Jahre zurückdachte, dann erschienen sie ihr wie ein Krieg mit Fachleuten, die alles besser wussten, ohne die Wesen, für die sie die Verantwortung trugen, wirklich zu lieben.

Aber sie hatte durchgehalten. Sie hatte sich langsam zwischen Kindern und Ausbildung auf Messers Schneide bewegt, zwischen selbstloser Liebe und zielstrebigem Ehrgeiz, zwischen kurzfristiger Fürsorge und langfristiger Lebensplanung.

Sie hatte ihre Kinder großgezogen und ihre Examenspapiere waren schwarz auf weiß ausgedruckt und in die öffentlichen Protokolle eingetragen worden. Obwohl sie ein Jahr verloren hatte, als Pernille starb und sie und die beiden anderen Kinder vor einem klaffenden Loch in der Familie standen, wo vorher Pernilles Lachen und ihr Lächeln gewesen waren. Wo Angst und Sorge um Pernilles Zukunft gewesen waren. Wo Pernille gewesen war.

Auch das hatte Siri Taraldsen durchgestanden. Und als ob das alles nicht reichte, hatte sie noch einen Verlust ertragen müssen. Ihr Haus hatte gebrannt und neue Löcher in Vergangenheit und Erinnerung gerissen. Ein fast einjähriger Kampf mit der Versicherung war gefolgt, die keinerlei Zweifel an ihrem Verdacht hatte, dass eine alleinstehende Mutter von drei Kindern, die gerade vor dem Start ins Berufsleben steht, ihr eigenes Haus abfackelt und alle praktischen Probleme auf sich nimmt, die ein Feuer mit sich bringt.

Seltsam, dass manche in Saus und Braus lebten, umgeben von Glück, persönlich wie beruflich, während andere mit einem Schicksalsschlag nach dem anderen ringen mussten. Aller guten Dinge sind drei, heißt es. Aber ein Unglück kommt selten allein. Sie ertappte sich bisweilen dabei, dass sie schon auf den nächsten Schlag wartete.

Sie erinnerte sich an Nächte mit triefnassem Kopfkissen, an Nächte so tiefer Hoffnungslosigkeit, dass sie an das Heraufziehen eines neuen Morgens nicht mehr glauben konnte. Aber sie erinnerte sich auch an Tage voller Kraft, an Tage, an denen sie gedacht hatte: Ich habe so viel durchstehen müssen und es geschafft, da werde ich das hier wohl auch noch schaffen. Und die Versicherung bezahlte dann doch so viel, dass sie ein neues Haus kaufen und es mit dem Allernötigsten einrichten konnte. Sie hatte den Kampf gewonnen. Auch diesen.

Aber jetzt hatte sie eine gewaltige Niederlage einstecken müssen. Jetzt, wo sie es endlich geschafft hatte, mit zwei erwachsenen Kindern, die sich über ihr Leben nicht beklagen konnten; Tiril in Paris verheiratet und Besitzerin einer kleinen Boutique, Lars-Oscar Fluglotse auf Gardermoen mit Lebensgefährtin und einem wohl geordneten Leben, in dem er sich offenbar wohlfühlte.

Selbstständige Kinder, die mit ihren eigenen Angelegenheiten voll ausgelastet waren.

Und sie selber hatte eine Dozentinnenstelle für dänische Literatur an der Universität und veröffentlichte Artikel in allen möglichen Publikationen. Sie konnte in den Spiegel blicken und sich angesichts ihrer so mühsam errungenen Leistungen anerkennend zunicken. Bis jetzt war das so gewesen. Und das Einzige, was passiert war, war ein komplizierter Knöchelbruch; sie würde ihren Fuß mehrere Monate lang nicht belasten dürfen. Während der zweieinhalb Wochen im Krankenhaus hatte er wegen einer Bakterieninfektion unter dem Gips zweimal operiert werden müssen.

Eine banale Alltagstragödie, ein Klacks im Vergleich zu den Problemen, die sie früher hatte bewältigen müssen, ein Klacks im Vergleich zu den Krankheiten, mit denen andere kämpfen mussten, nicht zuletzt ihre Mieterin Irene. Dennoch hatte die Sache mit dem Knöchel Siri Taraldsen umgeworfen. Ein allzu hastiger Lauf über die Kellertreppe, mit einem Eimer voller Zwiebeln, die ins Haus mussten, hatte im Handumdrehen ihr Leben auf den Kopf gestellt.

Als sie vier Tage zuvor aus dem Krankenhaus gekommen war, hatte sie am ersten Tag nur geweint, ununterbrochen, während sie ihre Topfblumen betrachtete, die häufig gegossen werden mussten und deshalb jetzt tot waren. Es war eine schreckliche Vorstellung für sie, anderen ihre Schlüssel zu geben, andere durch ihre Zimmer wandern sehen zu müssen.

Wenn sie in Urlaub gefahren war und vorher Zeit für alle Planungen gehabt hatte, hatte sie die Pflanzen in die Badewanne gesetzt und mit Plastikfolie bedeckt. Doch an die Pflanzen hatte sie zuletzt gedacht, als sie sich zwei Wochen zuvor mit ihrem offenen Knöchelbruch zum Telefon gezogen hatte. Schöne, grüne und jetzt eingegangene Pflanzen. Sie weinte um jede einzelne, bat um Verzeihung für mehr als zwei Wochen anhaltende grobe Vernachlässigung.

Sie hatte nicht einmal in der Gartenwohnung angerufen, um Irene auf eine Tasse Kaffee einzuladen und sich mit dem Gedanken an andere Leiden, die so viel größer waren, zu trösten. Leider rauchte Siri Taraldsen, und das konnte Irene nicht vertragen. Mindestens eine Stunde intensiven Lüftens war vonnöten, ehe Irene hereinkommen konnte. Und deshalb kam es nicht oft zu einem solchen Besuch.

Sie hatten einander sehr wenig zu sagen, es ging ihnen vor allem darum, auf einer zivilisierten Vermieterin/Mieterinnen-Basis einen sozialen Kaffeekontakt aufrechtzuerhalten. Denn obwohl Irene mit Büchern arbeitete, interessierte sie sich nicht wirklich für Belletristik. Sie kannte sich mit Neuerscheinungen einigermaßen aus, wusste, welches Buch bei welchem Verlag erschien, aber das war auch schon alles. Die Gespräche dauerten deshalb nie lange. Doch wenn Irene bei ihr war, rauchte Siri Taraldsen auf der Terrasse. Jetzt war die Terrasse mit ihrer zwanzig Zentimeter hohen Holzschwelle unerreichbar geworden.

Sie hatte eine tränennasse Zigarette nach der anderen in sich hineingesaugt, fast außer sich vor Angst, während sie ihre Situation wie aus der Entfernung betrachtete. Sie: ein Tatmensch, ein lösungsorientierter Mensch, der Sachen aus dem Weg räumte, der immer die Verantwortung übernahm und Probleme beseitigte, der um diese Jahreszeit zum Beispiel den Garten winterfest machte, aufband und bedeckte, den Boden säuberte, den Rasen in der richtigen Höhe, was den Frost betraf, mähte, Pflaumen, Äpfel und Ebereschenbeeren erntete, Saft und Marmelade einkochte, Wein ansetzte, im Keller Kräuterbündel zum Trocknen aufhängte. Es gab nichts, was Siri Taraldsen in Haus und Garten nicht schaffte. Normalerweise. Sie lud gern Bekannte zum Essen ein und hätte sicher auch Kochbücher und Handbücher über traditionsreichen Tischschmuck herausgeben können.

Im Grunde war sie ein ungeheuer energiegeladener Mensch.

Aber hier saß sie nun.

Die Kinder hatte sie mit Lachen und Ausreden an der Nase herumführen können, es sei nun wirklich nicht nötig, dass Tiril sich Urlaub nahm und die lange Reise aus Paris antrat, um ihr zu helfen: sie sei doch nicht krank, es sei wirklich nur ein kleiner Knöchelbruch, Haushaltshilfe und Krankengymnastin kämen zu ihr ins Haus, es sei kein Problem, sie werde nun endlich die Zeit finden, sich über die Regale mit den ungelesenen Büchern herzumachen, deren Schutzumschläge bisher kaum Fingerabdrücke aufwiesen, sie freute sich! Und Lars-Oscar wollte sie auf keinen Fall im Haus haben, sie hatte gnädig gestattet, dass er in einigen Wochen vorbeischaute, um das Nötigste im Garten zu erledigen, nur das Allerallernötigste, das Werkzeug in den Schuppen stellen, solche Dinge. Seine Freundin, Tove, hing ihm immer an den Fersen, und sie war eine Quasselstrippe, durchaus unterhaltsam zwar, aber nur in kleinen Portionen.

Es war ein seltsames Gefühl, jetzt hier zu sitzen und Bilanz zu ziehen. Sie hatte sich das noch nie überlegt, denn sie hatte noch längst nicht vor, alt zu werden und von anderen abhängig zu sein. Oft war die Rede von Netzwerken, wie wichtig die seien. Sie selber hatte an den Begriff »Netzwerk« bisher nicht einen Gedanken verschwendet, es klang zu albern, zu hilflos. Es war die Rede von Freunden, wie wichtig die seien. Und natürlich hatte sie Freunde, oder genauer gesagt, gute Bekannte. Kolleginnen und Kollegen. Aber keine enge Freundin. Oder einen Mann. Für Männer hatte sie keine Zeit, keine Kraft, keinen Platz in ihrem Leben. Die, die sie von der Uni her kannte, waren Menschen, mit denen sie kollegiale Uni-Dinge unternahm. In der Mensa saß und klatschte, Sightseeing-Erlebnisse teilte, wenn sie Seminare in Molde oder Stockholm besuchten, die sie zum Essen samt Kaffee und Kognak einlud, von denen sie eingeladen wurde. Gebildete, intelligente, problemlose Treffen. Gesellig, mit Lachen und Scherzen, aber Freunde waren das nicht. Zwei hatten sie im Krankenhaus besucht; sie hatten für ein gediegenes Blumengesteck gesammelt und telefoniert, um die Vertretungsfragen zu klären.

Aber sie konnte sie nicht darum bitten, das zu erledigen, was erledigt werden musste. Sie hatte ihnen angeboten, Obst zu pflücken, aber bisher war noch niemand mit Eimer oder Netz aufgetaucht; sie konnte sich die Kollegen beim Beerenpflücken auch nur schwer vorstellen. Die Tochter des Institutsdirektors hatte während ihrer Zeit im Krankenhaus die Kräuter geerntet, die interessierte sich dafür, und jetzt hingen die Pflanzen in einem anderen Keller. Aber alle hatten gesagt, sie solle anrufen, wenn sie etwas brauchte.

Wenn sie etwas brauchte? Ja, sie brauchte dauernd etwas. Da war ein Regal, das sie nicht erreichen konnte. Die Probleme im Badezimmer. Die Kleider, die sie nicht bügeln konnte, weil ihr Bügelbrett alt war und sich nicht auf die für den Rollstuhl passende Höhe einstellen ließ. Aber um solche Dinge konnte sie niemanden bitten. Es war nicht lebenswichtig, dass sie die Gegenstände in den Regalen nicht erreichen konnte oder im ungebügelten Hemd dasaß. Es war nicht einmal lebenswichtig, dass der Briefkasten nur an den Tagen geleert wurde, an denen die Haushaltshilfe kam.

Die kam nur jeden vierten Tag und war bereits einmal hier gewesen. Mit einer Liste von allen Aufgaben, die nicht in ihr Ressort fielen. Sie hatte geputzt und Lebensmittel gekauft, hatte Kleider gewaschen und in die Trockentrommel gelegt. Zur Bank wollte sie nicht gehen, und Hilfe bei persönlichen Dingen wie Haarwäsche war völlig ausgeschlossen.

Aber an diesem Tag war glücklicherweise der Badestuhl geliefert worden. Und am nächsten Tag würde die Krankengymnastin kommen und ihr zeigen, wie sie das Gehgerät benutzen müsste, ohne den Körper falsch zu belasten.

Es passierte also einiges. Und ihr Fuß würde wieder heilen. In ein paar Monaten. Monaten! Die Vorstellung, so von ihrem eigenen Unglück gefesselt und angekettet zu sein, war unerträglich. Und ihre Hartnäckigkeit, ihre verdammte Hartnäckigkeit, die ihr die Kraft gegeben hatte, einen Aufenthalt in einer Rehaklinik abzulehnen. Sie hatte einfach nur nach Hause gewollt. Nach Hause! Sie hatte sich eingebildet, dass dann alles besser würde. Wenn sie erst zu Hause war und die Tür hinter sich zuziehen konnte.

Aber selbst das hatte sie nur mit Mühe geschafft …

Sie war an einem Bild im Flur hängen geblieben und hätte es fast von der Wand gerissen bei ihrem Versuch, die Tür zu schließen. Und Irene ging nicht ans Telefon. Nicht, dass sie eine große Hilfe wäre, so krank und hilflos, wie sie selber war, aber sie hätte doch immerhin die Post hereinholen und vielleicht zur Bank gehen können. Vielleicht lag sie selber im Krankenhaus? Sie hatte ziemlich elend ausgesehen, als sie sie dort besucht hatte, mit fahler Hautfarbe, schlapp. Sie hatte gesagt, sie werde nur dieses eine Mal kommen können, weil sie schreckliche Angst vor Infektionen hatte und der Gedanke an eine weitere Penizillinkur für sie unerträglich sei. Mukoviszidose, eine grausame und langsam tötende Krankheit. Aber Siri konnte sich nicht damit befassen, wie erbarmungslos dieses Leiden wirklich war, nicht, wenn sie an ihren eigenen Zigarettenkonsum dachte; sie wusste zwar, dass diese Krankheit angeboren war, aber trotzdem machten Irenes Qualen ihr klar, wie abhängig die Menschen von dieser armseligen Lunge waren, dass die funktionierte, dass sie elastisch und geräumig blieb.

Vielleicht besuchte sie ihre Eltern? Nein, dann hätte sie einen Zettel hinterlegt oder im Krankenhaus angerufen und Bescheid gesagt. Außerdem hing Irene nicht sonderlich an ihren Eltern. Die umsorgten sie zu sehr, und die Mutter weinte, wenn Irene die Wahrheit sagte, ununterbrochen, wenn Irene doch einmal die lange Reise in den Norden auf sich nahm, um sie zu besuchen, auf der kleinen Insel, die aus Gras, Himmel, Meer, Unwetter, Schafen und im Grunde sonst nichts bestand. Sie weinte ununterbrochen bei dem Gedanken daran, dass ihre Tochter nicht alt werden würde, dass sie allein lebte und allein zurechtkommen musste, dass ihr einziges Kind ihnen wohl nie ein Enkelkind schenken würde. Nach Irenes Darstellung weinte sie außerdem um ihr eigenes trauriges und isoliertes Leben und machte Irenes Krankheit dann für alle Tränen verantwortlich, während sie die Trauer aus sich herausströmen ließ, die sie in ihrem öden Alltag mit einem Mann, der höchstens einmal eine Bemerkung über das Wetter fallen ließ, angehäuft hatte.

Siri hätte gern gewusst, ob Irene ihren Eltern von ihrem Freund erzählt hatte, oder was der nun sein mochte. Es hätte den Eltern sicher gefallen zu hören, dass ihre Tochter jemandem wichtig war. Irene mochte übrigens nicht, dass von ihrem »Freund« die Rede war. Und sie wollte nie über ihn reden. Siri staunte darüber, dass eine junge Frau von heute in dieser Hinsicht so verlegen war, und das hatte sie auf ihre direkte Weise auch zum Ausdruck gebracht. Aber Irene hatte nur geantwortet, sie habe niemals einen Freund gehabt, die Krankheit halte die Männer auf Distanz, und ein plötzlich einsetzender zäher Schleimhusten sei nun einmal wenig romantisch.

Siri Taraldsen hatte ihn im Grunde nicht einmal richtig gesehen. Sie hatte einen langgliedrigen, jungen Mann registriert, der in Irenes Gartenteil über den Plattenweg gelaufen war. Sie hatte ihn durch die Bäume gemustert, dünne Arme und Beine, die sich in alle Richtungen bewegten. Er hatte sie an einen hoch gewachsenen Wasservogel oder an eine Art Insekt erinnert.

Sie rollte den Stuhl zur Gartentür, öffnete sie und nahm den metallischen Erdgeruch des Gartens und den süßlichen Duft des toten Laubes wahr, das sich hinter dem Terrassengeländer aufgehäuft hatte. Alles roch nach ungetaner Arbeit. Langsam nahm sie die Gerüche in sich auf. Nur von hier aus konnte sie die Äpfel sehen, die mindestens zehn Glas köstliches Gelee und mindestens fünfundzwanzig Liter Apfelwein ergeben hätten.

Dort draußen lag die Welt. Dort draußen gab es die Uni

und die Studenten, wo jetzt eine Examenskandidatin über Tove Ditlevsens Werk dozierte, eine Symbiose aus gelebtem Leben und Literatur. *Einer nach dem anderen werdet ihr staunend stolpern und fallen ...*

Ein Ast war abgebrochen und zu Boden gefallen. Die Tiere im Kompost schwelgten im Überfluss, was sie im Frühling sicher bemerken würde. Mehr Regenwürmer als sonst, mehr Mistkäfer. Sie konnte nur hoffen, dass ein früher und schneereicher Winter alle Versäumnisse überdecken würde, der Schnee verlieh Tod und Verwesung immer einen Hauch von Unschuld und Reinheit.

Sie registrierte, dass es jetzt regnete. Sie beugte sich vor und konnte die Tropfen auf ihrer Stirn gerade noch ahnen. Sie war gestolpert und gefallen, aber sie lebte noch. Und sie würde wieder auf die Beine kommen. Ganz bestimmt.

Er ging davon aus, dass er den brennenden Salzgeschmack auf der Zunge noch lange nicht vergessen würde, den Geschmack von den Momenten, wenn er mit ihrer Haut in Berührung gekommen war. Sie hatte ihm erklärt, es hänge mit Enzymen zusammen, mit einer Fehlfunktion der Bauchspeicheldrüse, die sich in die Verdauung fortpflanzte, oder, genauer gesagt: in den Mangel an zersetzender Verdauung.

Er hob den Arm und leckte seine eigene Haut. Die war befreiend geschmacklos. Doch das Salz, das sie bedeckt hatte, inspirierte ihn, alles über Warane zu lesen, vor allem über den Komodowaran, den einzigen überlebenden Drachen auf der Welt.

Er schaute zu der Skizze hoch, die er von einem riesigen Exemplar dieser Art gezeichnet hatte. Ein Tier zu zeichnen, es mit dem Bleistift von einem anderen Bild zu kopieren, gab ein ganz neues Wissen, er fing die Seele dieses Tieres in seinen Fingerspitzen ein, nicht nur mit den Augen.

Ein Komodowaran trinkt Meerwasser und scheidet das Salz aus. Das Salz sammelt sich auf seiner Nase, und der Waran kann es durch regelmäßiges Niesen von dort entfernen. Auf diese Weise hat er sich den Verhältnissen angepasst. Geschickt hat er gelernt, die Natur maximal auszunutzen, auch Teile der Natur, die ursprünglich vielleicht den sicheren Tod bedeutet hatten. Denn zu viel Salz kann niemand vertragen. Weder auf der Haut noch in der Nase. Oder auf der Zunge.

Der Komodowaran. *Varanus komodoensis,* so genannt nach der Insel Komodo, unterscheidet sich von anderen Waranen durch seine kräftige, gelbe Zunge. Außerdem ist er groß. Eine Riesenechse. Ein echter Drache!

Er musterte die Zeichnung ehrfürchtig. Die wütende, breitbeinige Haltung, den aggressiven Winkel des Nackens, den Blick, die schuppige Haut, den Schwanz, der fast so lang wie der Körper und eine tödliche Waffe ist. Dennoch ernährt der Waran sich am liebsten von kleinen Vogeleiern und an Land geschwemmtem Aas. Den lebensgefährlichen Schwanz bekommen vor allem zur Paarungszeit die Rivalen zu spüren.

Er mochte den Blick dieses Tieres. Kompromisslos, fast leer, ohne jede Moral. Kein Tier besitzt Moral, und jedes setzt sich an die erste Stelle. Aber nicht alle Tiere zeigen das so deutlich mit ihrem Blick. Schlangen tun es, Eisbären auch. Und Echsen, Krokodile, Warane. Sie zeigen schamlos ihren grenzenlosen Egoismus und Überlebensdrang, durch ihren starren, direkten und eiskalten Blick. Der größte bekannte Komodowaran hatte im Zoo von St. Louis gelebt und war 3,13 Meter lang geworden, bei einem Gewicht von 249 Kilo, ein gewaltiger Brocken, doch ein Jux. Jeder Zoo war ein Jux, und die Vorstellung, dass dieser Waran dort eingesperrt gewesen war, tat ihm weh. Er wurde wütend, wenn er daran dachte. Den Menschen preisgegebene Tiere, hohen Zäunen und gedankenlosen Gaffern ausgeliefert. Tierrassen, die vom Aussterben bedroht waren, weil der *Homo sapiens* mit seinen eigenen Bedürfnissen ihre Lebensgrundlage zertrampelte.

Während die Tiere doch Fürsorge brauchten. Fürsorge und Respekt. Eine Fürsorge, die achtungsvoll auf Distanz blieb, eine Fürsorge, die darin bestand, Distanz zu halten, wegzubleiben.

Er stand auf und holte eine halbvolle Flasche Cola aus dem Kühlschrank neben dem Heizkörper. Trank. Dachte, dass der Geschmack der Kohlensäure an Salz erinnere. An ihre Haut. Und an ihren Geruch. An die Fürsorge, die sie gebraucht hatte. An die Distanz, die sie signalisiert hatte, um damit zu zeigen, wie dringend sie Fürsorge brauchte. An ihre Lebensgrundlage, die er nicht zertrampelt, sondern die er so gut wie möglich einzurichten versucht hatte. An ihre Undankbarkeit. Er hatte sie für schutzbedürftig gehalten. Nach und nach hatte er erkannt, dass sie von der Ausrottung bedroht war.

Solche Überlegungen fand er ungeheuer faszinierend, sie waren für ihn ein echtes Dilemma: Sollte man eingreifen und verhindern, dass nur die Stärksten überlebten? Wurde damit nicht die Fähigkeit der Art zum Stärkerwerden ruiniert? Und wenn diese Art der Mensch war, sägte man dann nicht am eigenen Ast, wenn man den Schwachen Krücken gab? Und sabotierte damit die Entwicklung auf längere Sicht? Wenn eine Eulenart oder eine Käferart ausstarb, lag das nicht gerade daran, dass deren Lebensweise kein Recht auf Ewigkeit besessen hatte? Und dass diese Art durch ihr Verschwinden den Boden für eine neue und stärkere Eulen- oder Käferart bereitete?

Er dachte an alle Zigaretten, die er geraucht hatte. Was für eine Leistung. Sie hatten ihm geschmeckt, hatten ihm *gut* getan. Salz kann töten. Und Zigaretten seien auch schädlich, hatte er gehört. Er lächelte.

Aber etwas machte sich in seinem Hinterkopf bemerkbar. Etwas, das mit diesem Wasserfiltersystem zu tun hatte. Mit drei kleinen Schritten hatte er sein Zimmer durchquert und stand vor den Regalen mit den Büchern über Tiere ganz allgemein und über bedrohte Tierarten im Besonderen. Seine Hand bewegte sich auf das alte Vogelbuch zu, das ihn in den zehn Jahren, seit er das Heim verlassen hatte, nun schon begleitete. Und dann wusste er es wieder. Der Eissturmvogel. Er schlug nach, um ganz sicher zu sein. Doch, seine Erinnerung hatte ihn nicht getrogen, stolz nickte er vor sich hin.

Der Eissturmvogel. *Fulmarus glacialis,* auch Seemannsfreund genannt. Dieser Vogel filterte aus dem Meerwasser, das er trank, alles Salz heraus. Beeindruckend. Er stellte das Buch zurück und machte sich ans Aufräumen. Überall Zeitungsstapel. Er fragte sich, wann sie wohl gefunden werden würde, damit er nicht mehr jeden Tag massenhaft Zeitungen kaufen und die vielen Quadratmeter flachhirniger Fußballberichterstattung durchblättern müsste. Er verabscheute Zeitungen, schon am Tag nach ihrem Erscheinen war der Inhalt einer Zeitung nicht mehr aktuell, taugte nur noch dazu, Fische einzuwickeln. Das gedruckte Wort müsste wie ein Sekret der Erkenntnis, des Wissens und der Klugheit auskristallisiert und zu Büchern werden, zu vielen Buchseiten zwischen steifen Einbanddeckeln, wo der angedeutete Horizont zu einer Angelegenheit zwischen ihm und dem Autor wurde, zu einer Zweisamkeit, die nur sie beide etwas anging.

Zeitungen wurden von allen gleichzeitig gelesen. Der Inhalt wurde damit unnütz und unbrauchbar, weil so ausgeschlossen war, dass sich ein Mensch durch einzigartiges Wissen über den gemeinen Haufen erhob. Er füllte zwei große Plastiktüten mit Zeitungen und brachte sie zum Container.

Es regnete.

Die Idee war ihr mitten in der Nacht gekommen und hatte sie fast glücklich gemacht, weil ihr zugleich aufgegangen war, dass sie sich jetzt auf Lösungen konzentrierte, nicht mehr nur auf die Probleme.

Kabelfernsehen und Internet, hatte sie gedacht. Beides. Wenn Siri Taraldsen nicht zum Berg kommen konnte, dann musste der Berg eben zu ihr kommen. Für ein paar Tausender würde sie sich die Welt ins Wohnzimmer holen. Früher hatte sie das Haus verlassen, um der Welt zu begegnen, und hatte alles, was sich draußen rührte, von ihrem Haus fernhalten wollen. Ihr Haus war ein Nest, eine Oase der Ruhe, in der es nur eine kleine Tischantenne und die Aftenposten gab, die jeden Morgen und jeden Nachmittag auf ihrer Treppe lag. Bei der Arbeit hatte sie Internet. Das reichte ihr völlig, weil sie selber diejenige war, die sich physisch bewegte, blitzschnell von einer Möglichkeit zur anderen.

Aber jetzt wollte sie sich die Welt ins Haus holen. Ihr Haus zu einem Zentrum von Information und Informationsfluss machen. Der kleine Computer, den sie als bessere Schreibmaschine nutzte, würde ein neues Zeitalter kennen lernen, ein neues Tempo, einen Durst nach neuem Wissen.

Glücklich beeilte sie sich bei der Morgentoilette. Dass sie sich beeilte, bedeutete, dass sie eine Stunde brauchte statt anderthalb. Jede Bewegung auf einem Bein musste koordiniert werden, im Badezimmer war kein Platz für ihren Rollstuhl, die

Krücken konnten auf einem unsichtbaren Wassertropfen wegrutschen, der Badestuhl wurde zu einem Rettungsring im aufgewühlten Meer, das Waschbecken ächzte in allen Fugen, wenn sie sich mit ihrem ganzen Gewicht darauf stützte, um sich aus dem Stuhl zu erheben, und der Gips musste in Plastik gewickelt und mit wasserdichtem Klebeband befestigt werden.

Nach der Dusche war sie bald wieder in Schweiß gebadet, einfach von der Anstrengung, sich anzuziehen und sich wieder in den Rollstuhl zu bugsieren. Danach kam der Kampf, die Zeitung, mit der Krücke als einer Art Pinzette von der Fußmatte aufzuklauben, ehe sie das zerknüllte Bündel von Tagesnachrichten auf ihren Schoß legte und in die Küche rollte.

Sie sollte sich vielleicht einen neuen Computer kaufen? Einen, der die Belastung des gesammelten elektronischen Wissens der ganzen Welt tragen konnte? Der alte wuselte nur durch seine eigenen Leitsysteme, behaglich vertieft ins Redigieren von Artikeln; er hatte sich mit tiefen Gedanken über das Menschenleben amüsieren dürfen, in letzter Zeit vor allem mit Tania Blixens Schicksalsphilosophie: *Wir müssen das Leben prägen, solange wir noch die Macht dazu haben, damit es sich nicht schließt, wenn wir es hinterlassen, und keine Spur von uns bleibt.*

Sie rief Lars-Oscar an. Computer waren etwas anderes als Arbeiten in Haus und Garten. Er interessierte sich sehr für Computer, von ihr um Rat gefragt zu werden, würde ihn freuen und ihm schmeicheln und ihm die Möglichkeit geben, in einem Bereich zu brillieren, in dem er sich wie ein Fisch im Wasser bewegte.

»Aber du musst mir auch dabei helfen, die alten Dateien auf den neuen Apparat zu übernehmen.«

»Natürlich«, versicherte Lars-Oscar in allerbester Laune, jetzt, wo er seiner Mutter als Computerexperte dienen konnte. »Heutzutage haben alle eine vollständige Ausstattung zu Hause, Mutter. Endlich hast du das begriffen. Und mit ISDN …«

»Was bedeutet eigentlich ISDN?«

»Das bedeutet, dass du telefonieren kannst, auch wenn du online bist. Und dass alles viel schneller geht.«

»Muss es denn so schnell gehen?«

»Ja, ich verspreche dir, dass du begreifen wirst, was Langsamkeit ist, wenn du nur so eine altmodische Modemkiste hast. Du bist durch die großen Rechner an der Uni verwöhnt.«

»Die habe ich doch nur ganz selten benutzt. Und dann hänge ich meistens über der Schulter eines Studenten …«

»Genau. Ist doch klar, dass du ISDN brauchst. Aber ich brauche eine Woche, um mich ein bisschen umzuhören«, sagte er. »Für dich das passende Paket zusammenzustellen. Und du brauchst einen Farbdrucker.«

»Wirklich?«

»Aber sicher. Wenn du zum Beispiel etwas aus dem Internet ausdrucken willst. Das wird toll, weißt du. Aber beantrage sofort einen ISDN-Anschluss, das kann etwas dauern.«

»Und inzwischen will ich mir Kabelfernsehen legen lassen«, sagte sie.

»Meine Güte. Ich muss schon sagen, du machst dich. Kabelfernsehen?«

»Dann bekomme ich Schweden mit viel besserem Bild, und dänisches Fernsehen und BBC. Es gibt viele gute Literaturprogramme, und jetzt hab ich ja Zeit, sie anzusehen. Und deutsches und französisches Fernsehen, um meine Sprachkenntnisse ein bisschen aufzupolieren.«

Sie hörte den Eifer in ihrer Stimme, freute sich darauf, sich einen Zipfel von Europas Kulturleben ins Wohnzimmer zu holen, mit einem Gewicht auf Literatur, von dem die jungen norwegischen Programmmacher, bei denen alles hip und schnell sein musste, keine Ahnung hatten.

»Wie geht es denn sonst?«, fragte Lars-Oscar in einem Tonfall, der nicht gerade zu einer unangenehm ehrlichen Antwort aufforderte.

»Gut. Es geht gut.«

»Mit dem Fuß und …«

»Sicher.«

»Ich hab ein wenig ein schlechtes Gewissen, weil ich …«

»Das ist wirklich nicht nötig.«

»Aber wenn ich ohnehin einen zeitgemäßen Menschen aus dir machen soll, kann ich ja auch im Garten gleich ein bisschen Ordnung schaffen. Wäre dir das recht?«

»Das wäre sehr schön, Lars-Oscar. Das wäre wirklich großartig. Aber nicht über zwanzigtausend. Das ist die äußerste Grenze.«

»Na gut …«, er zögerte ein wenig. Hätte wohl am liebsten freie Hand gehabt, um das einzukaufen, was er selber für die Traumausrüstung hielt, was immer das sein mochte.

Den restlichen Vormittag widmete sie zielgerichteten Telefonaktionen. Gegen Mittag hatte sie in Erfahrung gebracht, dass vor dem Haus der Pedersens ein Kabel verlief, das bis zu ihr verlängert werden konnte. Sie wusste, dass dieses Kabel ihr Grundstück durchkreuzen und bis zur Wand reichen würde; sie würde dafür sorgen müssen, dass es eingegraben wurde. Und schon am nächsten Tag sollten die Installationsarbeiten beginnen.

Sie war ein wenig müde, obwohl sie doch nur mit dem Telefon in der Hand dagesessen und sich auf einem weißen

Stück Papier Notizen gemacht hatte. Trotzdem wählte sie noch einmal Irenes Nummer. Keine Antwort.

Ob ihr Telefon defekt war? Nein, Irene war nicht zu Hause, denn sonst hätte sie vorbeigeschaut, hätte auf jeden Fall in der Haustür gestanden und gefragt, ob die Bahn frei sei, rein atemwegsmäßig. Sie musste doch gemerkt haben, dass das Haupthaus wieder bewohnt war.

Ein anderer Gedanke, der ihr zu schaffen machte, war, dass der Briefkasten bei ihrer Rückkehr aus dem Krankenhaus voller Post gewesen war. Irene hatte ihr bei ihrem Besuch die Post mitgebracht und versprochen, auch weiterhin den Kasten zu leeren. Wann war dieser Besuch noch gewesen? Zwei Tage nach der schicksalhaften Wanderung in den Keller?

Siri Taraldsen beschloss, Irene bei der Arbeit anzurufen. Vielleicht saß sie dort wie immer und wohnte nur für einige Zeit bei ihrem Freund. Siri Taraldsen hatte Irene noch nie bei der Arbeit angerufen, aber nach vielem Hin und Her war sie mit der richtigen Büchereifiliale verbunden.

Ein junger Mann meldete sich, ein junger Mann, der keine Ahnung hatte, wer oder wo Irene war; er arbeitet eigentlich in einer anderen Zweigstelle, sagte er. Aber er wusste, dass diese Irene wohl in der vergangenen Woche Überstunden abgestottert hatte, das nahmen jedenfalls seine Vorgesetzten an, in dieser Woche jedoch hatten sie sie zurückerwartet. Sie hatten erfolglos versucht, sie zu Hause anzurufen und gingen nun davon aus, dass sie wieder krank geworden war.

»Was hat sie denn?«, fragte der Mann.

»Mukoviszidose«, sagte Siri Taraldsen.

Am nächsten Tag bat sie die Haushaltshilfe, Irenes Briefkasten zu leeren. Der enthielt zwar allerlei, aber kaum private

Post. Mürrisch warf die Haushaltshilfe den Staubsauger an, während Siri Taraldsen die Reklame aussortierte und die Briefe von Bank und Versicherung sowie eine Telefonrechnung zur Seite legte. Die Daten der Poststempel konnten darauf hinweisen, dass Irene seit ihrem Besuch im Krankenhaus nicht mehr hier gewesen war, obwohl es noch einen zeitlichen Spielraum gab, da die Wege der Post nun einmal undurchschaubar sind.

Sollte sie alle Krankenhäuser anrufen? Nein, das ginge denn doch zu weit. Sie kannte die Frau ja kaum. Im Grunde. Und war nicht für sie verantwortlich. Eine erwachsene Frau! Sie konnte ganz spontan mit diesem Freund in Urlaub gefahren sein oder bei ihm im Bett liegen und sich aus der Welt abgemeldet haben. Da war es besser, Irenes Eltern anzurufen. Nur sicherheitshalber.

Sie rief die Auskunft an und erfuhr, dass auf der Insel am Ende der Welt eine Unzahl von Erwachsenen lebte, die denselben Nachnamen hatten wie Irene, offenbar war die ganze Bande miteinander verwandt. Deshalb hatte sie zuerst Irenes Onkel an der Strippe. Er stellte sich nicht als Onkel vor, gab aber im Laufe des Gesprächs die Information preis, dass die Anruferin wohl seine Schwester suche, Irenes Mutter.

»Geht's Irene denn gut?«

»Sicher, tausend Dank.« Sie ließ sich die Nummer der Eltern geben, starrte eine Weile die Ziffern an und fragte sich, ob Mukoviszidose die Folge von Inzucht sein könne. Sie wählte die andere Nummer und hörte dann das Klingelzeichen. Sie musste improvisieren.

»Guten Tag, hier ist Siri Taraldsen, Irenes Vermieterin. Ich wollte nur fragen …«

»Ist was passiert? Ist Irene wieder krank?«

Das war die Mutter. Sie weinte offenbar schon. Bei ihr war Irene also nicht.

»Ich komme selber gerade erst aus dem Krankenhaus, wissen Sie, und Irene hat mich besucht und gesagt, sie wolle verreisen, ich weiß nur nicht mehr, wohin. Ich dachte, Sie wüssten das vielleicht, ich muss mit ihr sprechen, wir wollen hier im Haus nämlich Kabelfernsehen legen lassen.«

»Verreisen? Davon weiß ich nichts. Nein, das weiß ich nicht. Verreisen, sagen Sie?«

Sie wagte nicht, sich nach dem Freund zu erkundigen. Ob der einen Namen habe. Das könnte ein Fehler sein, möglicherweise würde Irenes Mutter wütend werden. Sie beendete deshalb das Gespräch und überlegte. Am liebsten hätte sie die Haushaltshilfe gebeten, mit dem Nachschlüssel in Irenes Wohnung nachzusehen, aber die Vorstellung von deren mürrischem Gesicht reichte, um sie von dieser Idee Abstand nehmen zu lassen. Die Haushaltshilfe hatte schon gereizt auf die Zumutung reagiert, *zwei* Briefkästen leeren zu müssen.

Sie schloss die Augen und lauschte den Haushaltsgeräuschen. Es war so ungewohnt, dass eine Fremde ihre Nase in Ecken und Winkel steckte und ihren ganz privaten Wollmäusen guten Tag sagte; es quälte sie, dass ihr Haus auf diese Weise durchwühlt wurde. Es ging um Kontrolle, das war Siri Taraldsen klar; es quälte sie, nicht alles unter Kontrolle zu haben. Sicher hatte dieses Kontrollbedürfnis sie daran gehindert, einen neuen Mann in ihr Leben zu lassen. Einen, der ihr jetzt helfen könnte. Wenn Thor noch lebte … dann wäre ein Knöchelbruch eine Art Urlaub, er hätte sie umsorgt, sie wie einen angeschossenen Vogel behandelt, wie eine Prinzessin.

Aber jetzt hatte sie immerhin zwei neue Projekte in die Wege geleitet, die sie sich selber ausgedacht hatte und energisch angegangen war.

Und sie war schon gespannt darauf, wie es nun weitergehen würde.

Er musste nicht alle Bücher von Anfang bis Ende lesen, aber er fand es wichtig, sie im Haus zu haben. Sie einzuschließen. In seinem Zimmer zu sitzen und seinen Blick über die Bücherregale schweifen zu lassen und zu wissen, dass er jederzeit aufstehen und das Buch nehmen, es öffnen, sich den Inhalt aneignen könnte. Von den Büchern, die er aus der Bibliothek geholt hatte, kaufte er sich die besten nachher selber. Schrieb die Verlage an, wenn er sie im Buchladen nicht finden konnte, suchte in Antiquariaten.

Sie hatte Bücher ebenso *angefasst* wie er selber, das hatte ihn als Erstes angezogen; als wiege sie das Buch in der Hand, mit einer weichen Bewegung des Ellbogens, ehe sie es behutsam oben auf den Stapel legte, ohne lautes Klatschen oder Knallen, wie man es im Buchladen erleben konnte, wo Bücher vor allem eine Geld bringende Ware auf einer Ebene mit Milch und Brot waren. In einem Buchladen wurden die Bücher fast besudelt. In einer Bibliothek wurden sie gepflegt.

Außerdem war ihr Rücken auf eine seltsame Weise gekrümmt gewesen, die ihn fasziniert hatte. Er wirkte nicht unterjocht oder besiegt, dieser Rücken, sondern gespannt wie eine Stahlsaite, als versuche er, sich einer lauernden Gefahr zu stellen. Später erfuhr er dann, dass die mühselige und hoffnungsvolle Arbeit der Lunge ihren Oberkörper mit eisernem Griff gepackt hielt, und noch später erinnerte ihre Rückenlinie ihn an eine Waffe, an eine Schleuder oder eine Armbrust im Moment der maximalen Dehnung, ehe der Angriff erfolgt. Auf ihn. Ein brennender Angriff, eine Ohrfeige, ein Speichelklumpen. Wenn die Spannung zu präzisem Hass umgeformt wurde, zu präzisem und messbarem Abscheu.

Sie fehlte ihm. Ihm fehlte die Notwendigkeit, sich zu verteidigen. Das Fehlen bestätigte, dass die Welt so war, eine Welt voller Menschen, die alle Energie darauf verwandten, anderen wehzutun, sich zu verstecken, zu lügen, unerwartet und ungerechtfertigt anzugreifen. Während Tiere keine Hemmungen hatten. Sie zeigten ihre Absichten offen und hatten keine Ahnung davon, welchen Kampfgeist sie an den Tag legten. Für sie war Kampfgeist etwas anderes als das, was Menschen darunter verstanden. Entweder gab es den Kampfgeist der Art oder den des Individuums. Den Kampf ums Überleben. Trotz allem.

Er saugte die Gerüche der Bibliothek in sich auf, einen Geruch von Staub und behutsamen Fingerspitzen, die sich ihren Weg blätterten, den Geruch von Atem und Blicken und abgegriffenem Leder, den Geruch von leisen Schritten und alphabetischer Reihenfolge, den Geruch einer Vergangenheit voller Schwindel erregender Vorstellungen von einer Zukunft, den Geruch des Todes, von toten Autoren, toten Buchbindern, toten Illustratoren und Fotografen. Von toten Bibliothekaren.

Ein junger Mann saß heute dort, er trug einen grünen Pullover mit Lederflicken an den Ellbogen. Ein unbekannter Mann, der ein wenig zu grob mit den Büchern umging. Sie suchten wohl nicht nach ihr, waren an ihre plötzlichen Krankheiten und an längeres Fehlen gewöhnt, und deshalb nahmen sie an, dass auch diesmal ihre Lunge dahintersteckte.

Und das stimmte ja auch. In gewisser Hinsicht. Er ertappte sich bei einem Lächeln.

An diesem Tag wollte er ein Buch über Bienen ausleihen, denn derzeit interessierte er sich für Instinkte, dafür, welche komplizierten Verhaltensmuster vererbt wurden, ohne weitere Anleitung. Der Baudrang der Bienen zum Beispiel, ihre tadellose und langfristige Planung waren doch ein Beweis für dieses wundersame DNS-Mysterium.

Als er das Buch auf den Tresen legte, fragte er: »Ist die andere heute nicht da?«

»Irene?«, fragte der Mann mit den Lederflicken.

»So heißt sie also?«

»Ja. Sie scheint krank zu sein.«

»Ich hab sie schon lange nicht mehr gesehen. Ist sie schon lange krank?«

»Ja.«

Der Mann reichte ihm das registrierte Buch.

Das war wirklich sehr klug von ihm gewesen. Richtig gerissen, so zu fragen, sich als unwissender Trottel darzustellen. Das musste doch puren Überlebensmechanismen und einem über dem Durchschnitt liegenden IQ zu verdanken sein.

Gaute Gullberg rechnete an diesem Tag mit gar nichts. Er hatte keine Ahnung, was ihn erwartete. Er hatte nur einige Stunden geschlafen, nachdem er vor dem Fernseher gesessen und einen Horrorfilm angeschaut hatte, dessen Ausleihfrist überschritten war, deswegen hatte er ihn vom Nachbarn übernehmen können. Blechen musste der ja sowieso.

Er hatte bis zum letzten Mord durchgehalten, bis zur letzten Konfrontation, und seine Nackenmuskeln hatten sich erst entspannt, als der erlösende Nachspann abgerollt war. Danach lag er wach und ärgerte sich über seinen langweiligen Alltag, und dachte, er hätte vielleicht zur Polizei gehen sollen, um Furcht erregende Morde aufzuklären, ausgeführt von undurchsichtigen Männern mit entsetzlicher Vergangenheit. Ein bisschen Action, zum Henker, statt immer nur vor dem ewigen Strom aus frisch montierten Antennenkontakten auf den Knien zu liegen und das Niveau des Signals zu messen. Scheißjob.

Und jetzt stand er wieder da. In einem fremden Haus, einem fremden Wohnzimmer, mit einem Menschen im Rollstuhl, der redete und redete, wo der Kontakt sitzen sollte, der Fernseher sollte anderswo stehen, sie wollte ihn vom Sofa und vom Esstisch aus sehen können.

Er hatte das schon oft erlebt, dass Menschen, die durch einen Unfall plötzlich behindert waren, zwei oder drei Sender zu wenig fanden. Und das konnte er gut verstehen. Außerdem liefen solche Aufträge zu allen Jahreszeiten ein, auch das war gut, dass sie sich regelmäßig verteilten.

Schlimmer waren Olympische Spiele oder Weltmeisterschaften. Dann war immer die Hölle los, als ob Olympische Spiele oder Weltmeisterschaften aus heiterem Himmel über die Menschheit hereinbrächen. Am Tag, ehe es losging, sollte alles funktionieren, und die Monteure mussten sich kaputt schuften. Der große Albtraum seines Lebens war der Januar 91 gewesen, als der Golfkrieg begann. Die ganze Welt wartete darauf, dass Saddam um Mitternacht, wenn die Frist auslief, eine lange Nase drehen und die Welt an der Fernsehfront neu und spannend machen würde, mit Action pur im Luftraum über Bagdad.

Alle wollten beim Countdown dabei sein, alle wollten CNN und Krieg live im Wohnzimmer haben, zu Fertigpizza und Cola. Gaute Gullberg hatte drei Tage fast ohne Pause gearbeitet. Die Kundschaft hatte nur geschnaubt und gerufen, los jetzt, selbst wenn er erklärt hatte, wie viele zusätzliche

Tausender dieser Anschluss kosten würde, mit allen Nachtzuschlägen. Am Geld sollte es nicht liegen, zum Henker. Angeblich wollten die USA ihre neuen Tarnkappenbomber einsetzen, die von Radargeräten nicht erfasst wurden und für chirurgische Bombardements entwickelt worden waren. Punkt Mitternacht würden die USA und die NATO Saddam auf die Finger hauen. Und wenn die Reporter von CNN ihr Leben aufs Spiel setzten und direkt aus der Luxussuite des Bagdad Imperial Hotel berichteten, dann wollte Ola Normalnorweger dabei sein und sich die Leckerbissen nicht als Wiederholung vom Norwegischen Rundfunk servieren lassen.

Gaute Gullberg hoffte wirklich, so etwas nie wieder erleben zu müssen, und er dachte dabei nicht an den Krieg und die zivilen Opfer im Irak.

»Ich wollte auch in die Gartenwohnung einen Kabelanschluss legen lassen«, sagte die Frau mit dem Gips, Siri Soundso.

»Wir nennen das Antennenkontakt«, sagte er müde.

»Aber es ist doch ein Kabel?«

»Es heißt aber trotzdem Antennenkontakt.«

»Ich möchte zwei von der Sorte.«

Er sehnte sich nach Schlaf. Er lag auf den Knien und träumte von einem großen, weißen Bett mit vielen, weichen Kissen, während er den Feldstärkenmesser einstellte und sich davon überzeugte, dass das DB-Mikrovolt über 63 lag.

»Ich kann nachher den Fernseher für Sie programmieren«, sagte er dann. »Ich bring nur noch den anderen Kontakt an.«

Sie zeigte auf die Querwand. »Dahinter liegt die andere Wohnung.«

Er nahm die Kabelrolle und warf sie an die Wand. »Ich muss wissen, wo der Kontakt genau sitzen soll. Und dann muss ich an dieser Stelle nachmessen.«

»Ach«, die Frau mit dem Gips versank in Gedanken. »Ich kann sie nicht erreichen«, sagte sie schließlich.

»Normalerweise empfiehlt es sich, den Anschluss dort zu legen, wo schon ein Fernseher steht«, sagte er müde.

»Sie hat nur einen kleinen Reisefernseher. Im Schlafzimmer. Und in ein Schlafzimmer will ich so einen teuren Kontakt nicht legen lassen. Schließlich geht das auf meine Rechnung, obwohl sie natürlich Miete bezahlt.«

»Na gut, aber was soll ich dann machen?«

»Vielleicht möchte sie den Fernseher ja ins Wohnzimmer stellen, und dann weiß ich wirklich nicht, wo der Anschluss hin soll. Könnten Sie nicht ... später noch einmal wiederkommen? Und das Kabel einfach durch die Wand in der Diele legen? Bis Irene ... meine Mieterin ... und ich uns geeinigt haben, wo ...«

»Sicher. Aber ich muss trotzdem in die andere Wohnung, um mir die Verhältnisse in der Diele anzusehen. Ich kann nicht einfach so durch Wände bohren. Könnte doch auf der anderen Seite allen möglichen Scheiß treffen. Aber ich glaube, ich programmiere Ihren Fernseher jetzt gleich.«

Er programmierte, während sie ihre Kommentare abgab. Das kannte er nur zu gut. Neue Kabelkunden hielten Monteure immer für stockblind. Glaubten, die könnten weder Fernsehsender noch Sprachen oder scharfe Bilder erkennen. Und es war offenbar für sie ein Mysterium, ein Mysterium, das ans Wunderbare grenzte, dass ein wildfremder Mann in ihr Wohnzimmer treten konnte, um die Fernbedienung in die Hand zu nehmen und genau zu wissen, wie man gerade diese Fernbedienung betätigt.

»Sie drücken einfach ...«

»Das weiß ich«, sagte er.

Schließlich waren sie beide zufrieden. Sie bot ihm einen

Kaffee an, er lehnte dankend ab. Sie gab ihm die Schlüssel zur Gartenwohnung.

Tommy Hansen gehörte zu den Menschen, die Kabelfernsehmonteure in ihren schlaflosen Nächten beneideten. Aber Tommy Hansen kam sich gar nicht beneidenswert vor. Früher einmal, vielleicht, hatte er wohl so gedacht und war stolz gewesen, hatte sich glücklich und privilegiert gefühlt, weil er Einblick in eine Welt gewann, von der er schon als kleiner Junge geträumt hatte, er hatte diese Welt beherrschen, alles über sie erfahren, sie durch das Erfassen von Zusammenhängen meistern wollen. Und er liebte seinen Job noch immer. Aber es war nur noch ein Job. Die Zeiten waren vorbei, in denen man mit Intelligenz und mühseliger Denkarbeit Kriminalfälle aufklären konnte.

Berufliche Herausforderungen gab es nur selten.

Ganz einfach, weil es nicht so viele Kriminalfälle gab. Die meisten Morde geschahen im Affekt und völlig ungeplant, waren kein *vorsätzlicher* Mord. Sie geschahen impulsiv, im Suff. Weshalb es dann am Tatort von technischen Spuren und redseligen Zeugen nur so wimmelte, und die Tatwaffe offen herumlag. Der Mörder selbst erschien sehr oft innerhalb weniger Tage bei der Polizei, brachte seinen Anwalt mit und lieferte ein tränentriefendes, reuiges Geständnis, und damit war die Sache aus der Welt. Was blieben, waren Papierarbeit und Routine.

Die wenigen Kriminalfälle, die anfangs wirklich wie Rätsel wirkten, und die es die Mühe hätten lohnen können, morgens aufzustehen, wurden von den Technikern gelöst. Inzwischen zeigten Fingerabdrücke, Haare und kryptische DNA-Analysen den Weg, nicht die Denkarbeit des Ermittlers, der in

Tweedanzug, mit dampfender Pfeife und Sherryglas ruhelos über das Parkett wanderte, während sein Gehirn langsam mögliche Verdächtige eliminierte und am Ende den Einen aufzeigen konnte, der Motiv, Gelegenheit und kriminelle Veranlagungen hatte.

Doch obwohl Tommy Hansen fünfundfünfzig Jahre zuvor mit einem Namen gesegnet worden war, der eines erfolgshungrigen Eishockeyspielers würdig gewesen wäre, hatte er das Mannschaftsspiel bei der Truppe jetzt satt. Er freute sich auf eigene Pässe vor offenem Ziel, er freute sich auf das Rentnerleben. Dann würde er mehr Zeit für sein großes Interesse haben: Hunde. Nicht irgendwelche Hunde, sondern Boxer. Er würde seine ganze Zeit mit Ausstellungen und Zuchtarbeit, mit Training und Charaktertests verbringen. Er selber besaß einen der erfolgreichsten Boxerrüden der letzten Jahre, nur wenige miese Punkte hatten den Dobermann aus Fredrikstad zum Hund des Jahres werden lassen. Aber im nächsten Jahr würde er es ihnen zeigen. Genauer gesagt, nicht er, sondern Otto.

Der schöne Otto, in zärtlichen Stunden König Otto oder nur König genannt, auch wenn er nach einem ganz anderen König genannt war als einem mit blauem Blut in den Adern, lag jetzt zusammengerollt mit seinen zweiundvierzig wohlgetrimmten Kilos in der Ecke zwischen Dusche und Badezimmerschrank. Dort stand sein Korb; er liebte das Badezimmer, weil es dort Fußbodenheizung gab. Otto war ein Hund, der es heiß liebte. Und er verließ sein warmes Nest erst, wenn Tommy Hansen geduscht und sich angezogen hatte und in der Diele nach der Hundeleine griff.

Bisher war Tommy Hansen jedoch nur bis zur Toilette gekommen, wo er versuchte wach zu werden. Sein Blick überflog alle Witze und Sprüche, die er an die Wand gegenüber gehängt hatte, in der Hoffnung, sein Gehirn anzukurbeln und auf »Tag« einzustellen.

Tommy Hansen hatte irgendwo gelesen, dass Humor die Immunabwehr stärkt, und deshalb versuchte er jeden Tag, sich mit Hilfe der Klowand zum Lachen zu bringen. Lieber das als ekelhafter Tran. Außerdem war er immer so müde, wenn er dort saß, dass jedes Wort und jede Gary Larson-Zeichnung ihm neu und unbekannt vorkamen. Er schmunzelte jeden Tag über ein Zitat von Auguste Ledru-Rollin, das er aus Dagbladet gerissen und mit Klebeband befestigt hatte: *Da geht mein Volk. Ich muss feststellen, wohin, damit ich es anführen kann.*

Er musste dabei immer an die verschiedenen norwegischen Regierungen und vor allem an Gro denken. Danach kam das geflügelte Wort der Miss Alabama 1994, die gefragt worden war, ob sie gern ewig leben würde, wenn das möglich wäre. *I would not live forever, because we should not live forever, because if we were supposed to live forever, then we would live forever, but we cannot live forever, which is why I would not live forever.*

Solche Lebensweisheit musste einen doch aus dem Schlaf reißen! Diese Frau jonglierte wirklich mit ihren Gehirnzellen. Aber das Letzte, was er sah, ehe er das Klopapier abriss, war eine Gary Larson-Zeichnung, die den Albtraum eines Ermittlers aufs Korn nahm. Ein Polizist hockte vor einem Ermordeten in schwarzem Anzug, das Messer ragte aus der Brust des Toten. Um beide herum standen dreißig identisch gekleidete Butler, unter einem Spruchband, auf dem stand, dass sie alle am Landeskongress der Butler teilnahmen. Und der nächststehende Butler fragt den Polizisten: *Who do you think did it, sir?*

Tommy Hansen lachte laut und schrill. Otto in seinem Korb nieste zweimal. Ein neuer Arbeitstag hatte begonnen.

Gaute Gullberg schloss die Tür auf und träumte dabei von seinem eigenen Sofa. Dann musste er an Hundekacke denken, hier stank es nach Hundekacke, gab es hier einen Hund? Er konnte Hunde nicht leiden.

Er ließ seinen Blick über den Boden wandern, konnte aber weder Hundekot noch Hundehaare entdecken. Er sah nur eine blaue Matte mit etwas Sand und ein Paar weiße Seglerstiefel, die in der Ecke standen. Er stellte sie an die gegenüberliegende Wand, sie sollten schließlich nicht vom Gipsstaub verdreckt werden, wenn er sich später durch die Wand hindurchfraß. Er klappte den Zollstock auseinander und maß die Entfernung zur Außenwand. An die siebzig Zentimeter. Kein Problem.

Später konnte er der Polizei nicht erklären, warum er die Wohnzimmertür geöffnet hatte. Er hatte dort nichts zu suchen, solange nicht feststand, wo der Antennenkontakt angebracht werden sollte.

Aber er öffnete sie. Drückte auf die Klinke und öffnete die Tür. Und in dem kleinen Moment, ehe seine Augen seinen Geruchssinn ausschalteten, konnte er feststellen, dass der Gestank sich verstärkt hatte, dass er ihn überwältigte und zu etwas viel Schlimmerem wurde, etwas ganz anderem, es wurde ein Geruch, der Brechreiz auslöste, wenn man nicht an ihn gewöhnt war, und das war Gaute Gullberg nicht. Dennoch erbrach er sich nicht, denn der Anblick kam so unerwartet, dass sein Gehirn für einen Moment seinen Geruchssinn ausschaltete und den Kampfplatz der Neugier überließ.

Er sah einen länglichen Gegenstand von Menschengröße, der in schwarze Plastikfolie eingewickelt war. Vermutlich zwei übereinander gezogene Müllsäcke, er konnte graues Klebeband erkennen. An einigen Stellen hatte das Klebeband sich gelockert. Das Paket war auf drei nebeneinander stehenden Holzstühlen arrangiert und damit auf Höhe des Couchtisches gebracht. Plastikfolie und Tisch waren von Kippen übersät. Auch anderes Zeug lag auf dem Tisch, und unter dem Tisch und den drei Stühlen sah er eine große, braune Lache, aber nun konnte Gaute Gullbergs Geruchssinn sich nicht länger aus der Sache heraushalten. Gaute Gullberg taumelte rückwärts durch zwei Türen und hinaus auf den Rasen. Lange starrte er auf seine Schuhspitzen und schluckte zweimal. Sein Mund lief vor Spucke über, er hatte genug zu schlucken.

Als er ganz sicher war, dass sein Mageninhalt nicht an die frische Luft strebte, ging er zum Haupthaus zurück. Er glaubte zuerst, sich ruhig und beherrscht zu bewegen, merkte jedoch, dass er rannte und nicht zum Atmen kam.

Sie saß noch immer an der Stelle, wo er sie verlassen hatte, am Tisch, mit nachdenklicher Miene. Im Fernseher lief ein schwedisches Programm. Er war nicht mehr müde. Und plötzlich fiel ihm ein Satz aus einem seiner zahllosen Videos ein: *Wenn du erst einmal eine alte Leiche gerochen hast, wirst du das nie mehr vergessen.*

Siri Taraldsen hatte schon das Gewünschte gefunden: im schwedischen Fernsehen wurde Strindbergs »Rotes Zimmer« wiederholt. Sie hatte Kaffee gekocht, auch wenn der mundfaule und arrogante Kerl von der Kabelgesellschaft keinen wollte. Sie hatte sich eine Zigarette angesteckt und es sich am Esstisch gemütlich gemacht, und nun hatte sie plötzlich das Gefühl, das Leben im Griff zu haben: tausend Sender, zwischen denen sie wählen, neben sich das Telefon, das sie mit aller Welt in Verbindung bringen konnte, frisch gekochten Kaffee und einen Garten, in dem Lars-Oscar bald ein wenig für Ordnung sorgen würde. Außerdem war sie frisch geduscht und trug saubere Kleidung, auch wenn die ein wenig zerknittert war; sie fühlte sich wohl. Und wenn sie sich an den Tisch setzte, dann war ihr Fuß nicht zu sehen und sie brauchte sich nicht darüber zu ärgern.

Das Einzige, was die Normalität durchbrach, waren die Armlehnen ihres Rollstuhls.

Sie passten nicht zu den hochlehnigen Eichenstühlen mit den dicken Polstern, aber daran ließ sich nichts ändern. Und während die Autoren auf dem Bildschirm leise über das Schicksal der Novelle in der heutigen Buchbranche diskutierten, kam ihr sogar die Idee, am kommenden Wochenende ein paar Kollegen zum Essen einzuladen. Die junge Frau, die die Kräuter gepflückt hatte – würde sie ihr für ein paar Hunderter bei den Vorbereitungen helfen? Sie studierte doch noch und konnte das Geld sicher brauchen. Ja, sie würde ein paar Leute einladen. Was sie wohl noch in der Tiefkühltruhe hatte? Die leise sprechenden Autoren, die niemals Ross und Reiter nannten, sondern vor allem »annahmen«, wurden zum Geräuschhintergrund für Siri Taraldsens Gedanken, in denen sie bereits einen Hirschbraten aus der Tiefkühltruhe geholt hatte, zusammen mit zwei Pfund selbst gepflückter Pfifferlinge. Sie dachte schon an die Vorspeise, auch die sollte *Wild* sein (ob derzeit geräucherte Hirschherzen zu bekommen waren), als der Monteur plötzlich in der Tür stand.

Er war weiß im Gesicht, schnappte nach Luft und leckte sich immer wieder die Lippen. Er umklammerte eine Stuhllehne.

»Da drinnen liegt eine Leiche«, sagte er.

»Eine Leiche?«

»Ja, in schwarzen Plastiksäcken. Ich glaube, ein Mensch, das Paket ist so lang.«

»Das Paket?«

»Rufen Sie die Polizei an. Sofort!«

Sie wusste die Nummer nicht auswendig. Irgendetwas mit hundert. Sie schaute hilflos zu ihm hoch.

»112«, sagte er. »Das steht doch auf dem Aufkleber. Da, auf Ihrem Telefon. RUFEN SIE AN, zum Teufel!«

»Ja«, sagte sie und atmete zitternd ein, während sie registrierte, dass die Asche ihrer Zigarette als kleiner, grauer, krummer Zylinder abbrach, unnormal lange brauchte, um zwanzig Zentimeter durch die Luft zu fallen, auf die Tischplatte aufzuprallen und zu weißem Staub zu zerfallen.

TOMMY HANSEN MOCHTE DIESE GEGEND. Er mochte die Größe der Gärten, er mochte das Alter der Bäume, er mochte die dichten Hecken, die den Einblick versperrten, er mochte die Höhe der Häuser. Die ganze Gegend zeugte von Fruchtbarkeit, Privatleben und Stille; er stellte sich lange Abende vor einem knisternden Kaminfeuer vor, träges Rasenmähen am Sonntagvormittag, eine Sauna im Keller, abbezahlte Hypotheken.

»Wäre was für uns, Otto, so zu wohnen. Eigener Garten, wo du pissen könntest, und kein Arsch würde uns anpöbeln. Aber du würdest sicher gleich die erste Katze abmurksen, die dir übern Weg läuft, und dann wäre der Teufel los.«

Otto saß hinter den schwarzen Gittern, die Rückbank und Kofferraum trennten, und hielt Ausschau nach Katzen. Oder vielleicht nach einem Hund. Wenn es sich gerade ergab, durfte er zur Arbeit mitkommen. Nicht jeden Tag, nicht oft, aber ab und zu. Tommy Hansen schätzte beim Morgenspaziergang

Ottos Tagesform ein: Wenn er voller Energie war, durfte er mit. War er träge und müde, musste er zu Hause bleiben.

Heute hatte er beim Morgenspaziergang einen Igel gesehen, und dieser Anblick hatte sein Energieniveau auf ungeahnte Höhen hochgeschraubt. Tommy glaubte, es müsse doch unendlich langweilig für einen aufgeweckten Hund sein, acht Stunden lang allein herumzuliegen und an alles zu denken, was er nicht erledigen, erleben, zwischen die Zähne bringen konnte.

Die gesamte Polizeimaschinerie war für den Framvei 2 angekurbelt worden. Er registrierte, dass es sich um ein großes, einstöckiges Haus im Bauhausstil handelte, mit brauner Holztäfelung und roten Fensterrahmen. In den Nachbargärten standen Menschen mit übereinander geschlagenen Armen und langen Hälsen. Drei Streifenwagen waren eingetroffen, auf dem einen brannte noch immer das Blaulicht.

Tommy Hansen nahm an, dass Sverre Langlo, Kriminalkommissar wie er selber, aber jung und noch recht unerfahren, irgendwo in diesem Chaos steckte und bereits fleißig seine Beobachtungen in seinem Notizbuch eintrug.

Der Garten wurde gerade abgesperrt, die Technik war mit blanken Stahlkoffern und verschlossenen Gesichtern auf dem Weg ins Haus. Die ruhige Wohngegend hätte vielleicht einen lebenskräftigen Boxer gebraucht, der den Blutdruck der Katzenbesitzer ein wenig in die Höhe getrieben hätte. Doch dieser Krimi war offenbar mehr als genug, um sie aus einem öden Alltag zu reißen.

Er beneidete die Technik nicht; die Tote lag wohl schon eine Weile hier, wenn der Anruf stimmte. Er hatte etwas von einer Vermieterin gehört, die das Opfer seit zwei Wochen nicht mehr gesehen hatte. Die armen Leute, die einer zwei

Wochen alten Leiche ihre Geheimnisse entlocken sollten. Wenn sie wenigstens bei kaltem Wetter unter freiem Himmel gelegen hätte! Denn obwohl es ihn ärgerte, dass der Hauptteil der Polizeiarbeit inzwischen von Daniel Düsentriebs Denkhelm ins Labor verlegt worden war, brachte er dem Dreck, mit dem die Kollegen dort im wahrsten Sinne des Wortes zu tun hatten, enormen Respekt entgegen. In Verwesung befindliche Körper, die so intakt wie möglich fortgeschafft werden mussten, damit die Pathologie zu ihrem Recht kam, Blut und Soße am Tatort, die untersucht werden mussten, Mülleimer, deren Inhalt zu sortieren war, Abflussrohre, aus denen Haare und andere zähe Materie gezerrt wurden, nichts von all dem durfte übersehen werden. Und während dieser ganzen Arbeit *mussten sie dort sein.* Und in der ihnen zugeteilten Luft atmen. Er wusste, dass sie ihre Tricks hatten, zum Beispiel konsequent nur durch den Mund zu atmen, aber ab und zu war das nicht genug. Ab und zu waren die Geruchsgase so stark, dass sie zu *schmecken* waren. Aus der Entfernung konnte Leichengeruch auf perverse Weise an den Duft von frisch gebackenem Brot erinnern. Aber es war eben kein frisch gebackenes Brot, mit dem der übrige Sinnesapparat konfrontiert wurde.

Tommy Hansen wunderte sich immer darüber, dass die Vertreter der Boulevardpresse sich nichts inniger wünschten, als so schnell wie möglich den Tatort zu erreichen. Sie hatten keine Ahnung, wovon sie da träumten. Er hatte den Mord an einem Schwulen noch sehr deutlich in Erinnerung, der mit einem jungen Mann nach Hause gegangen war, und seine Annäherungsversuche hatten gereicht, um seinem Leben ein Ende zu setzen.

Die Technik war eine Woche lang auf Knien durch die Wohnung gekrochen, zwei hatten sich danach krankschreiben lassen müssen, der eine hatte gesagt, dass er noch Monate später nur die Gesellschaft seines Hundes hatte ertragen können. Er hasste Menschen, auf die war kein Verlass; er behauptete, sie seien im Kern böse, alles andere sei Tarnung. Und während die Technik kam und ging, stand draußen die Presse mit leuchtenden Augen und funkelnden Kameras; dieser Kontrast war ungeheuer groß für alle, die wussten, wie es im Haus aussah.

Doch Tommy Hansen hatte einen Traum. Er wollte einmal die ganze Bande an einen extrem üblen Tatort führen, an dem die Technik vielleicht Plastiküberzüge für ihre Schuhe brauchte, um die *Schuhe* zu schützen, er wollte die ausgehungerten Zeitungsgeier hereinholen und hinter ihnen Fenster und Türen verriegeln und versiegeln und sie dann an diesem gelobten Tatort einige Stunden ihrem Schicksal überlassen.

Damit sie sich richtig schön amüsieren könnten.

Es war eine Gemeinheit, so zu denken, das wusste er; sie alle machten nur ihre Arbeit, und die Technik war an solche Einsätze gewöhnt. Aber auch sie waren nur Menschen. Und diesen Traum hegte Tommy Hansen als Mensch, und wenn er ihn in die Tat umgesetzt hätte, hätte ihm das eine Suspendierung vom Dienst eingebracht. Suspendierung, nachdem er der vierten Macht im Staate die Tatsachen unter die Nase gerieben hatte … das wäre vielleicht den Preis wert?

Aber die Presse hatte den Framvei 2 noch nicht erreicht.

»Meine Güte«, sagte er. »Heute sind wir aber schnell gefahren, Otto.«

Als er Auto und Hund abgestellt und das Gartentor geöffnet hatte, höre er laute Stimmen.

»Nie im Leben!« Eine Frauenstimme. Die Stimme einer reifen Frau. So etwa in seinem Alter. Vor zwanzig Jahren hätte er von der Stimme einer *älteren* Frau gesprochen. Seltsam, wie die Lebensperspektive sich veränderte. Er wiederholte die Worte, er ging dem Klang nach. »Nie im Leben!«

Sie war eine kleine Frau, schmächtig, mit schmalen Handgelenken, ihre glatten blonden Haare waren in scharfen Winkeln geschnitten, wie bei einem jungen Mädchen, das stand ihr gut. Sie saß im Rollstuhl und hatte an einem Bein einen ziemlich frischen Gipsverband, vom Knie bis zu den Zehen. Er konnte einen rot lackierten großen Zeh erkennen. Plötzlich und unmotiviert hatte er Lust, mit schwarzem Filzstift etwas auf den Gips zu schreiben. »Gute Besserung, Tommy.«

»Was ist denn los?«, fragte er. Die Frau bedachte ihn mit einem Blick, der durchaus nicht wütend, sondern nur unendlich verzweifelt war. Verzweifelt war auch der junge Langlo, dessen Arme in seiner Lederjacke mutlos nach unten hingen.

»Sie will den Tatort nicht verlassen«, sagte er. »Ich habe versucht ihr zu erklären …«

»Das hier ist kein Tatort«, sagte sie. »Das ist mein Haus. Und wenn Irene tot ist …«

»Wir wissen ja noch nichts über die Identität der … der Toten dort drinnen, aber trotzdem müssen wir …«, stammelte Langlo.

»Wer sollte denn wohl sonst in Irenes Wohnung tot sein? Und sie ist *dort* tot! Nicht hier bei mir. Sie war seit Wochen nicht mehr bei mir, seit fast einem Monat. Ich habe ihr nicht einmal die Schlüssel gegeben, als ich im Krankenhaus war, damit sie hier Blumen gießen könnte. Und jetzt sind viele von ihnen tot.«

Sie verstummte plötzlich, wie verdutzt über die Parallele zwischen einer toten Frau und toten Pflanzen.

»Aber mein Haus gehört nicht zu Ihrem Tatort. Und ich

wüsste auch nicht, wo ich sonst hingehen sollte«, sagte sie leicht verlegen.

»Vielleicht haben Sie einen Kaffee, dann können wir das in Ruhe besprechen«, sagte Tommy Hansen und bedachte Langlo mit seinem »Das übernehme ich aufgrund meiner unendlich großen Lebenserfahrung«-Zwinkern. Der junge Taktiker trollte sich in Richtung Gartenwohnung.

Die Frau setzte zurück. Nachdem sie sich einige Sekunden bemüht hatte, den Rollstuhl um hundertachtzig Grad zu drehen, packte er die Handgriffe und half ihr.

»Ich kann das selber«, sagte sie.

»Das sagen alle«, gab er zurück. »Aber ich helfe trotzdem.«

Eine der spannenden Seiten seiner Arbeit, wenn er das so nennen konnte, lag darin, fremde Häuser zu betreten und zu versuchen, sich ein Bild von den Bewohnern zu machen. Er selber hatte keinen Geschmack, was Einrichtung betraf, aber er wusste sehr gut, dass seine Wohnung vermutlich vielleicht gerade deshalb sofort verriet, dass hier ein ewiger Junggeselle mit seinem Hund hauste.

Wenn jemand in seiner Wohnung herumgeschnüffelt hätte, hätte dieser Jemand wohl immer Spuren von Frauen gefunden, aber zugleich sehen können, dass diese Frauen nicht lange dort gewesen waren, ein paar Toiletten-Artikel und einige offenkundig feminine Küchengeräte, unter anderem eine Fondue-Ausrüstung … absolut idiotisch, fand Tommy Hansen. Er nannte das Gerät seinen Kaufhauskamin und benutzte es nie. Aber der Jemand würde auch das eine oder andere Bild an der Wand finden, das ein Mann niemals freiwillig angeschafft hätte, Topflappen mit Bärengesichtern, ein besticktes Sofakissen, Kerzenmanschetten mit Stoffblumen. Er hasste Kerzenmanschetten mit Stoffblumen. Falls er noch immer welche besaß – und er glaubte, dass das der Fall war –, dann nur, weil er diese Kerzen noch nie gebraucht hatte. In der Sekunde, in der er sie anzündete, würde er diesen Dreck abreißen.

Er hatte es gern praktisch und funktionell und wollte lieber allein leben. Aus dem einfachen Grund, dass er sich immer zur falschen Sorte Frau hingezogen fühlte: zu denen, die anfangs vom großen starken Tommy Hansen beschützt werden wollten, die jedoch schon nach wenigen Wochen einen anderen Mann aus ihm machen, ihn in elegante Sakkos und ausgefeilte Routinen stopfen, mit ihm einkaufen und nach Spanien reisen, sein Badezimmer renovieren und seine Plattensammlung ausmisten, sein Haus mit neuen Möbeln füllen und die Angelruten von der Wohnzimmerwand entfernen wollten, die verlangten, dass er seinen Computer aus dem Wohnzimmer trug und in einem Gästezimmer installierte. Und sie beklagten sich über Hundehaare im trauten Heim und Hundegeruch im Auto und nannten ihn einen Faulpelz, weil er zwei Geschirrspülmaschinen besaß und sich nach dem Aufstehen direkt aus dem Wäschetrockner anzog.

Sie hatten keinen Sinn für seine praktischen Lösungen. Mit zwei Spülmaschinen, die abwechselnd schmutziges und sauberes Geschirr enthielten, ersparte er sich den Umweg über den Küchenschrank. Und mit dem Wäschetrockner als Kleiderschrank ersparte er den Kleidungsstücken den Umweg über die Kleiderschränke. Damit sparte er Zeit und Schrankplatz. Und solche praktischen Lösungen waren in das Versprechen eingeflossen, das er sich fünfzehn Jahre zuvor gegeben hatte, als er einer zwölf Jahre andauernden kinderlosen Ehe entkommen war, die ihn zu ersticken gedroht hatte: dass er von nun an alles auf seine Weise machen würde, und gern auch anders als alle anderen. Damals hatte er beschlossen, bei Null anzufangen und sein Revier zu markieren. Er hatte höflich abgelehnt, die alten Einrichtungsgegenstände zu teilen, er hatte nur um den Wagen und zweihunderttausend gebeten. Und sie bekommen. Seine Exfrau Lisabeth übernahm das Darlehen auf das Haus, spuckte zweihundert Riesen aus, vermietete die Zimmer im Erdgeschoss und hatte das Darlehen nach drei Jahren abgezahlt. Beide waren zufrieden mit dieser Lösung. Tommy Hansen hatte sich in Grefsen einen Schlupfwinkel gekauft und war zu IKEA gefahren, um das Nötigste zu besorgen, danach hatte er sich aus Namsos einen Boxerwelpen bestellt, Otto den Ersten, der acht Jahre darauf an Krebs gestorben war. Im Laufe der fünfzehn Jahre, die er nun wieder als Junggeselle lebte, hatte er nur zweimal mit Lisabeth gesprochen: als sie wieder heiraten wollte und eine Bestätigung brauchte, dass er keine finanziellen Ansprüche an sie stellte, und als ihr Wagen aufgebrochen worden war und Tommy die richtigen Fäden hatte ziehen sollen. Er hoffte, dass sie glücklich war. Und er glaubte es auch.

Das Haus, das er jetzt betrat, zeigte deutlich, dass hier kein Mann wohnte. Aber Kerzenmanschetten konnte er auch nicht entdecken. Hier wohnte eine Frau, die sich offenbar gern mit schönen Dingen umgab. Er sah einige Kinderbilder, mit einer Beleuchtung und einem Stil, die zeigten, dass es sich nicht um Enkel, sondern um alte Aufnahmen der eigenen Kinder handelte. Sie lebten nicht mehr hier, das verriet ihm die Diele mit dem spärlich belegten Garderobenständer.

Während er schob, drehte sie selber an den Rädern und leitete sie beide in ein Esszimmer, aus dem eine breite Tür zu einem Wohnzimmer mit Kamin, Fernseher und von ungeheuren Büchermengen bedeckten Wänden führte. Diese Zimmer allein waren schon so groß wie Tommy Hansens gesamte Wohnung. Im Fernsehen lief ein schwedischer Sender. Er roch Zigarettenrauch und freute sich darüber, denn unter Rauchern ging alles leichter. Ein Mann saß schon am Tisch, ein Handwerker, mit einem Zollstock, den er auf und zu klappte, auf und zu. Er war bleich und schrecklich nervös.

»Er hat sie gefunden«, sagte die Frau und schob ihren Stuhl an den Tisch. »Wann werden Sie wissen, ob die Plastiksäcke Irene enthalten?«

»Bald. Aber wir sollten uns vielleicht miteinander bekannt machen?«

Er reichte ihr die Hand, erfuhr, dass sie Siri Taraldsen hieß, und dass der Handwerker Gaute Gullberg hier Kabelfernsehen legen sollte, dann erklärte er ihnen die Vorschriften. Die Sache mit dem Tatort.

Aber Frau Taraldsen war nicht zu beeindrucken. Hier bei ihr sei nichts passiert.

Tommy Hansen kratzte sich am Kopf, ging zur Terrassentür, blieb stehen und schaute eine Zeitlang hinaus. Die beiden Menschen hinter ihm schwiegen. Er hörte, wie aus einer Thermoskanne Kaffee eingeschenkt wurde, er roch den Duft. Und hätte auch gern einen getrunken.

»Kann ich eine Tasse haben?«, fragte er.

Draußen bellte aufgeregt ein Hund. König Otto hatte eine Katze entdeckt.

Der Handwerker stand auf, holte aus dem Schrank eine Tasse und reichte sie ihm. Frau Taraldsen schwieg.

»Kannten Sie einander schon?«, fragte Tommy Hansen.

»Nein«, antwortete sie.

Aber in dieser Situation gehörten sie zusammen. Sie bildeten eine Schicksalsgemeinschaft, die es dem Handwerker gestattete, ihre Schränke zu öffnen, ohne sie vorher zu fragen.

»Na gut. Führt von der Gartenwohnung aus eine Treppe in den Keller oder auf einen Dachboden?«

»Nein. Und sie … zu ihrer Wohnung gehört ein eigener Fahrradschuppen, gleich vor ihrer Tür. Und sie hat … hatte ein eigenes Tor und einen eigenen Plattenweg zur Tür.«

»Gut. Was ist mit dem Garten?«

»Zum Garten haben doch alle Zugang. Wenn sie wollen«, erwiderte sie gereizt.

»Dann brauchen wir den Garten. Aber warten Sie, ich bin gleich wieder da. Und sie …«

Er wandte sich an den Kabelmonteur. »Sie müssen uns sagen, was Sie in der anderen Wohnung angefasst, was Sie gesehen und was Sie dort gemacht haben.«

»Sicher, ich kann …«, sagte er.

»Sie können auch gleich mit den anderen auf die Wache fahren, wir brauchen das schriftlich.«

Sie erhoben sich gleichzeitig.

»Aber der Kaffee?«, fragte Siri Taraldsen.

»Ich komme ja wieder«, antwortete Tommy Hansen.

Er schickte Gaute Gullberg zusammen mit Langlo los. Gullberg wollte in seinem weißen Lieferwagen hinter den anderen herfahren. Tommy Hansen blieb für einen Moment stehen und betrachtete Ottos Profil hinter der Fensterscheibe. Otto hatte den Kopf erhoben und sah angespannt aus. Er hatte alle Sinne angespannt, offenbar bargen die Hecken eine reiche Fauna.

Er ging in die Gartenwohnung, kam aber nicht weiter als bis zur Diele, wo eine kleine blaue Matte und ein Paar Stiefel den einzigen Ruhepunkt für die Augen lieferten. Er reckte den Hals und schaute ins Wohnzimmer, während er sich mit den uniformierten Fußtruppen hinter sich darüber unterhielt, wie die Absperrungen verlaufen sollten. Die Dame des Hauses würde das zwar nicht billigen, aber das war die einzige Möglichkeit, wenn sie in ihrer Wohnung bleiben wollte.

Sie machten sich an die Arbeit mit den Plastikbändern. Tommy Hansen sah sich von seinem Standplatz aus die Zimmer an. Ein typisches, ödes, kühles Wohnzimmer mit zwei nichts sagenden Bildern an den Wänden und einem gelben Ecksofa, einem Regal mit Stereoanlage und Zierkram, eine versteckte Kochnische mit roten Vorhängen, eine offene Tür weiter hinten, durch die er das Fußende eines Bettes ahnen konnte. Sein Blick schweifte über alles hinweg und registrierte alle Details. In Wirklichkeit aber zogen ganz andere Dinge als rote Vorhänge hier die Blicke auf sich.

Die Kriminaltechnik war mit einem langen, schwarzen Paket beschäftigt. Tommy Hansen sah zu. Er hatte einen klaren Kopf. Und das lag nicht nur an dem aufdringlichen Leichengestank.

So etwas hatte er noch nie gesehen. Das Paket war wie ein Altar hergerichtet. Und diese vielen Kippen ... und der Tisch mit dem seltsamen Zeug, das er nicht richtig erkennen konnte.

»Ich muss fast ...«, sagte er und beugte sich ins Zimmer vor.

»Nein, vergiss es.«

Die Geschäftigkeit im Zimmer hielt ihn auf Distanz. Er musste brav warten. Die anderen fotografierten jetzt aus sämtlichen Winkeln, produzierten Bilder, die Entfernung und Größe und die Verhältnisse festhielten, in denen die Einrichtungsgegenstände sich zueinander befanden.

»Aber ihr könnt doch wenigstens etwas sagen«, meinte er gereizt. »Ole, sag was.«

Ole Stemholdt, der Nestor der Gruppe, der Chef persönlich, erwiderte: »Das hier hat jemand eindeutig so für uns arrangiert, Tommy. Und da müssen wir diesem Arrangement doch unsere ungeteilte Aufmerksamkeit widmen, nicht wahr, Tommy?«

»And who do you think did it, sir?«

»Himmel, Tommy, hast du dir wieder den Magen verdorben? Hier liegt so viel Zeug rum. Aus Streichhölzern ist das Wort *love* gebildet worden. Dann haben wir einen Aschenbecher voller grauer Asche, wenn ich das richtig sehe. Daneben zwei ordentlich hingelegte Schlüssel. Einige Pillengläser. Ein Hundebild, scheint aus einer Zeitschrift gerissen worden zu sein. Ein Kondom, ausgepackt, aber nicht aufgerollt, es liegt im *o* von *love.* Eine Flasche Parfüm. Ohne Verschluss. Und auf der Plastikfolie gibt es matte Flecken, möglicherweise ist sie mit Parfüm beträufelt worden.«

»Nach Parfüm riechts hier aber nicht gerade.«

»Das nicht, nein. Und dann die ganzen Kippen. Prince. Die leeren Packungen, vier Packungen, sauber geöffnet, in jeder Tischecke eine. Ich kann nicht sehen, ob etwas darinliegt, es wäre aber möglich, sie sehen ein wenig zerknüllt aus, vielleicht sind sie nass geworden. Aber das werden wir feststellen.«

»Na gut, Ole, schon gut. Knipst nur munter weiter, greift zu, amüsiert euch. Der Tatort wird zum Gartenweg der Hausbesitzerin abgegrenzt, der Weg aus dem Haupthaus muss offen sein. Die Tote war seit einem Monat nicht mehr dort, ich sehe keinen Grund, die ganze Gegend hier zu evakuieren. Habt ihr irgendwelche Bilder von ihr gefunden?«

»Im Regal steht ein Fotoalbum, und wir finden sicher einen Pass oder so. Und an der Wand hängt ein Bild von einem Mädel mit einem älteren Paar. Vermutlich ihre Eltern.«

»Ihre Eltern, ja. Herr und Frau … Vikstrøm. Aber wir

müssen sicher sein, dass sie es ist, ehe wir sie informieren. Die Säcke können doch auch jemand anderes enthalten.«

»Aber sicher«, sagte Ole Stemholdt. »Zwei Hunde zum Beispiel, die irgendwer hintereinander gelegt hat. Zwei Boxer, warum nicht?«

»Ja, Himmel, sag so was nicht. Das wäre zu schrecklich.«

»Geh du jetzt an deine Arbeit, Tommy. Und überlass den Polizeikram uns. Wir werden schon feststellen, wer hier der Butler war, und wir sagen dir Bescheid, wenn wir ein verräterisches Silbertablett und eine weiße Serviette mit Initialen finden.«

GAUTE GULLBERG WAR BEEINDRUCKT von sich selbst, beeindruckt, weil der erste Schock sich so schnell gelegt hatte, sowie er in seinem eigenen Auto saß, hinter seinem eigenen Lenkrad.

Er gewann langsam seine Selbstbeherrschung zurück. Und er fühlte sich plötzlich wie eine Art Sieger.

Wie oft hatte er sich schon vorgestellt, diese Nummer zu wählen?

22 00 00 00. Um einen Banküberfall zu melden, einen Flugzeugabsturz, Michael Jackson, der verkleidet als normaler Mensch mit einer Staubmaske durch die Straßen von Oslo spazierte, eine christliche Politikerin, die auf dem Straßenstrich ihre Diäten aufzubessern versuchte. Wie oft hatte er sich schon vorgestellt, wie er tausend Kronen als Belohnung für seine hellwache Beobachtungsgabe und seine blitzschnelle Reaktion kassierte? Wie oft hatte er sich schon in seinem trostlosen Alltag umgeschaut, in der Hoffnung, dass etwas passieren möge, etwas, das nur er bemerkte. Wie oft hatte er geflucht, weil in seiner unmittelbaren Umgebung nichts passierte!

Und diesmal ging es nicht um elende tausend Kronen.

Der beste Tipp des Monats wurde mit zehntausend belohnt. Und, wenn er ehrlich sein wollte, und das war jetzt zweifellos angesagt, dann wimmelte es in der Stadt nicht gerade von Leuten, die in Plastiksäcke verpackte und mit Kippen übersäte Leichen herumliegen ließen.

Mit hämmerndem Herzen wählte er die Nummer und zählte die Nullen. Sechs Stück. Endlich. Der Streifenwagen vor ihm hielt vor einer roten Ampel, er schaltete eilig in den ersten Gang und drückte auf *yes*.

»Ich habe einen Mord gesehen«, sagte er und dachte sofort, dass das eine etwas unpräzise Formulierung gewesen sei.

»Ich meine, eine Leiche. Eine ermordete Leiche.«

Er wurde gebeten, seinen Namen zu nennen, und hätte auch gern gleich seine Kontonummer hinzugefügt, aber der Journalist der Zeitung VG interessierte sich mehr für die Adresse der Leiche und für eine genauere Beschreibung dessen, was er gesehen hatte. Gaute Gullberg versuchte trotzdem, das Gespräch zu lenken, alles in seiner eigenen Reihenfolge zu schildern.

»Es lag sozusagen auf ein paar Stühlen und war mit Kippen übersät und auf dem Tisch davor standen allerlei Sachen …

Leere Flaschen? Nein, wieso denn? … Da waren … Schlüssel, glaube ich. Und jede Menge Streichhölzer. Und die Leiche war in Plastiksäcken verpackt.

Sicher war das eine Leiche. Bei *dem* Gestank!

Nein, ich sollte einen Kabelanschluss legen und …

Nein, den hatten andere bestellt, nicht die, die …

Ich weiß nur, dass sie Irene heißt. Ich hab die Säcke doch nicht AUFGEMACHT, Mann! Ich weiß doch, dass man nichts anfassen darf.«

Der Journalist war offenbar ein Trottel. Oder hielt ihn, Gaute Gullberg, für einen.

»Nein, ich weiß wirklich nicht, ob ich Lust habe, die Adresse zu nennen. Ihr nehmt mich ja offenbar nicht ernst. Was? Natürlich haben wir die Polizei verständigt. Ich fahre gerade hinter einem Scheiß-Streifenwagen her! Bin unterwegs zur Wache, um den ganzen Kram zu Protokoll zu geben!«

Jetzt hatte er wieder die Oberhand, das merkte er. Es wurde grün, und er jagte hinter dem weißen Ford mit dem goldenen Wappenlöwen an der Seitentür her. Der Journalist plapperte weiter. Sie wollten sich mit ihm treffen, natürlich nahmen sie ihn ernst, das musste er ihm glauben.

»Das kann der beste Tipp des Monats sein«, fiel Gaute Gullberg ihm ins Wort. »Ich lese doch Zeitungen, ich weiß, wie viel langweiliges Zeug ihr bringt. Und eine tote Frau, eingewickelt in schwarzes Plastik und mit Kippen dekoriert, das wird doch wohl eine richtig fette Nachricht sein!«

Der Journalist bat um seine Handynummer und erhielt sie. Er nannte auch seine Kontonummer und hatte wirklich das Gefühl, dass der Journalist sie hinkritzelte.

»Na gut«, sagte Gaute Gullberg großzügig. »Framvei 2.«

Nach dem Gespräch ärgerte er sich, weil er sich den Tisch nicht genauer angesehen hatte. Verflixt! Er musste sich konzentrieren, vielleicht fiel es ihm ja trotzdem wieder ein. Ja … hatte dort nicht ein Paar Handschellen gelegen? Und eine winzigkleine Flasche? Eine leere sogar, genau wie der Journalist gesagt hatte? Vielleicht hatte sie Drogen enthalten. Ging es vielleicht um irgendwelchen SM-Kram mit Handschellen und lebensgefährlichen Drogen? Er hatte so was gelesen, über Leute, die gewaltige Orgasmen hatten, bei denen sie fast ihr Leben aushauchten. O verdammt, die Sache nahm jetzt wirklich feine Formen an.

Energisch gab er den Code für seinen Job ein, teilte mit, er sei Zeuge in einem schwerwiegenden Mordfall, und andere müssten sich während der folgenden Tage mit Kabeln und Feldstärkenmessern amüsieren. Ob er Kronzeuge sei? Nach kurzem Zögern antwortete er mit ja, ohne ins Detail gehen zu wollen, Kronzeuge. Bei diesem Wort dachte er an einen Hirsch mit majestätischem Geweih.

»Aber ihr könnt das alles in VG lesen. Und jetzt hab ich keine Zeit mehr«, sagte er. »Ich bin auf dem Weg zum Verhör. Das kann seine Zeit dauern. Ich kann euch nur verraten, dass es mit Sadomasochismus zu tun hat. Das glaube ich wenigstens, ich habe ja alles gesehen.«

Doch als es im Auto wieder still war und er allein hinter dem Lenkrad saß, musste er an die Lache denken. An die braune blanke Lache unter dem Tisch. Sicher hatte der Geruch von dort gestammt. Er schluckte hart und tastete nach der Zigarettenpackung in seiner Brusttasche.

»Aber es überrascht mich, dass Sie überhaupt im Haus bleiben wollen«, sagte Tommy Hansen. »Sie wohnen doch allein hier, nicht wahr?«

»Wollen Sie mir Angst einjagen?«

Sie hatte neuen Kaffee geholt und eine Schale mit Keksen auf den Tisch gestellt. Ihre Hände zitterten beim Einschenken. Er setzte sich ihr gegenüber, und sie stöhnte auf, als er aus Versehen ihren Fuß berührte.

»Verzeihung«, sagte er. »Nein, ich will Ihnen keine Angst einjagen, ich bin nur ein wenig überrascht. Wenn man feststellt, dass auf der anderen Seite der Wand ein toter Mensch gelegen hat, und in diesem Fall sogar noch liegt, dann ist es ein wenig ungewöhnlich, dass Menschen, die allein leben, den Tatort nicht verlassen wollen. Oder haben Sie eine Freundin gebeten, so lange bei Ihnen zu wohnen?«

»Nein, das habe ich nicht. Aber ich muss hier sein. Ich schaffe das wirklich. Ich bin nicht hysterisch. Meine Fußverletzung ist ziemlich frisch, das können Sie sich ja denken, und ich habe mir ein wenig Leid getan. Jetzt denke ich plötzlich sehr wenig an den Fuß. Oder ... ich habe ihn *einsortiert.* Und das hat mich ziemlich stark gemacht, das habe ich gemerkt. Klingt das blödsinnig? Ich rede sonst nicht so mit Fremden, aber Sie unterliegen doch der Schweigepflicht. Ich weiß nicht ... das macht mir sicher mehr zu schaffen, als ich zugeben mag. Aber ich will hier bleiben. Hier. Wo ich wohne. Haben Sie den anderen Bescheid gesagt? Dass ich mich weigere, das Haus zu verlassen?«

Er erklärte ihr, der Garten sei abgesperrt, die Sperrbänder verliefen auf beiden Seiten ihres Plattenwegs, damit Ein- und Ausgang frei blieben, die Bänder dürften jedoch nicht zerrissen oder verschoben werden.

»Wie eine Art Trinkhalm«, sagte sie.

»Trinkhalm?«

»Ja. Ein kleiner Schlauch, der die Versorgung meiner Wohnung sicherstellt.« Zufrieden ließ sie sich in ihrem Rollstuhl zurücksinken, schloss für einen Moment die Augen und atmete langsam aus.

»Das ist schön. Dass ich hier bleiben kann. Und ich bleibe doch sicher nicht allein? Sie müssen da draußen doch arbeiten.«

»Als Erstes müssen wir alles markieren, ich meine, in der Nähe der ...«

Er zögerte.

»Der Leiche«, sagte sie.

»Ja. Wir können sie erst wegschaffen, wenn wir genau rekonstruieren können, wie sie gelegen hat. Dann bringen wir sie weg und untersuchen sie.«

»Und stellen fest, dass es Irene ist.«

»Wenn es Irene ist. Erzählen Sie mir von ihr. Alles, was Sie wissen.«

Es gefiel ihm, ihr beim Sprechen zuzusehen. Die Art, wie sie schräg zur Decke hochschaute, wenn sie nachdachte. Und das Mitgefühl in ihren Augen, als sie die Krankheit ihrer Mieterin beschrieb.

»Es ist eine entsetzliche Krankheit, wissen Sie. Obwohl manche ja kaum Probleme haben. Aber Irene gehörte nicht dazu. Aß wie ein Pferd und nahm kein Gramm zu. War die ganze Zeit erkältet. Und dieser Geruch ... sie duschte und badete mehrmals am Tag, fühlte sich nie ganz sauber, sagte sie. Ich musste einen größeren Heißwassertank anbringen lassen. Und ihr Husten ... der Schleim. Ihre arme Lunge, die im wahrsten Sinne des Wortes bis zum Gehtnichtmehr arbeitete. Jeden Morgen machte sie eine Art Rückenmassage, um den Schleim loszuwerden, der sich während der Nacht in ihrer Lunge angesammelt hatte. Und obwohl sie mir schrecklich Leid tat, wurde mir immer schlecht, wenn sie zum Ausspucken in den Garten lief. Sie hüstelte immer, und wenn ihr Mund sich mit Schleim gefüllt hatte, stürzte sie hinaus. Ich war immer froh, wenn es danach regnete, beim Rasenmähen dachte ich an ... nein, das klingt einfach übel. Und es hat mich deshalb gewundert, dass sie einen Freund hatte.«

»Sie sprechen in der Vergangenheit über sie.«

»Ich weiß, dass sie es ist.«

Tommy Hansen schrieb. Bat sie, über diesen Freund zu erzählen. Viel hatte sie nicht zu sagen. Lange Beine und Arme. Dünn. Sie hatte keine Ahnung, wo er arbeitete, woher er kam, wie die beiden sich kennen gelernt hatten.

»Wie heißt er?«

»Keine Ahnung. Sie hat das nie erwähnt, glaube ich. Sie hat auch gesagt, er sei nicht wirklich ihr Freund, sie wolle auch gar keinen. Aber darüber habe ich nur gelacht. Sie waren doch zusammen, und deshalb gehe ich wirklich davon aus, dass sie …«

»Hatte sie vor ihm schon andere Freunde? In der Zeit, wo sie hier gewohnt hat?«

»Nicht, dass ich wüsste. Ich habe nie einen gesehen.«

»Und wie lange hat sie hier gewohnt?«

»Zwei Jahre.«

»Ist Mukoviszidose eine Art Allergie?«, fragte er, obwohl er wusste, dass er sich auf jeden Fall ausgiebig über diese Krankheit würde informieren müssen. Er dankte dem Himmel für das Internet, er sah sich bereits das Wort eingeben und sich umfassende Informationen ins Wohnzimmer holen. Eigentlich müsste sein Arbeitgeber ihn dafür entschädigen, dass er sich auf eigene Kosten einen leistungsfähigen Computer angeschafft hatte, das erleichterte die Arbeit doch sehr.

»Keine Allergie, aber so etwas Ähnliches. Sie musste sich vor allem Möglichen in Acht nehmen. Vor Zigarettenrauch und Hunden und Katzen und Parfüm und Farbgeruch und … aber es kann auch psychisch gewesen sein. Dass sie darauf reagiert hat. Sie hat immer gehustet. Es hat sich angehört, als sei sie erkältet.«

»Zigaretten. Sie raucht nicht? Und kann es nicht vertragen, wenn Sie rauchen?«

»Nein, in der Hinsicht war sie total hysterisch.«

»Und Parfüm und Hunde und …«

»Sie konnte nur wenig unternehmen, und viele Orte durfte sie nicht aufsuchen. Das war sicher das Schlimmste an ihrer Krankheit. Dass sie darin gefangen war. Obwohl sie ununterbrochen Tabletten schluckte.«

»Was für Tabletten?«

»Antibiotika. Und eine Art Enzymtabletten nach jeder Mahlzeit. Einmal, als sie hier war, musste sie plötzlich zur Toilette. Und … nicht nur pissen, sondern … ich fand, sie hätte in ihre Wohnung gehen können. Den kurzen Weg hätte sie ja wohl geschafft. Wissen Sie, dieser Geruch hing noch Tage später in den Toilettenwänden. Ich kann es nicht beschreiben.«

»Wie alt ist sie?«

»Zwanzig, glaube ich. Ja, zwanzig.«

Tommy Hansen nickte.

»Sie hat mir so Leid getan«, sagte sein Gegenüber jetzt. »Es tut mir Leid, dass ich mich so ausdrücke, aber jetzt, wo sie tot ist … Sie wollen doch sicher genau wissen, wie die Lage war? Und es war eine entsetzliche Krankheit. Jedenfalls für sie. Sie schämte sich deshalb. Und dieses Gefühl fraß sie auf, glaube ich. Wie lange sind Sie schon bei der Polizei?«

Tommy Hansen erwiderte ihren Blick. »Mein ganzes Leben«, sagte er. »Hat sie eine Arbeit?«

Sie nickte und gab ihm die Telefonnummer einer Bibliotheksfiliale. Und die ihrer Eltern.

»Ich habe ihnen gesagt, sie sei verreist. Tut mir Leid. Ich wusste doch nicht, dass sie …«

»Das macht doch nichts.«

»Ich hatte noch nie mit der Polizei zu tun. Mein Haus ist einmal abgebrannt. Da kam auch die Polizei. Aber ich war nie in der Nähe von … kriminellen Dingen. Es kommt mir ganz unwirklich vor. Die Nachbarn sind sicher schrecklich neugierig?«

»O ja.« Er lächelte und nahm sich einen Keks.

»Ganz unwirklich«, wiederholte sie. Ihre Bluse war nicht gebügelt. Er sah, wo sie über einer Leine oder einem Trockenständer gehangen hatte, der Abdruck zog sich deutlich über ihre Brust. Sie brauchte einen Wäschetrockner. Dann wurde alles weich, fast wie frisch gebügelt. Sie tat ihm ein bisschen Leid. Er konnte sich schon vorstellen, dass sie nicht die Sorte Frau war, die einem fremden Mann Kaffee servierte, wenn ihre Bluse nicht gebügelt war.

»Haben Sie irgendeine Hilfe?«, fragte er. »Für das Haus und so?«

»Eine Haushaltshilfe. Völlig unbrauchbar, aber es wird ein bisschen sauberer. Sie geht nicht einmal für mich zur Bank. Ich finde, die Streifenwagen sehen ganz seltsam aus, seit sie weiß sind.«

Er blickte ihr forschend ins Gesicht. Die Menschen reagierten sehr unterschiedlich auf Schockerlebnisse.

»Mir haben sie früher auch besser gefallen«, sagte er.

»Ja, nicht wahr?« Sie lachte kurz. Sie hatte schöne Zähne. Gleichmäßig wie Drops.

»Jetzt sehen sie aus wie Karnevalswagen«, sagte sie. »Sie sind irgendwie zu schön. Zu bunt. Nicht so beängstigend. Ich finde, sie müssten ein bisschen beängstigender aussehen. Ein bisschen autoritärer.«

»Mir gefiel der Amazon am besten«, sagte Tommy Hansen und wusste, dass auch das zu seinem Job gehörte, hier zu sitzen, bis sie keine Angst mehr hatte. Oder etwas weniger Angst als vor einer Stunde.

»Wie haben sie eigentlich ausgesehen, die Amazonwagen?«, fragte sie und legte den Kopf ein wenig schief.

»Schwarze Motorhaube und schwarze Türen. Ziemlich harter Anblick«, sagte er.

»Genau. Kein Norwegen in rot, weiß, blau, nein.«

»Ich hab auch einen Käfer gefahren. Einen Polizeikäfer. Ich weiß nicht, ob die so beängstigend autoritär ausgesehen haben.«

»Wissen Sie … dass das Wort Polizei vom griechischen Wort *polites* stammt, was Bürger bedeutet, während *populas* Pöbel heißt? Die einfachen Menschen wurden Pöbel genannt, und die Polizisten waren die Bürger der Stadt.«

»Du meine Güte, was Sie nicht sagen?« Ihm fiel auf, dass er sich nicht über sie informiert hatte, über ihren Beruf. Und als er danach fragte, erfuhr er es. Die Bücher, die die Wände bedeckten, hatten ihn zwar darauf vorbereitet, doch als er hörte, sie sei Professorin für dänische Literatur, fühlte er sich ziemlich unterlegen. Sie konnte allerlei, wusste allerlei. Hatte ihm gerade erklärt, was seine Berufsbezeichnung eigentlich bedeutete. Er stellte sich vor, wie sie vor dem schönen gusseisernen Kamin saß, mit gesundem Fuß und teurem Kognak, und wie sie mit Leuten über Literatur diskutierte, die keinerlei Ehrgeiz hatten, jemals den Preis für den Hund des Jahres zu erringen. Scheiße, dachte er.

»Ich lese auch ein bisschen«, sagte er.

»Was denn? Krimis?« Sie lachte. Lachte sie ihn an oder lachte sie ihn aus? Er wurde dieses Unterlegenheitsgefühl nicht los.

»Gedichte«, log er.

Sie wandte sich ab. Er selber schaute hinaus in den Garten, einen Traum von Garten. Groß und chaotisch wie auf einem alten Gemälde. Einen Garten, in dem man sich verstecken, in dem man verschwinden konnte. Die Hundestreife würde ihn durchsuchen, und er sagte ihr, dass während der nächsten Tage in der unmittelbaren Umgebung des Hauses allerlei los sein werde.

»Werden sie alles zertrampeln?«, fragte sie, und er überlegte, ob er kurz davor stand, sie nicht mehr leiden zu können.

»Dahinter liegt eine Tote«, sagte er und nickte zu der Wand hinüber, vor der noch immer das Kabel herumlag. »Ich kann Sie gern hinüberschieben, damit Sie sich das ansehen können.

Und zum Riechen. Wenn sie früher gestunken hat, dann hat sich das jetzt noch zwanzigmal verschlimmert.«

»Verzeihung«, flüsterte sie und faltete die Hände auf ihrem Schoß. »Das mit den Krimis war nicht so gemeint. Achten Sie nicht auf mich.«

Es klopfte. Die Tür wurde geöffnet, noch ehe jemand etwas sagen konnte. Sverre Langlo schaute herein, er war von der Wache zurück.

»Zwei Worte«, sagte er.

»Kommen Sie zurück?«, fragte sie.

»Weiß nicht.«

Langlo war bleich und angespannt und glücklich und erregt, weil er es so früh in seiner Karriere schon zum Mitspieler in einem dermaßen ungewöhnlichen und dekorativen Fall gebracht hatte. Tommy Hansen fragte sich, wer wohl das Idol des Kollegen sein mochte. Derrick? Sherlock Holmes? Oder dieser deutsche Fernsehfahnder mit dem Schäferhund, der seinem Herrn immer wieder zu Hilfe kam? Oder die Fünf Freunde?

Tommy Hansen trat mit ihm auf die Treppe und sog den reinen Geruch eines gutbürgerlichen Wohnviertels ein. Der König hinten im Auto verhielt sich ruhig.

»Ole Stemholdt hat ein bisschen an der Plastikplane rumgezupft«, sagte Langlo mit aufgesetzt geschäftlicher Miene und hielt sich dabei an seinem Notizbuch fest. »Er hat ein paar Ringe an ihrer Hand gesehen, hat gesehen, dass es eine Frau ist, kann Haarfarbe und ungefähre Körpergröße nennen. Was alles mit den Fotos an der Pinnwand übereinstimmt. Wir können also die Eltern anrufen.«

»Ich habe die Telefonnummer, ich übernehme das. Aber wir können noch keine gesicherte Meldung herausgeben.«

»Sie werden doch begreifen, dass sie es ist.«

»Aber ich kann es nicht so sagen«, widersprach Tommy Hansen. »Wie ist die Sache mit dem Kabelheini gelaufen?«

»Ziemlich gut. Er hat keinen Zeh über die Türschwelle gesetzt, hat nur ein paar Sekunden da gestanden und geglotzt. Hat Kippen und Schlüssel gesehen. Ich habe ihn gebeten, erst mal noch nicht zu viel zu erzählen, aber das wird wohl nicht viel nützen.«

»Nein, da sind sie schon.«

Sie quollen aus den Wagen. Alles, was in der Boulevardpresse so kreuchte und fleuchte. Tommy Hansen konnte selbst auf die Entfernung ihr Adrenalin riechen; es strömte ihnen aus den Ohren, funkelte in ihren Augen, prickelte in ihren Fingerspitzen, füllte ihren Blutstrom wie brennendes Speed.

»Sprich du mit ihnen, Langlo. Red einfach drauflos, ohne ein klares Wort zu sagen. Wir wissen noch nichts, okay? Vorläufig handelt es sich nur um einen unklaren Todesfall. Sie litt an einer ganz besonderen Krankheit, Langlo. Sie kann eines natürlichen Todes gestorben und von anderen eingewickelt worden sein. Wir wissen bisher so gut wie nichts.«

»Aber was ist, wenn der Kabelheini …«

»Bleib einfach hart. Und geh nicht ins Detail.«

Sie saß noch immer so da wie vorhin, als er sie verlassen hatte. Das war der Vorteil von Menschen mit Bewegungsproblemen, sie rannten nicht wie wild durch die Gegend, sobald man ihnen den Rücken kehrte.

»Die Presse ist hier«, sagte er.

»Ach Gott, was soll ich …«

»Einfach nicht mit ihnen reden. Aber sie werden Ihr Haus

und Ihren Garten und Ihren Briefkasten fotografieren und sicher auch Ihre Nachbarn belästigen.«

»Die Haushaltshilfe kommt erst übermorgen, ich werde mich solange mit Aftenposten begnügen.«

»Die ist nicht die Schlimmste.«

»Das weiß ich«, sagte sie. »Deshalb lese ich sie ja.«

»Wenn Sie wollen, kann ich Ihnen morgen noch andere Zeitungen mitbringen.«

»Danke, es wäre doch ... interessant zu sehen, was sie schreiben. Wo ich ja hier wohne. Und alle anderen das auch lesen werden.«

»Ich muss morgen früh kurz in die Bank. Sind Sie bei der DnB?«

Sie nickte und sagte: »Und ich lehne Postgiro ab, seit einmal ein ganzer Packen Überweisungen einfach in der Post verschwunden ist; das hat ungeheure Scherereien gegeben.«

»Ich kann Ihre Überweisungen mitnehmen.«

»Sie liegen dort hinten im Regal.« Sie zeigte darauf. »Mit dem passenden Betrag für die Gebühren. Tausend Dank.«

»Brauchen Sie sonst noch etwas?«

»Zigaretten, vielleicht. Aber Sie dürfen nicht ... Sie müssen doch einen Mord aufklären.«

»Das ist kein Problem.«

»Der Mord?« Sie lächelte.

»Nein, Bank und Zigaretten«, erwiderte er.

»Ich werde Waffeln backen, ehe Sie kommen.«

SOGAR EINZELLIGE TIERE richten sich auf das Überleben ein; eine Amöbe sorgt für die passenden Lebensumstände, das beeindruckte und faszinierte ihn. Tiere handeln nach ererbten Regeln, die sich durch zahllose Generationen hinweg als tauglich erwiesen haben, und das Stichwort ist *System,* Organisation der Teile der Umgebung, die man unter Kontrolle hat.

Er streichelte Tiere gern – berührte sie, doch der Gedanke, eins zu *besitzen,* machte ihm Angst. Nicht einmal einen Hund wollte er haben. Einen Hund schon gar nicht. Hunde konnten fünfzehn Jahre leben. Katzen auch. Sogar ein Goldfisch würde Erwartungen an ihn haben, würde Aktivitäten fordern, selbst, wenn die nur darin bestanden, aus einer Plastikdose ein paar Flocken Fischfutter zu schütteln oder den Fisch mit einem Käscher in ein anderen Gefäß zu heben, während das Goldfischglas gereinigt und mit frischem Wasser gefüllt wurde; auch das bedeutete Aktivitäten und Verantwortung.

Er wollte nicht besitzen, er wollte berühren und hegen. Wenn es ihm passte. Eine Frau zu berühren, war besser, als ein eigenes Tier zu besitzen. Der Frau die Haare streicheln, wenn sie schlief, sie füttern, sie trösten.

Aber die Menschen dürften nichts für selbstverständlich halten. Nicht glauben, dass bloß, weil etwas siebzehnmal geschehen war, auch das achtzehnte Mal folgen würde.

Sie aber hatte das geglaubt. Sie hatte so viel geglaubt. Er hatte ihr sogar vorgelesen, ohne, dass sie etwas begriffen hätte, er hatte gelesen: *Du Schickung meiner Seele, die ich Schicksal heiße! Du-in-mir! Über-mir! Bewahre und spare mich auf zu Einem großen Schicksale! Und deine letzte Größe, mein Wille, spare dir für dein Letztes auf – dass du unerbittlich bist in deinem Siege! Ach, wer unterlag nicht einem Siege!*

»Du komischer Kauz, was willst du denn eigentlich?«, hatte sie darauf gefragt. Und zwar an dem Tag, als er ihr unbedingt beim Baden zuschauen sollte. Sie wollte im Badewasser liegen und sich nackt vor ihm spreizen. In den USA war eine

Flüssigkeit entwickelt worden, in der Säugetiere atmen konnten. Die Lunge konnte der Flüssigkeit Sauerstoff entnehmen, sie enthielt etwas, das Perfluorkarbon hieß oder vielleicht daraus bestand, das wusste er nicht mehr so genau. Jedenfalls war eine Maus in diese wasserähnliche Materie gesteckt worden, die Maus glaubte, sterben zu müssen, ihre Augen quollen in Todesangst hervor, doch dann konnten die Forscher ihre Überraschung beobachten, der Ausdruck in den Augen änderte sich, wurde entspannter, der offene Mund nahm die Flüssigkeit auf und stieß sie wieder aus. Eine Maus hatte siebzehn Stunden unter Wasser geatmet, oder genauer gesagt, in dieser Flüssigkeit – was für eine wunderbare Vorstellung! Siebzehn Stunden!

Danach war sie gestorben, denn die Lunge war auf irgendeine Weise verschmutzt worden, verklebt. Bisher hatte offenbar noch kein Mensch das neue Verfahren getestet. Aber das stimmte sicher nicht, dachte er. In den USA wurden arme Schwarze benutzt, sie erhielten einige miese Dollars dafür, dass sie im Namen der Forschung Leben und Gesundheit aufs Spiel setzten.

Er nippte an seinem Tee und seufzte. Alles war schief gegangen. Gut, dass es vorbei war. Gut, dass *sie* vorbei war. Aber er sehnte sich nach einer Neuen. Bis er sie gefunden hätte, würde er sich mit den Büchern trösten. Das komplizierte Instinktleben der Bienen war bereits ein zurückgelegtes Stadium, aber es gab noch viele neue Welten, in die er sich vertiefen konnte.

So allein in seinem Zimmer zu sitzen, mit heißem Tee, umgeben von Büchern, während die Wirklichkeit ihn umtoste, ohne ihn zu erreichen, das war das Glück. Er hatte das klare Gefühl, sich in der Mitte von etwas zu befinden, im Auge des Hurrikans, sozusagen, umgeben von Symmetrie und System.

Er suchte den Abschnitt, den er ihr vorgelesen hatte, die Buchseiten waren an den Ecken zerschlissen, fleckig. Er hatte über diese Worte geweint, so schön waren sie. *Neben dem bösen Gewissen wuchs bisher alles Wissen. Zerbrecht, zerbrecht mir, ihr Erkennenden, die alten Tafeln!*

Und dann las er weiter über den nordatlantischen Kabeljau, über die seltsame Tatsache, dass der Kabeljau als Gruppe ein kollektives Verhalten an den Tag legte, das keinerlei Zusammenhang mit seinem individuellen Verhalten aufzuweisen schien. Für die Forscher war das ein Mysterium. Ein scheinbares Chaos, das trotzdem ein kollektives System verbarg. Nur für kurze Momente konnte beobachtet werden, wie ein Individuum einem durchschnittlichen Verhaltensmuster folgte, aber es reichte zu der Aussage, dass der Kabeljau als solcher sich zu einer bestimmten Tageszeit auf eine bestimmte Weise verhielt.

Er musste plötzlich laut lachen, aus Verachtung für alle Menschen, die nie die Wahrheit suchten, die sich niemals überraschen und verblüffen ließen. Dass er über einen opportunistischen transatlantischen Kabeljau las, der keine Ahnung hatte, dass er sich einem System beugte, es aber trotzdem tat, verwandelte doch einen langweiligen Tag in eine fantastische Odyssee in neue, unbekannte Welten.

Aber bald würde er eine brauchen. Eine, an der er sich zu schaffen machen, die er nach seinem Bilde formen könnte. Eine, die sich formen ließ, statt sich wie andere banalen Gelüsten zu ergeben. Der Preis war hoch gewesen. Für sie.

Er rutschte auf seinem Stuhl hin und her, merkte, dass er sich ärgerte. Sie war zu Ende. Erledigt. Er musste weiter. Warum konnte er sich damit nicht abfinden? Und aufhören, an sie zu denken? Und daran, was die, die sie fanden, wohl glaubten und dachten? Das war doch uninteressant. Seine Rolle im Ganzen war uninteressant, die Sache lag hinter ihm!

Er setzte sich aufrecht auf seinen Holzstuhl, legte in seinem Schoß die Hände aneinander, schloss die Augen und deklamierte mit lauter Stimme: *Ich will nichts anders, weder in der Vergangenheit noch in der Zukunft noch in alle Ewigkeit. Nicht nur das Notwendige ertragen, sondern noch weniger es verschweigen, sondern es lieben.*

Ruhig legte er sich auf den Boden, rollte sich in Embryohaltung zusammen, schloss die Augen und konzentrierte sich. Als er sie wieder öffnete, wusste er, dass sie sie gefunden hatten. Er reckte sich, drehte sich auf den Bauch, machte sich klar, dass er den Boden umarmte und das darunter: die Erde selber, das Land, den Planeten. Er war, er dachte. Er war leider auch dazu fähig, in seinem Kopf Bilder entstehen zu lassen, unter anderem davon, wie sie in der Badewanne lag und die Beine spreizte.

Komm schon! Du auch! Zeig mir deinen Körper, mach schon! Bist du ein Waschlappen, oder was? So hässlich kann ich doch gar nicht sein! Ich liege in wunderschönem Seifenwasser, ich bin sauber wie ein frischer Fisch.

Ich möchte eine rauchen.

Ja, rauch du nur, aber dann fliegst du raus. Manchmal glaube ich, dass mir noch nie ein Mensch begegnet ist, der so dumm ist wie du, Petter. Aber trotzdem kannst du mir ja wohl den Rücken waschen.

Na gut.

Ich werde dich nicht anfassen, werde dich nicht berühren, du langer Waschlappen. Bei mir kann dir nichts passieren.

Ihr dünner Hals, von hinten, mit dunklen Flecken aus feuchten Haaren. Ihre Rippen, von hinten gesehen. Ihre

Oberarme, von hinten gesehen. Ihre mageren Hinterbacken, die unter Wasser auf den Emailleboden auftrafen, die Knie, die wie farblose Geleeklumpen aus dem Wasser ragten, die ungeheuer schmalen Knöchel, die scharfen Schulterknochen, und die Oberarmgelenke, wo er deutlich die Anordnung der Kugellager sehen konnte. Der Geruch der Wände um die Toilette in der Ecke, ein Geruch, den sie wohl selber kaum noch wahrnahm. Ihre Haut unter dem Waschlappen, Knochen und fettloses Fleisch gleich unter der Haut, ihr Herz hinter dem Fleisch, das Blut im Herzen, ihr Leben. Ein krankes Leben, ein Leben der Schande. Mit einem zischenden Husten, der nie aufhörte.

Du bist ein Trottel. Aber Rückenwaschen, das kannst du.

Es war einfacher gewesen, als auf einer Landstraße eine überfahrene Katze zu töten. Katzen beißen, sie hatte das nicht getan. Und er hatte so eine verdammte Lust auf eine Zigarette gehabt. Und die Vorstellung, dass sie versuchen wollte, schwanger zu werden, nur um festzustellen, ob sie das schaffte, um dann, wenn der Sieg zur Tatsache geworden war, eine Abtreibung vorzunehmen, diese Vorstellung war unbeschreiblich ekelhaft. Sie hatte so wenig Ahnung von Kränklichkeit und Krankheit – dass alles einen Sinn hatte, dass die Krankheit der Hinweis Gottes darauf war, dass man aus dem Glied treten und anderen das Weiterführen der Generationen überlassen sollte.

Wenn sie ein anderer Mensch gewesen wäre, hätte alles ganz anders kommen können. Dann wäre er vielleicht darauf eingegangen. Die Überlegung, dass sie als Individuum ihre Bedürfnisse vorbrachte, hätte ihn davon überzeugen können, dass die Art für einen Moment in den Hintergrund treten müsse. Für die Zeit, die das Individuum brauchte, um sich zu behaupten, um sichtbar zu werden, um als kleines Glied in die lange Kette einzutreten, er hätte ihr die Freude vielleicht gemacht. Um später die Abtreibung vorzunehmen, natürlich.

Aber sie war kein anderer Mensch gewesen. Sie war gemein und schlecht und ungeheuer klar und vorhersagbar. Trotzdem wäre es wohl nicht gerade an diesem Abend passiert, wenn er nicht so ungeheure Lust auf eine Zigarette verspürt hätte. Auf eine Zigarette im Zimmer. Er wollte in einem Sessel sitzen und rauchen. Er hatte die Taschen voller Zigaretten. Das hatte sie nicht gesehen.

Er erhob sich vom Boden. Es war eine Erleichterung, dass sie sie gefunden hatten. Er wischte sich Staub von den Wangen, ging zu seinen Bücherregalen, blieb davor stehen, machte kehrt, nahm seine Jacke von der Stuhllehne, ging hinaus und schloss hinter sich ab.

SIRI TARALDSEN ZWEIFELTE KEINEN MOMENT DARAN, dass Tommy Hansen nur dann mit Gedichten zu tun gehabt hatte, wenn Jon Herwig Carlsen in den Sportsendungen im Fernsehen schwachsinnige Limericks heruntergeleiert und behauptet hatte, von *Nord, vom Walde* zu stammen. Sie starrte die Schlafzimmerdecke an. Das Zimmer war dunkel. Draußen hatte Regen eingesetzt. Ein Regen, der gewöhnlich eine Woche anhielt. Regen, bei dem sie normalerweise gern einschlief, Regen, der reinigte und den Boden wie ein Wasserspiegel füllte.

In Irenes Wohnung schlief niemand. Sie hatten riesige Scheinwerfer hineingetragen, Thermoskannen voller Kaffee, Kartons vom Imbiss unten beim Laden. Dass sie jetzt essen konnten! Das fand sie beeindruckend.

Ihr gefiel sein Aussehen, seine kurz geschnittenen, stahlgrauen Haare, die Form seines Kinns, die Höhe seiner Stirn, seine Hände, seine kräftigen Unterarme, die Farbe seiner Augen, der leichte Flaum, der seine Ohrläppchen bedeckte, die Art, wie er sich bewegte. Er hatte einen breiten, flachen Körper. Sie nahm an, dass er regelmäßig trainierte. Sein Bauch schien das zu verraten. Männer in seinem Alter bekamen den Waschbrettbauch nicht geschenkt. Warum hatte sie das mit den Krimis gesagt? Sie war einfach unfähig zur Kommunikation mit anderen als den anämischen Männern im Institut, diesen Hermaphroditen, die lieber Gedichte lasen, als Frauen mit Hilfe rauer Körpersprache und tierischem Körpergeruch ins Bett zu holen. Sie hatte in ihrem ganzen Leben noch nicht ausgiebig mit einem Mann wie Tommy Hansen gesprochen, glaubte sie. Wie mochte es bei ihm zu Hause aussehen? Wie lebte er? Er trug keinen Ring. Sie wand sich in ihrem Nachthemd. Ihr Fuß lag auf einem Kissen, es tat weh, wenn sie sich auf die Seite drehte. Sie war dabei, am mutmaßlichen Tatort eines Mordes einzuschlafen. Ein Mörder hatte Irene umgebracht, aller Wahrscheinlichkeit nach ihr Freund. Aber es wäre etwas ganz anderes gewesen, wenn es passiert wäre, während sie zu Hause war. Das Haus hatte sich in ihrer Abwesenheit in einen Tatort verwandet. Diese Tatsache befreite sie von jeglicher Verantwortung, sie hätte doch nichts ändern, nichts verhindern können. Sie war nicht da gewesen. Sie war nach Hause gekommen, und es war bereits passiert. In gewisser Hinsicht war sie selbst ein Opfer. Ein Opfer des Prozesses, in den sie einbezogen worden war.

Vom Fenster in Tirils altem Zimmer hatte sie den Schlauch von Plattenweg zwischen den Absperrungsbändern betrachtet. Und die Nachbarn in ihren Gärten. Und die Presseleute, die Ameisen, Fotografen in Westen mit hunderttausend Taschen; sie sahen aus wie Fischer, die lange unterwegs sein würden. Aus ihrer Position hinter den Vorhängen heraus hatte sie ihre bedächtige Nachbarschaft betrachtet wie eine Filmszene. Dreizehnmal war an der Tür geschellt worden, sie hatte mitgezählt. Ununterbrochen hatte das Telefon geklingelt, einmal war es der Nachbar mit dem stinkenden Komposthaufen gewesen, sie hatte das Gespräch sehr schnell beendet. Wenn er nicht bereit war, sich wie anständige Leute eine richtige Kompostpresse zuzulegen, dann konnte er auch keine Informationen über tote junge Frauen von ihr erwarten.

Sie hatte die Kinder *nicht* angerufen. Tiril und Lars-Oscar wären innerhalb weniger Stunden hier gewesen. Ein Mord hätte sie wie ein Magnet angezogen, und diese Vorstellung ärgerte sie. Sie gaben sich nicht die Mühe, ihr aufgesetztes *laissez-faire* in Bezug auf ihren Fuß zu durchschauen. Und da brauchten sie sich auch nicht in Blut triefenden Morden zu suhlen. Obwohl Lars-Oscar am nächsten Morgen in den Zeitungen das Bild des Hauses und die Adresse finden würde.

Aber sie konnte ja auch von selber gestorben sein. Vom Schleim erwürgt. Um dann in Plastikfolie gewickelt zu werden. Das mit den Kippen begriff sie überhaupt nicht. Hatte jemand einen vollen Aschenbecher über sie ausgeleert? Bei genauerem Nachdenken ging ihr auf, dass viel zu wenig Informationen und Details bei ihr angekommen waren. Sie hatte Informationen *gegeben.* An Tommy Hansen. Auf irgendeine Weise hatte er sich ihre Fragen vom Leib halten können.

Sie schaltete die Nachttischlampe an. Das half. Das Zimmer nahm normale Dimensionen an, auch wenn die Schatten in den Ecken immer noch zu tief waren. Sie hatte alle Türen abgeschlossen, alle Fenster versperrt. Wenn der Freund sie umgebracht hatte, dann war er sicher zu sehr vielem fähig. Unter anderem konnte er glauben, Siri Taraldsen wisse, wer er war, Irene habe sich ihr anvertraut, damals, als sie ihn gesehen hatte, hatte sie Abfall zur Mülltonne gebracht. Er musste sie auch gesehen haben.

Hunde im Garten. Viele Hunde, die in ihrem Garten herumliefen. Plötzlich gefiel ihr diese Vorstellung. Hunde mit spitzen Ohren, die jeden Geruch und jedes Geräusch aufschnappten. Ja. Sie sollten dort übernachten dürfen. Vielleicht sollte sie sich selber einen anschaffen. Einen kleinen, den auch eine Frau im Rollstuhl Gassi führen konnte. Dieser Gedanke begleitete sie in den Schlaf. Einen winzigen Pudel. Der sie beschützte. Einen kleinen Pudel, der langgliedrige Mörder in die Flucht schlug. Eine Spinne. Sie öffnete die Augen. Er hatte sie an eine Spinne erinnert, dieser Freund von Irene. Sie durfte nicht vergessen, das Tommy Hansen zu erzählen. Sie schloss die Augen wieder.

Der Regen formte seine Augenhöhlen, schuf mit kalten Fingerspitzen sein Gesicht, sie schmeckten nicht einmal salzig. Sie arbeiteten drinnen wie besessen, er hatte noch nie so scharfes Licht aus ihren Fenstern strömen sehen. Der Regen hätte ihn gequält, wenn er jetzt Lust auf eine Zigarette gehabt hätte, dachte er, aber das hatte er nicht. Er hatte für eine Weile genug geraucht, er glaubte, dass seine Kleider noch immer nach Zigaretten rochen, obwohl er sie gewaschen und gelüftet hatte. Aber sein Einsatz entsprach dem Resultat. Sein Leben lang würde er sich an das Gefühl von Befriedigung erinnern können, mit dem er an jenem Abend einen letzten Blick auf sein Werk geworfen und die Tür hinter sich geschlossen hatte: den sinnreich dekorierten Tisch, den intensiven Parfümgeruch, das blaue Abendlicht, das schräg durch die Fenster fiel, die Dinge auf dem Tisch, die ihre schwächsten Seiten symbolisierten, ihre Verletzlichkeit, alles, was sie unterlegen und unnütz gemacht hatte.

Er blieb auf sicherer Distanz. Zwei Streifenwagen standen vor dem Garten, der eine gehörte der Hundestreife. Es ärgerte ihn, dass er stehen blieb, nachdem er sich davon überzeugt hatte, dass sie gefunden worden war. Er hatte nur eine halbe Sekunde gebraucht, um festzustellen, dass die Sache in Gang, dass sein Anteil daran abgeschlossen war. Aber der Gedanke an die Frau im Haupthaus hatte ihn überrumpelt. Er wusste, dass sie an der Universität unterrichtete, mehr nicht. Und natürlich, dass sie hier wohnte. Und Siri hieß. Und allein lebte. Ich weiß eigentlich eine ganze Menge, dachte er, vielleicht arbeitet die Polizei auch auf diese Weise? Zählte die selbstverständlichsten Dinge auf und entdeckte, dass die Informationsmenge größer ist als zunächst angenommen?

Eine Frau mit einer verknoteten Plastiktüte in der Hand, unterwegs zu einem grünen Abfallcontainer. Die Bäume über ihr, der blaue Himmel, in einiger Entfernung ruft ein Kind, ein ihm zugekehrtes Gesicht, gestreift vom dazwischenliegenden Blattwerk, eine weiße Bluse, ein dunkler Rock, flache Schuhe, Pantoffeln vielleicht, so sah die Frau, die dort wohnte, der alles gehörte, die nach Belieben mit ihrer Mieterin schaltete und waltete, in seiner Erinnerung aus. Irene war keine, die sich anvertraute. Irene wollte nicht, dass ihre Vermieterin zu viel wusste, wie oft er kam, denn dann würde sie vielleicht die Miete erhöhen, so war das eben.

Ihr dürft nur Feinde haben, die zu hassen sind, aber nicht

Feinde zum Verachten. Ihr müsst stolz auf euern Feind sein: Dann sind die Erfolge eures Feindes auch eure Erfolge.

Sie hatte gefragt, was das Gefasel solle. Er hatte geantwortet: *Der Krieg und der Mut haben mehr große Dinge getan als die Nächstenliebe.*

Sie hatte ihn als Träumer bezeichnet. Er hatte über diese Beschreibung gelächelt. Nicht, weil er sich darüber freute, sondern weil sie ihn dieses eine Mal nicht Trottel genannt hatte.

Er holte so tief Luft, dass seine Lunge prickelte, er füllte sie bis zum Rand mit feuchtem Sauerstoff. Sie war elastisch und stark. Seltsam, dass er ihr niemals mehr morgens den Rücken klopfen würde, klopfen, klopfen, klopfen, wie sie es ihm beigebracht hatte, um den in der Nacht angesammelten Schleim zu lösen. Ein Mann, der einen Overall trug, rief aus Irenes Tür etwas, rief einem Polizisten draußen etwas zu und ließ sich aus einem Wagen etwas bringen, es sah aus wie ein Stapel Plastiktüten, sie glitzerten im Licht der Lampe über der Tür.

Sie arbeiteten. Er hatte eigenhändig einer Menge Menschen Beschäftigung verschafft. Er hatte es ihnen ermöglicht, mit gutem Gewissen ihr nächstes Gehalt zu kassieren. Er merkte, dass er Hunger hatte, ihm fiel ein, dass er sich an diesem Tag bisher nur von Tee ernährt hatte. Der Hunger kehrte zurück, das war ein gutes Zeichen; ihm war der Appetit vergangen, wenn er ihr beim Essen zugesehen hatte. Wie ein Wolf verschlang sie alles. Hatte sie alles verschlungen. Wurde niemals satt. War niemals satt geworden. Es strömte einfach durch sie hindurch. War durch sie hindurchgeströmt. Das Einzige, was sie nicht essen mochte, war Leberwurst.

Er wollte sich Leberwurst kaufen und sich richtig satt essen. Satt und schwer, wollte schlafen. Bald würde er schlafen, ohne Salzgeschmack im Mund, ohne Verwesungsgeruch in der Nase, und er würde die Worte lesen, die er auswendig kannte, die Erkenntnis in ihnen eröffnete sich ihm immer aufs Neue, wenn er sie gedruckt sah: *Euren Feind sollt ihr suchen, euren Krieg sollt ihr führen und für eure Gedanken! Ihr sollt den Frieden lieben als Mittel zu neuen Kriegen. Und den kurzen Frieden mehr als den langen.*

Das stimmte. Er hatte jetzt lange genug Frieden gehabt. Der Krieg würde ihn bald finden, er wartete. Lautlos verschwand er zwischen den Bäumen, während der Regen über seinen Rücken und seine Beine strömte und seine Schuhe füllte. Er flüsterte: *Man kann nur schweigen und stillsitzen, wenn man Pfeil und Bogen hat …*

DIE KVALHEIMSBUCHT ähnelte einem jungfräulichen, weiblichen Geschlecht. Der Übergang zwischen Berg und See war diffus und undurchdringlich, und weiter draußen lag das Meer, mit haarfeinen Wirbelstreifen unter einem Himmel, der niemals seiner gewesen war; nur ein Dach über ihm und dem Leben, ein Dach, das sich über ihm wölbte, wenn er morgens mit dem Geschmack von Kaffee und Zuckerstücken im Mund auf den Hof trat. Der Himmel war immer da. Selbst wenn die Wolken sich über die Antenne und den Blitzableiter auf dem Dach senkten, war er sich des Himmels bewusst. Der Himmel sorgte dafür, dass er atmen konnte. Ohne je begriffen zu haben, warum er das tun sollte.

Der Frühling war eine gute Zeit. Nicht wirklich gut, aber besser als andere Zeiten. Jetzt war nicht Frühling. Es war Herbst. Die Eiderenten würden noch lange nicht zurückkehren.

Sie war im Stall. Hatte das Telefon nicht gehört. Wusste nicht, dass er mit jemandem gesprochen hatte. Wusste nicht, was gesagt worden war. Wusste nicht, was er gedacht hatte. Wusste nicht, dass er die Telefonschnur so fest zusammengedrückt hatte, dass sein Daumennagel sich tief ins Fleisch seines Mittelfinger gebohrt hatte. Wusste nicht, dass er nach dem Auflegen fast über eine Minute nicht geatmet hatte, nur um zu sehen, ob er auf der Stelle tot umfallen könnte.

Eiderentenjunge ertranken, wenn die Wellen aus der falschen Richtung kamen, wenn sie sie in einem unerwarteten Winkel trafen, wenn sie zu weit hinausgeschwommen waren und die richtige Fußarbeit noch nicht gelernt hatten, ihr Bauchgefieder noch nicht aufplustern konnten. Konnte eine Eiderentenmutter Trauer empfinden, war das möglich? Man konnte sehen, dass sie um ihr Junges kämpfte, dass sie in Panik geriet, dass sie das Junge am Leben erhalten wollte. Aber Trauer …?

Er empfand wohl auch keine Trauer. Sie wussten noch nicht, ob sie es war. Aber sie glaubten es.

Identifizierung. Identität. Sie hatte dieses Wort selber einmal benutzt. Dass sie sich mit dieser Insel nicht identifizieren könne. Die Mutter hatte geweint. Wie so oft. Sollte er die weite Reise nach Oslo antreten? Er hatte den Polizisten gefragt und zur Antwort erhalten, das müsse er selbst entscheiden. Die Polizei hielt es nicht für nötig. Sie würden sich genug Informationen beschaffen können, um eine sichere Identifizierung vorzunehmen. Aber sie würden vielleicht Fotos der Ringe schicken, die sie an der Hand der Toten gefunden hatten. Und war sie operiert worden? Gab es Narben? Muttermale? Markante Leberflecken?

Er wusste es nicht. Er glaubte es nicht, war sich aber nicht sicher.

Als er sich nach ihrem Leichnam erkundigte, sagte der Mann, das alles werde arrangiert werden. Sie könnten sie dann nach Hause holen. Wenn sie es war. Wenn es wirklich Irene war. Die nach Hause kommen würde. Nach Hause.

Das alte Mutterschaf kam gelassen auf ihn zu. Es ging nach Belieben im Stall ein und aus. Es stand unter Naturschutz, sie hatten es unter Naturschutz gestellt. Sie sagten es nicht laut, dass sie es liebten, aber es durfte leben, ohne dafür ein Tagewerk verrichten, ohne mehr tun zu müssen, als einfach nur zu existieren.

Er saugte ihren Geruch ein, legte seine Handfläche gegen ihre Nase, ihren Atem, begrub die andere Hand in der dichten Wolle. Sie grunzte wie ein alter Hund bei dieser Berührung und stampfte ein wenig mit den Füßen.

Die Kvalheimsbucht öffnete sich, ließ frische Morgenluft durch den Spalt zwischen Berg und Meer. Da kam sie. Er musste fahren. Das wollte er. Er hatte sich entschlossen. *Sie brauchen sich den Leichnam nicht anzusehen, das können wir Ihnen ersparen,* hatte der Mann am Telefon gesagt. Gott sei Dank, dass sie nicht den Polizisten vom Festland mit dieser Nachricht geschickt hatten, oder schlimmer noch, den Pastor. Dann wäre hier die Hölle losgewesen. Sie hatten zum Glück begriffen, dass diese Insel von Polizei und Pastor verschont worden war. Man nahm Neuigkeiten wie ein erwachsener Mensch entgegen, mit dem Telefonhörer in der Hand. Die höchste Autorität hier draußen, wenn es denn eine gab, war der Kaufmann.

»Hier sitzt du?«

»Ja. Ich … muss nach Oslo.«

»Nach Oslo?« Sie schob die Hände unter ihre Schürze und ließ ihren Blick über die Bucht wandern.

»Irene«, sagte er. Und wusste, dass er einen Stein aus dem Damm zog. Tief unten, am Fuß der Befestigung, der Stein, auf dem alle anderen ruhten.

Er fügte eilig hinzu: »Ich ruf deine Schwester an. Sie muss herkommen. Du darfst nicht allein sein.«

Das war der längste Satz, den sie seit Jahr und Tag von ihm gehört hatte. Ihr Schrei klang wie ein Vogelruf und war ebenso weit zu hören. Und da er ihn nicht mit beruhigenden Worten, die ihre bangen Ahnungen zerstreuten, zum Verstummen bringen konnte, wurde er immer lauter und nahm kein Ende. Er ließ das Schaf los und hielt sich die Ohren zu. Sie war aus ihrem Leben verschwunden, vor langer Zeit bereits, und jetzt war sie tot. So war das. Es war viel zu spät, um nach ihr zu suchen.

Aber er wollte sie nach Hause holen. Gegen ihren Willen. Wenn jemand unten bei der Kapelle in die Erde sollte, kam der Pastor vom Festland herüber.

Dieser Gedanke war ihm ein Trost. Dass sie nach Hause kommen würde. Das sagte er. Sie holte Atem und horchte auf seine Worte. War es nicht besser, dass sie unter einem Grabstein bei der Kapelle lag, statt in Oslo ein elendes Leben zu führen? Er glaubte das fast. In diesem Moment glaubte er das fast.

»Ich fahre hin und hole sie nach Hause«, sagte er und fand, nun genug gesagt zu haben.

DAS WAR KEIN ORT, den er oft aufsuchte, der Geruch erinnerte ihn an Büffeln für die Schule, zu schwere Ranzen, doppelte Butterbrote mit feuchtem Käse, dünne Milch aus dem Viertelliterkarton. Tommy Hansen wusste, dass er anders war als die anderen, wusste aber nicht, warum. Vielleicht war er zu groß geworden? Wog nicht mehr vierzig Kilo, war keine zwölf Jahre mehr?

Eine rundliche Frau in seinem Alter kam aus einem Büro, als er sich dem jungen Mann am Tresen vorstellte.

»Ich habe das Wort Polizei gehört«, sagte sie und nannte ihren Namen, Elsa. »Geht es um Irene?«

»Ja. Können wir in Ihr Büro gehen?«

Sie zeigte ihm die Richtung; er roch Kaffee und entdeckte auf einem kleinen Tisch eine Kaffeemaschine. Sie folgte seinem Blick. »Möchten Sie?«

»Ja, danke.«

Ihr Büro entsprach dem klassischen Klischee eines Frauenbüros. Jede Menge Pflanzen, Kinderzeichnungen an allen Wänden, persönliche Fotos, es sah aus wie ein kleines Zuhause. Der Kaffee dagegen bestand fast aus reiner Gerbsäure, er sagte aber nichts dazu.

»Es ist nur ein Routinebesuch«, sagte er. »Wir haben Grund zu der Annahme, dass Irene Vikstrøm tot ist, wissen es aber noch nicht mit Sicherheit.«

»Eine Tote in ihrer Wohnung, das muss sie doch wohl sein?«, meinte die Frau und nahm selbstsicher hinter dem Schreibtisch Platz, statt sich auf den freien Stuhl neben ihm zu setzen. »Und wir haben sie seit Wochen nicht mehr gesehen. Anfangs hielten wir sie für krank, aber dann haben wir versucht, sie anzurufen. Das haben wir immer wieder versucht. Die arme Irene ...«

»Was wissen Sie über ihr Privatleben?«

»Erschreckend wenig.« Sie riss sich zusammen. »Nicht erschreckend, nicht so zu verstehen. Aber sie war ein sehr verschlossener Mensch, an den man nicht herankam, sie sprach nur über Dinge, die mit der Arbeit zu tun hatten. Das war ein wenig anstrengend. Ich meine ... an einem Arbeitsplatz wird nun mal geplaudert, man lernt sich kennen, gewinnt Einblick in das Leben der anderen, ja, Sie wissen schon ...«

»Haben Sie oder sonst jemand hier Irene je zusammen mit einem Mann gesehen?«

»Nie«, sagte sie. »Nie. Und ich weiß, dass das auch für die anderen hier gilt, wir haben darüber geredet. Wenn sie einen Freund gehabt hätte, einen, der sie so nahm, wie sie war, dann hätte sie sich vielleicht ein wenig geöffnet, wäre weniger schroff gewesen.«

»Und nie hat ein Mann nach Feierabend auf sie gewartet?«

»Nein, das habe ich doch schon gesagt.«

»Sind Sie über ihre Krankheit informiert?«

Sie lachte ein kurzes, hartes Lachen. »Natürlich«, sagte sie. »Die ließ sich nicht übersehen. Wir mussten doch Rücksicht auf sie nehmen.«

Und dafür wärt ihr gern entschädigt worden, dachte Tommy Hansen, durch Offenheit und Vertraulichkeit, Menschlichkeit.

»Wir haben uns große Mühe gegeben, mit ihrer Krankheit umzugehen«, sagte sie, »haben für Vertretung gesorgt ...«

»Wir wissen noch nicht, ob sie es ist«, fiel er ihr ins Wort.

Sie musterte ihn kurz, wie um zu signalisieren, dass sie seine juristische Haarspalterei längst durchschaut habe, aber dennoch darauf eingehen wolle. »Wir sorgen für Vertretung, oder wir springen selber für sie ein. Wir wussten doch ... wissen doch, wenn es ihr besonders schlecht geht, wenn ihr Zustand akut wird, dann kommt sie mit dem Taxi, dann schafft sie nicht einmal die U-Bahnfahrt.«

»Ach, mit dem Taxi? Zur Arbeit und wieder nach Hause?«

»Die Kosten übernimmt die Krankenkasse. Aber sie fährt lieber mit der Bahn oder geht zu Fuß, das hat sie uns immerhin erzählt. Dass sie das als kleines Training betrachtet.«

»Ich würde mich gern ein bisschen hier umsehen, haben Sie ein Pausenzimmer?«

»Sicher. Nichtraucher. Seit Irene hier arbeitet.«

Mit energischen Schritten führte sie ihn in ein kleines Zimmer, mit einem Kerzenhalter auf dem Tisch, weißen Küchenregalen mit Filtertüten und Würfelzuckerpackungen, einem Brettchen mit Brotmesser, einem kleinen Kühlschrank, zwei Kochplatten, zwei Thermoskannen und einer weiteren Kaffeemaschine. Dass Elsa eine eigene Maschine in ihrem Arbeitszimmer hatte, symbolisierte Macht, so wie Männer in männerdominierten Büros sich gern einen eigenen Kopierer hinstellen.

An der Wand hing ein Kalender. In einem niedrigen Regal lag ein Stapel Illustrierte. Er wusste nicht, was er erwartet hatte, vielleicht, dass sie einander in den Pausen Literatur vorlasen. Aber in diesem Zimmer konnte er kein einziges Buch entdecken.

Sie zeigte ihm Irenes Schrank, der ein Paar weiße Gesundheitssandalen und ein rotes Haargummi enthielt. Das hob er hoch.

»Damit hat sie … damit bindet sie sich einen Pferdeschwanz, wenn sie zur Arbeit kommt.«

»Und sie wechselt ihre Schuhe«, sagte er.

»Ja.«

Viel mehr gab es nicht zu sehen, aber er sah. Das war sein Beruf. Ein Paar Schuhe und ein Haargummi.

Tommy Hansen war enttäuscht, ließ sich jedoch nichts anmerken. Dieser Freund – es war seltsam, wie unsichtbar er gewesen war. Und auch über ihre Krankheit hatte sie bei der Arbeit nicht sprechen wollen. Das hing sicher damit zusammen, dass sie sich schämte, wie Siri Taraldsen erwähnt hatte. Er wagte die Frage: »Hat sie eine eigene … Toilette?«

Die Frau erwiderte seinen Blick nur für einen Moment.

»Das musste sie doch.«

»Oder … *Sie* mussten das?«

»Nachdem wir uns ein wenig über ihre Krankheit informiert hatten«, wehrte sie ab. »Danach haben wir anderen die Herrentoilette als Unisex-Toilette benutzt.«

Genau dieses Wort benutzte sie. Unisex.

»Während Irene Vikstrøm die Damentoilette für sich hat.«

»Ich bin nicht sicher, ob Irene das weiß«, sagte Elsa. »Dass sie die Toilette für sich hat, aber so ist das nun einmal.«

Sie trat von einem Fuß auf den anderen und rieb sich die Hände.

Tommy Hansen wusste, dass sie ihn liebend gern gefragt hätte, was eigentlich passiert sei, was hier vor sich gehe, aber das tat sie nicht. Sie sagte stattdessen: »Sie hat uns so Leid getan.«

Er wanderte an den Regalen entlang, beobachtete das Ausleihverfahren, alles lief über Computer. Er fand die Hundebücher. Sowohl die Bücher für Kinder, die von einem lebendigen Teddybären träumten, als auch die richtigen Bücher. Die Bücher über Boxer hatte er auch zu Hause. Er schaute nur noch selten hinein, es machte mehr Spaß, im Net nach neuen Ausstellungsergebnissen zu suchen, zum Beispiel aus Sydney oder Alabama.

Er fand die Lyrikabteilung und zog aufs Geratewohl ein Buch von Rolf Jacobsen heraus. Er blieb vor dem Tresen stehen, während die Mühlen der Bürokratie langsam eine kleine Plastikkarte mit seinem Namen ausspuckten und er endlich das Buch mitnehmen konnte. Der junge Mann nickte höflich, als er es ihm reichte. Was die wohl jetzt über ihn dachten? Gedichte. Bestimmt dachten sie, er sei schwul.

»Wer benutzt eigentlich diese Bibliothek?«

»Alle möglichen Leute, Studenten, Leute, die oben am Blystadvei in den Blocks wohnen. Arbeitslose, die viel lesen.«

»Gleichmäßig verteilt auf Frauen und Männer?«

»Männer leihen Krimis und Sachbücher und Jagdgeschichten aus, Frauen lesen alles Mögliche.«

»Kennen Sie Irene, was halten Sie von ihr?«

»Ich bin ihr nie begegnet. Ich bin hier, weil sie nicht hier ist«, war die Antwort.

Tommy Hansen dachte: Dann wirst du hier auch noch eine Weile bleiben.

Er öffnete das Buch, ehe er den Motor startete. Der Regen schlug gegen die Windschutzscheibe, er kam sich vor wie in einem Plastikkäfig, einem Sauerstoffzelt. Otto starrte ihn im Spiegel an, er hatte auch an diesem Tag mitkommen dürfen. Nicht wegen eines Igels, sondern weil eine undefinierbare Unruhe in ihm steckte, die darauf hinweisen mochte, dass ihm am Vortag die Aussicht aus dem Wagen sehr gut gefallen hatte. Wer viel hat, will noch mehr, das gilt auch für Hunde.

Tommy Hansen schaute ins Buch, blätterte langsam weiter, las hier und dort eine Strophe, über Schnecken und Hemden und harte Rinde unter Frauenwangen und komplizierte Ortsnamen an fremden Küsten. Positano und Golgatha, Neapel und Fiesole. Bologna und die Katakomben von San Callisto, warum mussten Dichter immer damit protzen, dass sie so verdammt weit gereist waren? Er warf das Buch ins Handschuhfach und beschloss, dass es ihm nicht ins Haus kommen würde. Es würde dort liegen müssen, aus Rache, weil er nie weiter als bis Helsinki gekommen war, damals, als Otto mit einer Hündin namens Kalevalas Lena gepaart werden sollte. Mallorca zählte nicht. Solche Pauschalreisen ans Mittelmeer zählten überhaupt nicht, eine Sauferei in einem Charterflugzeug konnte nicht als Reise bezeichnet werden.

Er war noch immer aggressiv, als er die Bank betrat und vor ihm neun Personen in der Warteschlange standen, aber er war ruhig, als er ihre Rechnungen bezahlte, und er freute sich, dass sie ein ordentlicher Mensch war, der die Gebühren im Blick hatte und nicht die eigenen Kontonummern durcheinander warf. Aber er freute sich nicht darauf, ihr die Presseprodukte dieses Tages zu zeigen. Aftenposten brachte nur eine kleine Notiz. VG und Dagbladet hatten insgesamt fünf Seiten. Der Kabelmonteur hatte offenbar keine Sekunde verschwendet. Er lächelte breit und siegessicher auf einem Bild in VG, er stand vor seinem Auto und verbreitete sich über Handschellen und Drogen, was er Langlo gegenüber mit keinem Wort erwähnt hatte. Das war wohl das, was dichterische Freiheit genannt wurde.

Langlo hatte bereits ungeduldig im Framvei 2 auf ihn gewartet. Er kam durch den Regen gerannt und nahm neben Tommy Hansen Platz.

»Bald können wir«, sagte er. »Sie ist vor einer Stunde weggebracht worden. Die Presse war hier, ist aber mit der Leiche zusammen verschwunden.«

»Das kann ich mir denken.«

Tommy Hansen hatte sich über Mukoviszidose kundig gemacht und wollte Langlo mit seinen detaillierten Ausführungen über Charakter und Verlauf der Krankheit imponieren.

»Mit den Proteinen stimmt etwas nicht, sie ruinieren die Verdauung«, fing er an, »und durch chronische Infektionen verliert die Lunge ihre Elastizität. Die Lunge muss ungeheuer elastisch sein, damit wir ein- und ausatmen können, aber bei …«

Er fragte sich kurz, wie diese Kranken heißen mochten, entschied sich dann für Mukos. »Bei Mukos füllt sich die Lunge mit Schleim, weil sie sich nicht leeren kann. Die Krankheit wird durch einen Schweißtest nachgewiesen, der Schweiß enthält unnatürlich viel Salz. Und wenn sie so krank sind wie Irene Vikstrøm, dann werden sie nicht alt. Fünfundzwanzig, vielleicht. Sie war zwanzig. Gut möglich, dass sie eines natürlichen Todes gestorben ist, Langlo.«

»Gegen drei Uhr kommt der vorläufige Obduktionsbericht«, sagte Langlo leicht pikiert. »Stemholdt hat einen Zettel von ihrem Zahnarzt gefunden, sie hatte in drei Wochen einen Termin, also dürfte die Identifizierung keine Schwierigkeiten machen.«

Langlo schien von Tommy Hansens medizinischen Erörterungen nicht im Geringsten beeindruckt zu sein, und deshalb sagte er nur: »Ich habe einiges von dem ausgedruckt, was ich über die Krankheit gefunden habe, du bekommst eine Kopie. Und ich habe mich bei ihrer Arbeit erkundigt, in der Bibliotheksfiliale Blystad, aber da war nichts zu holen. Mit einer Ausnahme. Ab und zu ist sie mit dem Taxi zur Arbeit gefahren. Frag mal die Fahrer, erkundige dich, ob jemand sich an sie erinnert und vielleicht diesen langgliedrigen Liebhaber gesehen hat.«

»Du hast deinen Köter mitgebracht, sehe ich«, sagte Langlo und schaute sich um. Otto erwiderte seinen Blick mit streng gerunzelter Stirn.

»Das ist kein Köter, das ist ein Boxer«, sagte Tommy Hansen. »Und internationaler Champion.«

»Meine Tante sagt immer Champignon. Sie hat drei Pudel, die nenne ich Pfifferlinge.«

»Ich schlage vor, wir brechen auf, Langlo.«

Die Zeitungen in seiner Hand wurden auf den wenigen

Metern zwischen Auto und Haus triefnass. Otto würde bei diesem Regen nicht sehr viel sehen. Wildkatzen und Villenkatzen würden sich frei bewegen können, ohne mit einem dröhnenden Horrorerlebnis rechnen zu müssen.

Die kleine Wohnung sah aus wie ein Schlachtfeld, jetzt, da die Technik sie in Fetzen pflückte. Es roch nicht mehr so Ekel erregend, die Fenster standen weit offen. Das Rauschen des Regens wirkte herausfordernd normal. Das Zimmer war grell ausgeleuchtet, er hatte das Gefühl, eine Bühne zu betreten, auf der steril gekleidete Marsmenschen Kontaktlinsen suchten.

Die drei Stühle, auf denen die Leiche gelegen hatte, standen noch immer nebeneinander, der Fleck auf dem Boden war unversehrt, mit Ausnahme einer Stelle, wo eine Probe entnommen worden war. Stemholdt hatte vermutlich die Nacht hier verbracht, er sprach langsam und umständlich für seine Verhältnisse; Tommy Hansen schloss daraus, dass er todmüde war. Er war bereit, aufmerksam zuzuhören, er wusste nämlich, dass Stemholdt die teuflische Gewohnheit besaß, den Leckerbissen bis zum Schluss aufzuheben. Möglicherweise, um damit den beruflichen Alltag aufzupeppen, ihn zu dem technischen Schauspiel zu machen, um das Tommy Hansen ihn beneidete. Wer zuerst kam, mahlte nicht zuerst, sondern machte die erste Entdeckung.

»Wie lange braucht ihr wohl noch?«, fragte Langlo.

»Drei oder vier Tage. Vielleicht auch weniger«, sagte Stemholdt.

»Dann reich doch mal ein paar Tatsachen rüber«, sagte Tommy Hansen.

»Kühlschrank vollgestopft mit Lebensmitteln, als hätte sie ein Fest geplant, aber ansonsten alles sauber und ordentlich«, begann Stemholdt.

Tommy Hansen nahm sich die Zeit für eine neue Einführung in die Krankheit Mukoviszidose, der Name gefiel ihm, und er berichtete von Wolfshunger und Proteinstörungen und der fehlenden Fähigkeit des Körpers, Nahrung aufzunehmen, weil die Bauchspeicheldrüse alles sabotiert. Stemholdt nickte, sagte dann aber mit tonloser Stimme: »Schlafzimmer mit Bett ohne Spuren von Geschlechtsverkehr, keine sichtbaren Spermaflecken, aber das werden wir überprüfen, ein kleiner Fernseher mit Videogerät, Badezimmer sauber und ordentlich, keine Hinweise auf Handgreiflichkeiten oder Blutreste, der Inhalt des Abflussrohrs wird überprüft, ein Rand in der Badewanne lässt annehmen, dass jemand ein Bad genommen hat, ohne die Wanne danach sauber zu machen, auch dort keine sichtbaren Hinweise, aber wir überprüfen das alles noch. Und mein Bauch sagt mir, dass hier keine Handschuhe benutzt worden sind. Die Müllsäcke, in die die Tote eingewickelt war, sind vermutlich von Fingerabdrücken übersät. Und wir haben überall Haare gefunden, lange und kurze. Und dann ist da noch der Tisch.«

Endlich konnte Tommy Hansen ihn sich richtig ansehen und war enttäuscht, als er bemerkte, dass Stemholdt ihn am Vortag äußerst genau beschrieben hatte. Das Wort *love*, geschrieben mit Streichhölzern, mit einem unbenutzten Kondom mitten im *o*, niemand könnte ein benutztes Kondom aufrollen. Und eine Flasche Parfüm.

»Chanel Nr. 5«, sagte Stemholdt.

»Bestimmt ein Geschenk von jemandem, der sie nicht gekannt hat«, sagte Tommy Hansen.

»Wieso?«, fragte Stemholdt.

Tommy Hansen sah durchaus keinen Grund für eine sofortige Antwort, er ließ seinen Blick weiter über den Tisch wandern. »Die Schlüssel«, sagte er dann.

»Die gehören zur Wohnung«, sagte Stemholdt. »Die Tür hat ein Schnappschloss.«

»Die werden ja wohl nicht mehr gebraucht. Die Tabletten?«

»Antibiotika und eine Art Enzymtabletten, das hat die Gerichtsmedizin schon überprüft. Auf jeden Fall, wenn die Beschreibungen auf den Dosen stimmen. Sollten die stattdessen mit Drogen gefüllt sein, dann wissen wir das noch nicht.«

»Bestimmt sind das Antibiotika und Enzymtabletten. Wegen der Sache mit der Bauchspeicheldrüse. Weil die nicht ...«

»Das hab ich inzwischen kapiert«, sagte Stemholdt.

»Das Hundebild? Aus einer Zeitschrift herausgerissen?«

»Aus Frauen & Kleider. Der Artikel handelte davon, dass Hunde gut für die Immunabwehr sind, es senkt den Blutdruck, wenn man sie streichelt, diese Art von Unfug. Ich nehme an, das ist purer Zufall. Labrador, oder?«

»Ja, ein Labrador Retriever. Und die Kippen?«, fragte Tommy Hansen.

»Insgesamt fünfundsiebzig Stück. Fast vier Packungen.«

Danke, das konnte er auch selber noch ausrechnen. »Sie konnte weder Rauch noch Parfüm noch Hunde vertragen«, fügte er großzügig hinzu und beugte sich vor. »Das erklärt sicher einen Großteil des Inhalts.«

»Eine Art Rache«, schlug Stemholdt vor, aber Tommy Hansen stellte sich taub.

»Was ist mit den vier Zigarettenschachteln in den Tischecken?«

»Die werden jetzt untersucht, aber so wie sie riechen, und von der Form her, nehme ich an ... ich betone, ich nehme das an ...«

»Na los.«

»Nehme ich an, dass er hineinonaniert hat. Und dass es ihm bei allen vieren gekommen ist.«

Tommy Hansen richtete sich auf und empfand ein heftiges Glücksgefühl. Ole Stemholdt war plötzlich wieder ein guter alter Kollege und kein Konkurrent mehr.

»Onaniert? Was du nicht sagst, Ole. Dann wissen wir, dass es ein Mann ist. Schön. Und wir können diese Dekorationen hier mit anderen Spuren in der Wohnung in Verbindung bringen, nicht wahr? Wir können doch Haare, Sperma und Fingerabdrücke vergleichen? Und davon ausgehen, dass dieser Onanierer ziemlich häufig hier gewesen sein muss? Übernachtet hat? Oder dass der, der das arrangiert hat, ein ganz anderer war, oder?«

»Yes«, sagte Stemholdt. »Und das alles werden wir feststellen, Tommy.«

»Dann muss er eine Weile hier gewesen sein«, sagte Tommy Hansen. »Wo es ihm doch viermal gekommen ist.«

»Das wissen wir im Grunde nicht. Schwer, die eigentliche Dosis festzulegen. Er kann doch ein junger und viriler Arsch sein. Und er kann ja auch … nur in eine Schachtel gewichst und den Inhalt dann auf alle vier verteilt haben. Aber das kommt mir unwahrscheinlich vor. Und dann hätten wir auf dem Tisch oder dem Boden Spermaflecken finden müssen, aber das haben wir nicht, glaube ich.«

»Dann wird er es viermal gemacht haben.« Tommy Hansen fuhr sich durch die Haare und kam sich plötzlich alt vor. Viermal, das waren noch Zeiten gewesen, großer Gott.

»Aber die vielen Zigaretten, die er geraucht hat«, sagte er dann. »Wenn wir von der Asche ausgehen, dann hat er das offenbar hier im Haus gemacht. Nachdem sie tot war und nicht mehr protestieren konnte?«

»Sieht so aus. Es ist ziemlich viel Asche, wir werden sie messen und alles vergleichen. Aber er kann natürlich die Asche auch mitgebracht haben. Müssen wir wirklich genau wissen, wie lange er damit beschäftigt war? Mit Wichsen und Rauchen?«

»Ich glaube nicht. Aber könnten es auch mehrere gewesen sein, was meinst du? Mehrere Täter, die mit Zigaretten und leeren Schachteln angetreten sind?«

»Das werden wir natürlich erfahren, wenn die Fleckenfredis von der Gerichtsmedizin sich mit der DNA-Analyse amüsiert haben, aber ich muss dir etwas Seltsames erzählen«, sagte Ole Stemholdt. »Ich habe festgestellt, und zwar schon vor langer Zeit, aber oft geholfen hat es mir nicht, dass ... also, jeder Mensch drückt seine Kippen auf seine eigene und immer auf genau dieselbe Weise aus. Achte bei Gelegenheit mal darauf. Genau dieselbe Bewegung des Handgelenks, jedes Mal. Die Akkordeonfalten, die die Kippe danach hat, sehen aus wie die auf der letzten. Und auf der nächsten. Beim selben Menschen, meine ich.«

Tommy Hansen fand die Zeit reif, um ein wenig beeindruckt zu sein. Diese Techniker ... sie waren ein Volk für sich. Dass ihnen so etwas Seltsames auffiel, das zugleich so offen auf der Hand lag.

»Himmel«, sagte er, und Stemholdt richtete sich auf und räusperte sich wichtigtuerisch.

»Und haben alle diese Kippen Ähnlichkeit miteinander?«

»Das haben sie«, erwiderte Stemholdt. »Obwohl es gerade in diesem Fall eine gewisse Variation in der Länge gibt. Aber das kann damit zusammenhängen, dass es dem Typen allmählich schlecht wurde und dass er sie nicht mehr fertig rauchen mochte.«

»Was wollen wir noch mit Speichelproben von den Filtern, wenn wir dich haben?«, fragte Tommy Hansen und grinste. Und fügte hinzu: »Hast du noch mehr?«

Er erwiderte Stemholdts Blick.

Stemholdt hatte offenbar noch mehr. Und richtig, wie aus dem Nichts zauberte Stemholdt eine durchsichtige Plastiktüte hervor, die einen Videofilm enthielt.

»Das hier«, sagte er. »Den haben wir im Schlafzimmer unterm Bett gefunden, dicht an der Wand, offenbar ist er dorthin geschleudert worden, sollte nicht versteckt oder weggeschoben werden. Er ist zerstört, in zwei Teile gebrochen. Es ist ein Porno, ein professionell produzierter Porno, keine Eigenproduktion, du siehst hier hinten das kleine Loch ...«

Er drehte die Tüte um. »Um selber aufnehmen zu können, muss das Loch mit Tesafilm überklebt werden, aber das ist nicht passiert, und das Video hat auch ein Etikett. Es ist ein ganz normaler Porno, *Erotic Lisa.* Ich lasse das Band überspielen, wenn wir die Fingerabdrücke untersucht haben. Aber was mir wichtig scheint, ist, dass jemand energisch versucht hat, es zu zerstören.«

»Dazu braucht man doch bloß das Band herauszureißen«, sagte Tommy Hansen.

»Ja, das wäre eine eher *überlegte* Zerstörung, aber in dem Fall scheint jemand zu wütend gewesen zu sein, um so weit zu denken.«

»Das Cover, hast du das gefunden?«

»Nein.«

»Und gibt es in der Wohnung noch andere Filme? Beim Videogerät?«

»Ja, aber nur ganz normale, Allerweltsfilme. Amerikanischer Schmalz. Wir werden noch überprüfen, ob die Filme mit den Covern übereinstimmen. In der Wohnung gibt es jedenfalls keine Aufnahmegeräte.«

»Na gut. Ich freue mich auf den Bericht.«

»Und wir bekommen nachher noch den vorläufigen Bericht von der Pathologie.«

»Das weiß ich«, sagte Tommy Hansen. »Langlo, notier alles, was auf diesem Porno steht, erkundige dich bei den Videoverleihs in der Umgebung, sicher hat unser Knabe irgendwo ein festes Konto, und sie haben den Film schon als vermisst gebucht.«

»Fat chance«, sagte Langlo großkotzig, machte aber die erbetenen Notizen.

»Und überprüf diese Taxigeschichte. Hast du dein Handy bei dir?«

Langlo nickte.

Siri Taraldsen hatte sich bei den Sauerrahmwaffeln große Mühe gegeben. Außerdem hatte sie wie ein Huhn auf einem Bein gestanden und sich dabei an die Wand gelehnt, um eine Bluse zu bügeln. Sie kam sich so richtig wie eine Hausfrau vor. Vorlesungen und Examensplanungen schienen in eine ferne Welt zu gehören. Sie verteidigte sich damit, dass diese Bekanntschaft nicht von langer Dauer sein werde.

Lars-Oscar hatte angerufen und sein Kommen angekündigt; sie hatte ihm diesen Plan nicht ausreden können. Ihr grauste davor. Er hatte in den Zeitungen das Bild des Hauses gesehen und sie ordentlich zusammengestaucht, weil sie ihm nicht sofort Bescheid gesagt hatte.

Als Tommy Hansen anklopfte und das Esszimmer betrat, sagte sie als Erstes:

»Ich will die Zeitungen nicht sehen. Der Artikel in Aftenposten war schlimm genug. Werfen Sie sie weg.«

»Sind Sie sicher? Ihr Kabelmonteur ist jetzt berühmt.«

»Werfen Sie sie weg.«

»Er behauptet, dass hier im Haus sadomasochistische Sexspielchen stattgefunden haben. Das Nächste wird dann sicher Satanismus mit Opferung von Säuglingen und Geißlein sein.«

»Mir wird schlecht.«

»Genau das wollen sie, wenn sie so was schreiben. Die Leute sollen sich ekeln und eine Gänsehaut bekommen und glücklich und erleichtert sein, weil es sie nicht betrifft.«

»Aber sie MEINEN doch so viel! Warum können sie nicht einfach berichten, was passiert ist, statt zu glauben und zu deuten und über Dinge spekulieren, von denen sie keine Ahnung haben? Werfen Sie sie in der Küche in den Mülleimer unter dem Waschbecken.«

Er tat, wie ihm geheißen, und nahm dann ihr gegenüber Platz. Breit und groß. Sehr *Mann.* Sie bat ihn zuzugreifen, er sagte, er habe noch nicht gefrühstückt und legte sich eine ganze Waffel auf den Teller, schmierte tüchtig Butter darauf und bedeckte alles mit Pyramiden aus Himbeermarmelade.

»Ihr Kühlschrank war vollgestopft mit Lebensmitteln«, sagte er. »Die Technik dachte, sie habe ein Riesenfest geplant.«

Er senkte beim Essen den Kopf über den Teller, um nicht zu kleckern.

»Ist in der Bank alles in Ordnung gewesen?«, fragte sie und fühlte sich schon wieder wie eine Hausfrau.

Ist in der Bank alles in Ordnung gewesen ... So was sagten sie sicher am laufenden Band, diese Frauen, die sich mit Sauerrahmwaffeln und Bügelwäsche beschäftigten.

»Sicher.« Er wischte sich mit der Serviette den Mund ab, griff in seine Jackentasche, holte die Quittungen heraus und legte sie auf den Tisch.

»Und das Geld hat gereicht?«

Jetzt musste sie aufhören, sonst würde sie losprusten. Glücklicherweise entdeckte sie Tierhaare an seinem Pullover, kurze Haare, hellbraun, wie ihr schien.

»Haben Sie eine Katze?«, fragte sie.

»Nein, ich bin nicht schwul.«

Endlich konnte sie lachen. »Schwul?«

»Ich habe keine Katze und lese keine Gedichte. Obwohl ich eine Gedichtsammlung im Handschuhfach liegen habe. Aber zurück zu diesen Lebensmitteln. War sie von ihrer Krankheit nicht ziemlich geschwächt? Sie hatte doch kein Auto. Hat sie auch dann ein Taxi genommen? Zum Einkaufen, meine ich.«

»Sie meinen, um die vielen Lebensmittel nach Hause zu schaffen? Die wurden ihr gebracht. Sie hatte eine feste Abmachung mit dem Laden, der fährt dreimal die Woche Waren aus. Hier in der Gegend wohnen viele alleinstehende, ältere Menschen.«

Tommy Hansen zog sein Telefon hervor und wählte Langlos Nummer, obwohl er noch immer den Mund voll Waffeln hatte.

»Frag mal im Lebensmittelladen nach. Sie hat sich dreimal pro Woche Waren ins Haus liefern lassen. Stell fest, wann sie zuletzt etwas bestellt hat. Und frag, ob irgendwer diesen Freund gesehen hat.«

Sie ließ sich zurücksinken und steckte sich die dritte Zigarette des Tages an.

»Sind Sie sicher, dass Sie ihn nur dieses eine Mal gesehen haben?«, fragte er und nahm sich eine neue Waffel. Das Telefon lag neben seinem Teller auf dem Tisch und blinkte wütend und grün.

»Ja«, sagte sie. »Vergessen Sie nicht, ich habe viel gearbeitet. Oft und lange. Das mache ich immer so. Machte das immer so. Werde das wieder machen, wenn ich wieder gesund bin oder Krücken benutzen kann. Und Irenes Gartenweg ist ziemlich abgelegen; ich kann auch nicht in ihre Fenster hineinschauen. Weder wenn ich Müll hinaustrage noch wenn ich im Garten arbeite. Bei dieser Wohnung ging es damals vor allem darum, dass sie vom Haupthaus getrennt sein sollte. Um ihre Attraktivität zu erhöhen. Lars-Oscar und Tiril, meine Kinder, haben zeitweise dort gewohnt; ich habe das mit eingeplant, als ich die Garagen umbauen und erweitern ließ. Erwachsene Kinder wollen ihre Mutter nicht zu dicht auf der Pelle haben. Und ich wollte auch mein Privatleben schützen. Deshalb habe ich die Bäume vor dem Gartenweg wachsen lassen. Und den Zaun. Das Einzige, was wir teilen, ist das Gestell für die Briefkästen. Sie hat sogar ihre eigene Mülltonne.«

»Jetzt nicht mehr.«

»Was?«

»Die ist im Labor. Bei den Technikern. Sie haben den ganzen Dreck mitgenommen, um in aller Ruhe darin herumwühlen zu können.«

»Was ist sonst noch passiert?«

»Sie ist weggebracht worden. Irgendwann heute bekommen wir einen vorläufigen Obduktionsbericht. Und eine gesicherte Identifikation. Wissen Sie, dass Muko-Kranke, denen es so schlecht ging wie Irene Vikstrøm, oft nicht älter als fünfundzwanzig werden?«

Sie hatte sicher daran gedacht, aber sie hatte Irene nicht danach gefragt. Irene hatte es selber auch nie erwähnt. Kein Wunder, dass ihre Mutter die ganze Zeit weinte, eine Mutter informiert sich umfassend über die Krankheit ihres Kindes. Und plötzlich brach sie selber in Tränen aus. Das überraschte sie sehr. Aber dabei dachte sie an die Mutter und nicht an Irene. Sie griff nach einer der taubenblauen Servietten, die sie auf den Tisch gelegt hatte, und drückte sie gegen ihre Augen. Er verstummte und sah sie an.

»Ich habe heute früh ihren Vater angerufen«, sagte er schließlich leise.

»Herrgott, diese armen Menschen, sie hatten doch nur Irene.«

Es tat gut, aus einem anderen Grund als über die eigene Hilflosigkeit zu weinen. »Vielleicht können sie hier wohnen«, überlegte sie. »Ich habe vier freie Schlafzimmer.«

»Ich weiß nicht, ob sie kommen. Oder ob er kommt. Nötig ist es nicht. Das habe ich ihm auch gesagt.«

»Natürlich kommen sie, um ihre Tochter nach Hause zu holen. Haben Sie selber keine Kinder?«

»Nein.«

Es wurde still. Sie konnte ihn kauen hören, als habe er knusprige Kartoffelchips im Mund, keine weichen Waffeln.

»Sie hatten aber Hunger«, sagte sie.

»Es schmeckt so gut. Der Kaffee auch«, sagte er. »Haben Sie von drüben Geräusche gehört? Lachen und Reden? Musik?«

»Die Wände zur Gartenwohnung sind schallisoliert. Aus dem Grund, den ich eben erklärt habe. Privatleben.«

Sie wischte sich wieder die Augen und war froh, dass sie wasserfeste Wimperntusche benutzte. »Außerdem konnte sie nicht viel lachen. Dann musste sie sofort wieder husten.«

Er erhob sich und wanderte langsam auf und ab, mit gerunzelter Stirn und dunklen Querstrichen auf der Stirn, blieb dann stehen und betrachtete nachdenklich das Parkett. Sie schwiegen eine lange Zeit.

»Gestern vor dem Einschlafen ist mir etwas eingefallen«, sagte sie plötzlich, glücklich, weil ihr das eingefallen war, glücklich, weil sie ihm etwas geben konnte.

Er schaute auf, sah ihr ins Gesicht.

»Eine Spinne. Er hat durch die Blätter ausgesehen wie eine Spinne.«

»Weil er dunkel war?«, fragte er eifrig.

»Das weiß ich nicht mehr, aber es muss wohl so gewesen sein, oder? Ein blonder Mann kann doch nicht an eine Spinne erinnern? Und er trug dunkle Kleidung, mehr weiß ich leider nicht. Ich habe an einem ganz normalen Samstagvormittag nur Abfall rausgetragen. Wir sehen doch Menschen, ohne auf Einzelheiten zu achten, weil wir nicht wissen, dass es wichtig ist.«

»Danke, das weiß ich nur zu gut.«

»Aber eine Spinne. Daran hat er mich erinnert. Ich kann Spinnen nicht ausstehen, deshalb weiß ich das noch. Und wenn er so viele Zigaretten geraucht hat, wie der Kabelmonteur behauptet, dann muss er ein ziemlicher Widerling sein.«

»An mehr können Sie sich nicht erinnern? Ob er etwas in der Hand hatte, zum Beispiel?«

»Nein. An nichts.«

»Warum werden Frauen eigentlich so wütend, wenn sie auch nur einen Zipfel von einem Porno entdecken?«

»Noch Kaffee?«

»Ja, danke.«

Endlich setzte er sich wieder und gelangte damit in Rollstuhlhöhe. Der Kaffee schmeckte gut, da hatte er Recht. Er war auf alte Weise aufgegossen worden, jetzt hatte sie ja Zeit dafür.

»Sie werden wohl wütend, weil sie das als Konkurrenz empfinden. Die Frauen im Film, meine ich«, sagte sie.

»Aber die Filme sind doch Fantasien, sie zeigen doch keine Wirklichkeit«, wandte er ein.

»Die Frauen, die in Pornos mitspielen, sind aber wirklich. Sie sind keine Fantasieprodukte. Sie sehen aus, wie sie eben aussehen. Sind schön.«

»Sicher, aber einen Pornofilm anzusehen, ist doch nur Futter für die Fantasie.«

»Das macht die Sache nicht besser. Konkurrenz ist es trotzdem.«

»Sie sagen nichts über Unterdrückung. Oder darüber, dass Pornos frauenfeindlich sind?«

»Vielleicht, weil ich nicht dieser Ansicht bin.«

»Ich dachte, alle an der Uni meinten das.«

Sie musste lächeln. Und warum um alles in der Welt fuhr er mit einer Gedichtsammlung im Handschuhfach durch die Gegend?

»Ich finde Pornos im Grunde ebenso männerfeindlich. Aber ich schaffe es nicht, mich in dieser Sache so richtig zu engagieren. Es gibt ja genug andere, die da ganz klare Ansichten haben.«

»Und wütend werden«, sagte er.

»Vor allem junge Frauen, glaube ich.«

»Wie Irene.«

»Warum meinen Sie das?«

»Haben Sie jemals darüber gesprochen? Sie und Irene? Über Pornos?«

»Nie.«

»Auch nicht in Verbindung mit neuen Büchern oder ...«

»Nein, aber ... ich weiß noch, dass sie einmal die Frauen von einer Anti-Porno-Aktion für komplett verrückt erklärt hat. Für Fanatikerinnen. Und ihrer Ansicht nach waren alle fanatischen Menschen total verrückt, egal, worum es ging.«

»Das meinen ja viele.«

»Ja, aber diese Frauen hassen doch Pornos.«

»Man kann Pornos ablehnen und bestimmte Aktivistinnen trotzdem für blödsinnig halten.«

»Da haben Sie wohl Recht. Und Sie haben also einen Hund? Wo Sie keine Katze haben und nicht schwul sind?«

»Ja, Otto. Er sitzt draußen im Auto.«

»Einen Polizeihund? Einen Schäferhund? Ich glaube, ich hätte auch gern einen Hund.«

»Einen Boxer.«

»Einen Boxer! Die sind so schön! So einen hatten wir auch, als ich klein war.«

Sie beugte sich vor und lächelte ihn an, stellte fest, dass auch sein Gesicht sich auf eine leicht verlegene Weise öffnete, als habe er und nicht sein Hund sie zu diesem Freudenausbruch veranlasst.

»Ach, lieber Herr Wachtmeister, holen Sie ihn doch herein, dann kann er Waffeln essen. Den Rest, wenn Sie satt sind.«

Anfangs wollte er das nicht. Behauptete, die Hundestreife sei schon im Anmarsch, und da sei es doch idiotisch, wenn er seinen eigenen Hund mit zu einer Zeugin ins Haus schleppte.

»Sie könnten doch einfach sagen, dass … dass …. dass ich ihn leihen darf? Weil ich mich nicht traue, allein zu sein?«

»Das macht die Sache nicht besser. Sie sind Zeugin in diesem Fall, und wir befinden uns an einem Tatort.«

»Holen Sie ihn. Sofort.«

Als Mann und Hund einige Minuten darauf den Flur betraten, war der Hund halb erstickt, weil er am Halsband festgehalten worden war.

»Musste dafür sorgen, dass er nicht vor den Sperrbändern pisst«, sagte Tommy Hansen. »Das ist absolut gegen alle Vorschriften. Ich muss meine Arbeit machen. Und habe eigentlich gar keine Zeit.«

Sie sah sofort, dass der Hund passte. Zu ihm. Groß und muskulös war er. Und angesichts dieses unerwarteten Besuchs außer sich vor Glück und Aufregung.

»Und du heißt also Otto«, sagte sie und hatte den Hund

sofort auf dem Schoß. Ihr Knöchel ächzte in allen Fugen, sie drehte ihn weg und in Sicherheit, während ihr Gesicht großzügig abgeleckt wurde.

»Gegen alle Vorschriften, du meine Güte ... ich dachte, Polizisten redeten nur im Film so.«

Sie freute sich ungeheuer, als der Boxer die Waffeln verschlang. Doch, es wäre schön, einen Hund zu haben. Sie könnte lange Spaziergänge mit ihm machen, um ihren Fuß zu kräftigen.

»Schön, dass ihnen nicht mehr der Schwanz kupiert wird«, sagte sie.

»Aber deshalb gehen einige Kaffeetassen zu Bruch«, sagte er.

Sie sah den Stolz in seinem Blick. Er hatte die Hände in die Hosentaschen gesteckt und betrachtete den Muskelprotz über die Waffelschüssel hinweg voller Zufriedenheit.

»Ich nenne ihn König Otto«, sagte er. »König. Nach Otto von Porat. Dem Boxer.«

»Von dem habe ich noch nie gehört.«

»Einer der größten norwegischen Sportler aller Zeiten. Wurde 1924 Olympiasieger im Schwergewicht und hat sogar die Boxer in den USA aus dem Ring gefegt. Nur schade, dass er in Schweden geboren war. Aber wir rechnen ihn als Norweger, Otto und ich.«

»Ach was. König. Aber ich glaube nicht, dass er schon satt ist.«

»Otto ist nie satt. Der könnte einen ganzen Stier fressen. Dreimal am Tag.«

Otto starrte glücklich zu ihnen hoch, dann drehte er eine Schnupperrunde durch das Zimmer.

»Ich wünschte, ich hätte einen Hund«, sagte sie. »Aber ein Boxer wäre vielleicht zu viel des Guten.«

»Ein Boxer ist gerade genug des Guten.«

In diesem Moment klingelte sein Telefon. Ihr fiel auf, dass er leicht errötete, als er danach griff, als sei er als Privatperson auf frischer Tat ertappt worden, während er die ganze Zeit seine Rolle als Polizist spielen müsste. Aber er durfte doch Mensch sein? Obwohl sie ... Zeugin war? Zeugin wofür, dachte sie.

»Ich muss los«, sagte er.

»Wenn ihre Eltern kommen, können sie hier wohnen«, sagte sie rasch.

»Das werde ich ihnen sagen. Wenn sie kommen.«

Otto wollte nicht los, wurde aber weggezerrt.

Sie rollte eilig in Tirils altes Zimmer, wo sie das Gewimmel vor dem Haus sehen konnte. Und richtig. Die Hundestreife war eingetroffen. Otto kläffte einem Schäferhund mit aufgerichteten Ohren und hoch erhobenem Schwanz eine Warnung zu, der Schäferhund gab die Warnung in gleicher Münze zurück, dann wurde Otto durch die Hintertür in Tommy Hansens Auto verfrachtet. Es war ein Privatwagen, ein alter Volvo. Oder vielleicht ein ziviles Dienstfahrzeug, was wusste sie denn schon? Nichts, das wusste sie immerhin. Rein gar nichts.

Sie holte die Zeitungen aus dem Mülleimer und las alle Artikel gründlich. Danach warf sie sie wieder weg und fühlte sich kalt, hatte Angst vor dem Unwissen aller Welt und vor ihrem leichtfertigen Umgang mit der Wahrheit. Gedankenspinnereien wurden zur Wahrheit, nur weil jemand Druckerschwärze dafür vergeudet hatte. Sie rollte zum Wohnzimmerfenster hinüber und beobachtete die Hunde, die im Nieselregen kreuz und quer durch den Garten wanderten. Vielleicht würden sie ihren Trauring finden, der seit zwölf Jahren verschwunden war.

Aber Otto war schöner, feiner. Otto war richtig. Der Boxer ihrer Kindheit hatte Sir Thompson geheißen, weil er Ähnlichkeit mit einem britischen Aristokraten gehabt hatte. Im Alltag wurde er Tompe genannt. Sie hatte ihn von ganzem Kinderherzen geliebt. Er war ein Berg der Liebe gewesen, immer zur Stelle, immer schwanzwedelnd, immer sabbernd, immer mit irgendeinem Schurkenstreich auf dem Gewissen.

Sie spürte frische Tränen in ihren Augen brennen, Tränen der Dankbarkeit diesmal, und sie flüsterte: »*Wenn wir einmal eine tiefe Freude empfunden haben, hält sie für immer vor, zittert glücklich am Rande aller unsicherer Erwachsenentage, dämpft ererbte Angst, macht den Schlaf tief.*«

Draußen fuhr er jetzt los. Tommy Hansen. Mit einer Gedichtsammlung im Handschuhfach und einem König, der hinter ihm im Auto saß.

Er war seit seiner Kindheit nicht mehr auf der Straße gefallen. Er hatte gelernt, seine langen Beine richtig zu benutzen, obwohl er damals in einem einzigen Jahr dreißig Zentimeter gewachsen war und geglaubt hatte, dass das nie ein Ende nehmen würde. Seine Beine hatten so schrecklich wehgetan, dass er im Lexikon des Heimes alles über kalten Brand nachgelesen hatte und überzeugt gewesen war, dass seine Beine von innen her verfaulten.

Doch eines Tages hörte er auf zu wachsen. Er dachte, seine Beine würden nun alle Kraft in den Aufbau von Muskelmasse stecken, aber das passierte nicht. Die Muskeln blieben aus. Er war sogar in ein Fitness-Studio gegangen und hatte alle für die Oberschenkel bestimmten Geräte benutzt, aber das hatte ihm nur infernalische Schmerzen in den Knien eingebracht.

Er hatte sich an seine Beine gewöhnt. Und auch an seine Größe, einsneunundachtzig. Im Grunde vor allem Knochen, ohne Fleisch und Muskeln. So jedenfalls sah er seinen Körper, wenn er ihn sich ohne Haut vorstellte. Weiß sah er aus, nicht rot. Weiß, bestehend aus nackten Knochen und Sehnen. Wenn er Bilder von Gottesanbeterinnen sah, der *Mantodea,* dann erkannte er sich darin wieder, lang gestreckt und dünn, mit kleinem Kopf. Blank und hart anzusehen. Und mit langen, langen Beinen. Er hatte irgendwo gelesen, dass Gottesanbeterinnen so genannt wurden, weil sie ihre Vorderbeine scheinbar fromm zusammenlegten und sich sehr langsam bewegten, wie in ein inbrünstiges Gebet vertieft. Es gefiel ihm, dass er Ähnlichkeit mit einer Gottesanbeterin hatte. Und auf Muskeln konnte er auch verzichten, dann sah er wenigstens nicht wie ein dickes kleines Hausschwein aus.

Früher hatte er seine Länge gehasst. Eine von den Putzen im Heim hatte einmal gesagt, als er in einem seltenen Moment der Offenheit erzählt hatte, er wäre gern klein und dick: »Spuck dir in die eine Hand, und wünsch dir etwas in die andere, dann wirst du ja sehen, in welcher Hand du am meisten hast.«

Aber jetzt fiel er. Er wusste es, noch ehe es passierte, als lasse der Schock ihn in die Zukunft schauen. Er rutschte nicht einmal auf einer Bananenschale aus, sondern auf einem schnöden, glitschigen, toten Ahornblatt. Einem von mehrere Hunderten, die den Boden bedeckten, auf wie viele war er in seinem Leben wohl schon getreten, ohne den Halt zu verlieren?

Sein Kopf hatte einen weiten Weg vor sich, ehe er auf den Boden aufschlug. Er steigerte sein Tempo. Ein Schädel kann bis zu sechs Kilo wiegen, das wusste er, sein Kopf wog vermutlich vier. Während eines Falls aus einer Höhe von einsneunundachtzig konnten vier Kilo ein imponierendes Tempo erreichen, aber zum Glück traf er mit dem Ohr zuerst auf. Der Knorpel dämpfte den Sturz, und für einen Moment, ehe er sie entdeckte, sah er die Regentropfen auf den Boden prallen: Er konnte sie von der Seite her betrachten. Jeder Tropfen war umgeben von einer regenschirmähnlichen Dusche, der Regenschirm schien auf dem Kopf zu stehen, das war schön, es gab Tausende von ihnen, und hier unten, zwischen ihnen, dort, wo für jeden einzelnen Tropfen die Reise endete, lag er mit seinem Gesicht und seinem gesamten Bewusstsein.

Sie wurde zur Zeugin seines Sturzes. Sie starrte ihn an, als er unten lag. Er glaubte, sie deshalb in alle Ewigkeit hassen zu müssen, weil sie ihn am Boden gesehen hatte, er würde sie sogar dann noch hassen, wenn sie zu einem abgeschlossenen Kapitel geworden wäre.

Rate mein Rätsel! Sprich, sprich! Was ist die Rache am Zeugen?

Sie kam mit ausgestreckten Händen auf ihn zu, er konnte sich vorher noch aufsetzen, ihm war schlecht, er hatte am Vorabend vier Dosen Leberwurst verzehrt, beim Anblick ihrer ausgestreckten Hände hatte er sofort Lust auf eine Zigarette, zum ersten Mal seit fast zwei Wochen, später begriff er, warum ihm dieser Wunsch gekommen war. Weil sie die Richtige war, die, auf die er gewartet hatte.

Sie erinnerte ihn an Irene. Wenn er sich später fragte, warum Sofie ihn spontan an Irene erinnert habe, musste er zu Erklärungen greifen, die auf purer Intuition beruhten: Er hatte ihre Aura wahrgenommen, eine kalte, gelbe Aura aus Krankheit und hilflosem Kampf um das Überleben. Aussehensmäßig war sie völlig anders als Irene, aber sie hatte diese magnetische

Aura, den Geruch von Tod und alten Wunden, den Geruch krankhafter Belanglosigkeit. Und jetzt kam sie auf ihn zu, als die elende, kleine Spielfigur, die sie im großen Elendsspiel ja auch war.

»Du Armer«, rief sie und drehte damit das Messer so brutal in der Wunde um, dass er die Demütigung bis in die Zungenspitze spürte.

Tritt mich, dachte er, wenn du einen Menschen dermaßen ausgezählt auf dem Boden liegen siehst wie jetzt mich, dann solltest du die Gelegenheit nutzen und treten. Richtig treten, zielstrebig treten. Endlich treten. Mich hassen.

Und der Regen kam und kam einfach nur. Und sie. Kam. Auf ihn zu. Schließlich hatte sie ihn erreicht. Und die Sekunden spreizten wieder die Ellbogen und wurden zu Zeit, und er rappelte sich auf, riss sich klebrige Ahornblätter von der Hose und fluchte lautstark, während er sich nach einer Zigarette sehnte und die Frau aus dem Augenwinkel genauer betrachtete. Sie hatte auf der niedrigen Mauer gesessen, das fiel ihm jetzt wieder ein, ehe sie aufgesprungen war und ihn entdeckt hatte, seinen Sturz entdeckt hatte. Was für ein seltsames Unterfangen, auf einer niedrigen Mauer zu sitzen, ohne Regenschirm, nur mit einer kleinen Kapuze, bei strömendem Regen.

»Alles in Ordnung?«, fragte sie.

»Verdammt in Ordnung«, sagte er. Doch dann hörte er ihren pfeifenden Atem, wie ein *déjà vu*.

»Bist du krank?«, fragte er.

Sie nickte nur und senkte den Kopf. Das sah er gern, sie schämte sich. Sie war hässlich. Gedrungen und mit strähnigen Haaren, älter als er, unreine Haut, kurze Beine, kein nennenswerter Busen, jedenfalls waren durch die dünne, triefnasse Jacke keine Konturen zu entdecken.

»Asthmaanfall«, flüsterte sie. »Mein Inhalator ist offenbar leer … und … der Kiosk hat zu, ich kann nicht weitergehen.«

»Ich hole ein Taxi«, sagte er. »Warte hier.«

Er rannte lachend los. Sie hatte keinen Mann. Keine, die so hässlich wie sie war und noch dazu so dumm und hilflos aussah, hatte einen Mann. Er hoffte, dass sie nicht bei irgendeiner Art von Verwandtschaft wohnte, vor allem nicht bei ihrer Mutter.

Endlich. Endlich. Er war wieder im Krieg. Und ihm ging plötzlich auf, wie sehr er sich in der Wartezeit gelangweilt hatte. *Einen neuen Willen lehre ich die Menschen: diesen Weg wollen, den blindlings der Mensch gegangen, und gut ihn heißen und nicht mehr von ihm bei Seite schleichen, gleich den Kranken und Absterbenden!*

Er brauchte eine volle Viertelstunde, um zu dem Taxiunternehmen durchzudringen. Ihm war schlecht vor Angst, als er zurückrannte. Wenn sie nun gegangen war?

Aber sie saß noch immer auf der niedrigen Mauer und erwiderte dankbar seinen Blick. In der Hand hielt sie das, was er für den leeren Inhalator hielt, ein weißes, kleines Plastikdings mit blauer Schrift.

»Ich fahre mit, dann kann ich sicher sein, dass du heil nach Hause gekommen bist«, sagte er und griff nach ihrem Arm.

Sie zitterte.

»Tausend … Dank«, sagte sie. Es ging ihr noch schlechter, sogar zwischen diesen beiden kleinen Worten musste sie eine Pause einlegen. Als sie Atem holte, hob sie das Kinn und öffnete den Mund ganz weit, um so viel Luft wie möglich einzufangen.

»Hast du zu Hause noch Medizin?«, fragte er. »Noch mehr solche … Inhalatoren?«

Sie nickte.

Das Taxi kam schon nach wenigen Minuten, er hatte gesagt, es sei dringend. Mit dem leichten Duft eines Wunderbaums in der Nase ließ er sich auf dem Sitz zurücksinken und konzentrierte sich auf seine Ohrmuschel, die nach dem Sturz noch brannte, stellte sich vor, er sei mit der Stirn auf die Straße geknallt, sein Kopf sei wie ein unreifer Kürbis geplatzt und habe zähflüssige, graurosa Hirnmasse freigegeben.

Die Bilder dieses Szenarios halfen ihm, sein triumphierendes Lachen zu unterdrücken.

Er begriff das alles erst, als er in Gardermoen gelandet war. Alles hatte er richtig gemacht; hatte sich in die richtige Richtung bewegt, mit den richtigen Papieren in den Händen, Flugschein, eine Karte, die ihm den Zugang zum Flugzeug ermöglichte. Und davor: Fähre und Bus und Taxi, alles hatte miteinander übereingestimmt. In einer Bank in Bodø hatte er sich Bargeld besorgt, eine hohe Summe Bargeld, eine Plastikkarte hatte er nie besessen.

Der Polizist hatte gesagt, er könne bei Irenes Vermieter wohnen. Der Polizist, ein gewisser Hansen, hatte ihn offenbar gar nicht in Oslo haben wollen, er hatte noch einmal betont, es sei nicht nötig und die Tote sei bereits identifiziert.

Sicher hatte er keine eigenen Kinder.

Die zu Hause glaubte noch immer, es handele sich um Irenes Krankheit, sie sei von selber gestorben. Er glaubte das nicht mehr. Er freute sich darüber, dass die Zeitungen die Insel immer mit mindestens einem Tag Verspätung erreichten, und dass sie sie meistens nur rasch durchblätterte. Außerdem stand noch lange nicht fest, dass sie die Zeitungsartikel mit Irene in Verbindung bringen würde, auch wenn sie sie unwahrscheinlicherweise doch lesen sollte. Die Adresse, Framvei 2, war im Text gut versteckt, und weder sie allein noch sie beide zusammen waren jemals dort zu Besuch gewesen, und ihre Schwester kannte die Adresse wohl kaum. Es wird schon gut gehen, dachte er.

Sein Körper war ein Roboter, der sich mit einem kleinen, fragmentarischen und vernünftigen Teil seines Gehirns verbündet hatte, den Rest hatte er bis auf Weiteres stillgelegt. Er dachte noch immer an Eiderenten, wenn das Feuer in seinem Kopf wieder einsetzte. Er dachte an Eiderenten und ließ seine Beine für sich arbeiten, ließ seine Finger den Griff seiner Reisetasche umklammern, wusste, dass er ein Ziel hatte. Er wollte nach Hause, zu seinem Herzenskind, dahin, wo sie gewohnt hatte, wollte die Bäume sehen, die sie gesehen hatte, die Straßen, den Himmel, das fehlende *Wetter*. Das hatte sie der Mutter erzählt, dass Oslo langweilig sei, weil es dort kein Wetter gebe, nur Tage. Jetzt hatte sie keine Tage mehr, die waren verbraucht. Aber er wollte nicht glauben, dass der letzte Rest ihres Lebens für Sexspiele benutzt worden war, an deren Bezeichnung er sich nicht erinnern konnte. So war sie nicht. Es war nicht einmal möglich, dass sie so geworden war, durch ihr Leben in Oslo.

Aber sie hätte zu Hause bleiben sollen, das hätte sie, diese dumme Kuh! Die Fahrten nach Bodø, zur Behandlung, waren weit genug gewesen. Aber Bodø schien ihr die Sehnsucht nach etwas Größerem eingeimpft zu haben. Sie hatte gesagt, sie wolle ihr Leben nicht mit Schafen und Daunensammeln verbringen. Aber auf den Inseln wurde doch so viel geboten.

Es gab viele kleine Betriebe mit Frauenzimmern jeglichen Alters, die nähten und webten und strickten und in alle Welt lieferten; Trachtenstoffe und Sportkleidung und Kinderkleider, sie hätte das doch auch machen können, sein Irenchen.

Der Polizist hatte gesagt, er müsse sich an das Bestattungsunternehmen in seinem Heimatort wenden.

»So was gibts hier nicht«, hatte er geantwortet.

»Aber das nächstgelegene.«

»Haben Sie nicht gesagt, Sie wüssten noch gar nicht, ob sie es wirklich ist?«

»Wir werden das schon feststellen«, hatte dieser Hansen geantwortet.

Aber er hatte noch nicht beim Bestattungsunternehmen angerufen. Und auch noch nicht zu Hause.

Der Flughafenzug setzte ihn mitten in Oslo ab, hilflos und ohne einen Gedanken an Eiderenten, jetzt, wo er bald dort sein würde. Dort. Im Framvei 2. Das Taxi brachte ihn rasch weiter, sie hatten fast nur Grün, es ging zu schnell. Die Straßen kochten, flossen vor Menschen und Autos und Straßenbahnen und Bussen und Tauben und Möwen geradezu über. Und vor Lärm. Sogar das Autoradio lärmte, und die Reifen, die über Pflastersteine und Asphalt jagten. Der Fahrer wusste Bescheid, als sie um die Ecke bogen.

»Ist das nicht hier …«

»Doch«, sagte er. »Das ist hier.«

Rotweiße Plastikbänder mit der schwarzen Aufschrift POLIZEI waren um Zweige und Zaunpfosten gewickelt, ein schlauchartiger Zugang zum Haus, er hatte das Gefühl, eine Arena zu betreten. Er sah zwei Streifenwagen, im einen saß hinten ein Hund, das Auto war dunkel und hatte eine Osloer Nummer. Die Bäume waren hoch, die Hecken dicht und grün, obwohl es schon längst Herbst war, oben im Norden lag nachts Frost in der Luft, der Winter kam.

Irene hatte nicht bei einem Mann gemietet, wie er geglaubt hatte. Das also war die Vermieterin. Sie saß im Rollstuhl. Sie erwartete ihn schon. Hansen habe ihr sein Kommen mitgeteilt, sagte sie, aber er habe nicht gesagt, wann. Das Zimmer sei auf jeden Fall bereit, und der Kaffee auch.

»Ich will ihre Wohnung sehen«, sagte er, und sein Kopf brannte.

»Ich glaube nicht, dass das geht, und sie ist ja auch nicht mehr dort«, sagte die Frau mit Tränen in den Augen. »Sie müssen noch etwas warten.«

Sie zeigte ihm sein Zimmer. Innen in der Tür steckte ein Schlüssel, den drehte er um. Die Bettdecke war blauweiß, das Muster erinnerte ihn an ein Taufkleidchen. Es hatte keinen Sinn, noch an Eiderenten zu denken, das Feuer in seinem Kopf loderte. Die Wände stießen gegeneinander, knallten gegen seine Stirn, er hörte ein Schluchzen, er starrte das Blut in seinen Händen an, es floss seine Hose hinunter, erreichte den Korkbelag des Bodens, weihnachtsrot, wie in seine Hände geätzt. Er hielt sich die Nase zu und zog das Blut in seinen Bauch hinunter, es schmeckte genau wie Tränen, es tat gut.

TOMMY HANSEN KONNTE sein Büro nicht ausstehen. Viele andere schienen ihre Büros als gemütliche, private Höhlen zu betrachten, er selber jedoch dachte voller Wehmut zurück an sein altes, heruntergekommenes Arbeitsloch aus der Zeit, ehe der Glaspalast in Grønland errichtet worden war. Er hasste die Gänge, die Treppen, die Fahrstühle, die Besprechungszimmer und die Aussicht. Aber solange er hier arbeitete, musste er sich eben am Riemen reißen. Und Kopf und Hände regen, zusammen mit den anderen.

Langlo war in Fahrt. Wie eine Forelle schnellte er von einer Information zur nächsten. Tommy Hansen musste nur zuhören. Die Jungs wollten es weit bringen, wollten sehr schnell viel weiter kommen als Peter und der Prof und deutsche Krimihelden.

Aus der Reihe! Da-di-da-dadida!, dachte Tommy Hansen.

Ihm grauste vor seinem Treffen mit Irene Vikstrøms Vater. Was für ein Blödsinn, dass er im Framvei wohnen wollte; während der nächsten Tage durfte da kein Polizist im Dienst auf nette Plaudereien mit Dänisch-Professorinnen hoffen.

Langlo fuchtelte mit den Armen, oder zumindest mit dem einen, dem, der nicht das Notizbuch hielt, obwohl auch das Notizbuch ab und zu durch die Luft gewirbelt wurde. Draußen regnete es. Unter dem Schreibtisch lag Otto in zufriedenem Schlaf. Es hätte ein angenehmer Tag sein können, er mochte Regen, Regen hatte etwas Sauberes, Raues und Natürliches, das ihn ansprach, der Regen bat nie um Erlaubnis, fallen zu dürfen, er fiel einfach und ruinierte viele Pläne von Picknick und Ausflügen unter blauem Himmel, er ließ sich nicht bezähmen. Sogar Otto mochte den Regen, was bei kurzhaarigen Hunden nur selten der Fall war. Er badete auch gern und sprang begeistert oben im Østensjøvann von den Felsen. Mit Goldregen im Fell und …

»Sag mal, hörst du überhaupt zu, Tommy?«, fragte Langlo quengelnd.

»Aber sicher.«

»Also, der Typ, der die Lebensmittel ausliefert, kann sich erinnern, dass er einmal bei der Toten ganz kurz einen Mann gesehen hat, aber er kann um nichts in der Welt eine nähere Beschreibung liefern. Dieser Mann saß auf einem Küchenstuhl und blätterte in einer Zeitung. Er war dunkelhaarig und trug ein T-Shirt. Glaubt der Ladenfritze. Sie haben nicht miteinander gesprochen, der Mann schien sich nicht für die Lebensmittel zu interessieren. Irene hatte beim Laden ein Konto eingerichtet; deshalb wurde der Karton einfach mit einem *bitte schön* abgestellt, that's it. Der Ladenfritze kann auch nicht sagen, ob er den Typen wiedererkennen würde, er hat ihn doch nur für ein oder zwei Sekunden gesehen.«

»Und was hast du davor gesagt?«

»Jetzt, vorhin?«

»Ja, vor der Sache mit dem Laden?«

Langlo bedachte ihn mit einem gereizten Blick. »Dass der Ursprung des Videos sich nicht feststellen lässt«, sagte er. »Es kann irgendwo per Post bestellt worden sein. Aber der Videoladen bietet auch oft alte, abgenudelte Videos für billiges Geld an. Eben auch solche Filme, bei denen das Cover verloren gegangen ist. Aber niemand in dem Laden kann sich an einen langen, dünnen Typen erinnern. Und die Titel dieser alten Filme, die in den Ausverkauf geraten, werden gelöscht, sagen sie. Sie haben keine *Erotic Lisa* mehr im Angebot.«

»So ein Pech.«

»Ich glaube schon, dass sie die Titel im Computer haben«, sagte Langlo. »Und zwar alle. Die Sache ist nur, dass …«

»… dass sie nicht vorhaben, dir das auf die Nase zu binden. Es sei denn, du kommst unter ganz anderen Umständen.«

»Zu einer Razzia zum Beispiel. Zu einer kleinen Pornorazzia.«

»Zum Beispiel.«

»Hab noch nie eine Razzia miterlebt«, sagte Langlo traurig und mit verträumtem Blick. Tommy Hansen nutzte die Gelegenheit, um weiter an Wasser zu denken. An Wasser und Frieden, an einen Stein, auf dem er sitzen könnte, an feuchtes Hundefell, an Regentropfen, die ihm in den Nacken liefen, ohne dass er das unangenehm fände. An Freizeit. Freie Zeit. Langlo räusperte sich, riss sich zusammen. Es war ihm offenbar peinlich, dass Tommy Hansen ihm bei diesem jungfräulichen Wunsch nach der Teilnahme an einer Runde hochexplosiver Polizeiarbeit so gar nicht entgegenkam.

»Du kriegst irgendwann schon noch deine Razzia, warts nur ab, Langlo«, sagte er eilig. »Wenn du Glück hast, findet sie in einem Massageinstitut statt. Geschäftsmänner und Politiker, die nur mit Boxershorts bekleidet durch die Hintertür stürzen, Beschlagnahme von Kundenlisten und Requisiten und winzigen philippinischen Schönheiten, vielleicht ist eine von ihnen ermordet worden ... ertränkt in ihren eigenen ätherischen Ölen. Dann kannst du dich richtig amüsieren, Spannung im Alltag.«

Langlo richtete sich auf, schaute ihn forschend an, dann machte er an der Stelle weiter, wo er aufgehört hatte, oder wo er hätte aufhören sollen. »Hab auch ein bisschen mit den Nachbarn geredet, niemand hat was gesehen. Ich habe betont, dass wir den Mann als Zeugen suchen, und dass wir von ihnen nicht erwarten, dass sie uns einen Täter nennen können. Ich wollte ihnen keine Angst machen.«

»Bäume«, sagte Tommy Hansen.

»Bäume?« Langlo verlagerte sein Gewicht auf den anderen Fuß. Sein Notizbuch verharrte in der Luft.

»Bäume und Hecken«, sagte Tommy Hansen. »Privatleben. Die Gegend ist doch der pure Dschungel, kein Arsch wird gesehen, verdammt. Und niemand kann sich an den Gedanken gewöhnen, dass nicht alle Welt eines natürlichen Todes stirbt.«

»Aber wir stehen doch bis zu den Knöcheln in biologischem Material«, sagte Langlo, wie um ihn zu trösten. »Die vielen Kippen und das ganze Zeug auf dem Tisch. Und wir haben sicher genug Haare für eine ganze Perücke.«

»Vielleicht.«

»Der Typ muss sie doch gekannt haben. Er wusste das mit Hunden und Parfüm und Zigaretten und so, Tommy.«

Nenn mich nicht Tommy, dachte der andere. Und sagte: »Hat er auch.«

»Dann ist er bestimmt der Liebhaber, den die Frau aus dem Haupthaus gesehen hat.«

»Den Irene Vikstrøm durchaus nicht als ihren Liebhaber bezeichnen wollte«, sagte Tommy Hansen. »Was ist mit den Taxis?«

»Sie hat immer beim Standplatz am Laden angerufen, immer da. Wenn das Taxi kam, stand sie schon vor ihrem Tor. Die Taxizentrale konnte ein paar Fahrer auftreiben, mit denen ich gesprochen habe, aber das hat seine Zeit gedauert. Zeit, die in keinerlei Verhältnis zum Ergebnis steht.«

»Weil keiner von denen was gesehen hatte.«

»Nein, sie ist nie mit anderen gefahren, hat immer allein gewartet. Und keiner kann sich an einen großen Mann erinnern, der sich von ihr verabschiedet hat oder so.«

»Mach mal Druck wegen des Obduktionsberichts, Langlo.«

In diesem Moment schellte das Telefon.

»Hier ist Ole, ich habe den vorläufigen …«

Schlief dieser Mann denn nie?

»Warum hab ich ihn dann noch nicht?«

»Ist sicher unterwegs. Aber willst du nicht wissen, was …«

»Spuck schon aus. Mord?«

»Ja. Teilweise durch Erwürgen und teilweise durch Ertränken. Eine Mischung. Die Lunge war nicht genügend mit Wasser gefüllt, um von reinem Ertränken sprechen zu können, und diverse Blutergüsse am Hals deuten auf Erwürgen hin.«

»Okay, okay. Dann haben wir doch was.«

Tommy Hansen spürte, wie Erschöpfung in ihm aufstieg. Mord. Konnte sie nicht einfach an ihrem eigenen Schleim erstickt und dann ordentlich eingewickelt und mit Prince dekoriert worden sein?

»Keine weiteren Anzeichen für Gewaltanwendung oder einen Kampf«, sagte Stemholdt derweil. »Und mit Hilfe des Zahnarztes steht die Identität fest. Sie ist es. Irene Vikstrøm. Kein Zweifel. Ich nehme an, dass sie in der Badewanne abgemurkst worden ist. Du weißt doch noch, dass ich gesagt habe, dass jemand ein Bad genommen hat, ohne danach die Wanne zu putzen? Wir werden feststellen, ob das Wasser in der Lunge dieselbe Seife enthält wie ...«

»Du untersuchst diesen Rand in der Wanne doch auf alles?«

»Denkst du an Sperma?«

»Er kann sie doch in der Wanne vergewaltigt haben?«

»Glaub ich nicht.«

»Aber zum Teufel, Stemholdt, das kannst du doch nicht wissen. Ich finde, du solltest es uns Taktikern überlassen, solche ...«

»Irene Vikstrøm war Jungfrau.«

Tommy Hansen verstummte. Dermaßen, dass er sogar das Geräusch seiner eigenen Gehirnzellen hörte, die sich vorsichtig um sich selber drehten.

»Jungfrau«, wiederholte er nach einigen Sekunden. Er hörte, wie Langlo irgendwo im Zimmer hinter ihm Echo spielte.

»Jawoll. Jungfrau. Und sie war so eng, sagt der Pathologe, ich hab ihn angerufen, als der Bericht hier eintraf, sie war so eng, dass sie nicht einmal o.b. mini hätte benutzen können.

Mit anderen Worten … selbst ein Typ mit einem Mikropenis hätte sie in tausend Stücke gesprengt.«

»Herrgott, verschon mich mit …«

»Aber so ist das nun mal. In diesem Fall kann also wirklich ein höflicher britischer Butler …«

»Wir treffen uns unten.«

»Wo?«

»Was glaubst du denn, Stemholdt? Bei der Jungfrau natürlich. Ruf an und sag, dass wir kommen. Lass sie auf den Tisch packen.«

Er knallte den Hörer auf die Gabel und drehte sich zu Langlo um.

»Mord. Teilweise erwürgt, teilweise ertränkt. Höchstwahrscheinlich in der Badewanne. Und es ist Irene Vikstrøm. Sie war Jungfrau, wie du sicher begriffen hast. Ich fahre jetzt in die Pathologie. Du fährst in den Framvei. Schau nach, ob ihr Vater schon eingetroffen ist. Wenn nicht, dann wartest du auf ihn. Bring ihm das alles schonend bei und sorg dafür, dass er sich an ein Bestattungsunternehmen wendet, eins aus seinem Heimatort. Die arbeiten landesweit zusammen, ihm wird auch hier in Oslo geholfen. Aber allein schafft er das nicht. Hilf ihm. Sag ihm, dass er seine Tochter morgen oder übermorgen abholen, sie nach Hause bringen kann. Erklär ihm die Vorschriften – dass wir den endgültigen Obduktionsbericht in ein paar Wochen haben werden, aber dass wir ihn und seine Frau nicht mehr belästigen müssen. Mach ihm klar, dass wir an dem Fall arbeiten, dass wir ihn aufklären werden, und erzähle ihm genügend Einzelheiten, damit er kapiert, dass der ganze Sadokram nur Wichtigtuerei war, um Zeitungen zu verkaufen. Okay?«

»Alles klar. Consider it done.«

Vielleicht hatte Langlo ja ein britisches Vorbild. Bergerac?

»Otto, komm jetzt. Du musst im Auto sitzen und grimmig aussehen.«

Als Otto seinen Namen hörte, wedelte er sofort aufgeregt mit dem Schwanz.

»Das nenne ich aber nicht grimmig«, sagte Langlo.

»Zeig ihm ein Bild von einer Katze, dann wirst du ja sehen«, sagte Tommy Hansen.

Siri Taraldsen sass am Küchentisch, rauchte eine Zigarette nach der anderen und bereute, diesen Gast eingeladen zu haben. Er hatte eine Trauer in ihr Haus gebracht, die bereits Luft und Wände sättigte. Seine Anwesenheit hatte ihr ein ungeheuer schlechtes Gewissen gemacht, mit dem sie nicht so recht umgehen konnte. Mit Gefühlen umzugehen … das Leben hatte sie gerade das doch gelehrt. Aber jetzt hatte sie ein schlechtes Gewissen, weil sie die kranke Irene nicht gern genug gemocht hatte, weil sie ihrem Vater nicht hatte helfen können, als er Nasenbluten hatte, weil sie sich ihren Kindern nicht anvertraut hatte, als es ihr schlecht ging, weil sie sich mit ihrem Spruch über die Krimis über Tommy Hansen lustig gemacht hatte, weil weil weil …

Sie konnte nicht einmal unterscheiden, welche Teile dieses schlechten Gewissens begründet waren und welche nicht, und ob sie überhaupt etwas daran ändern konnte. Aber dieser Vater vom Lande tat ihr ungeheuer Leid, das schon. Als Langlo eintraf und die Lage an sich riss, brach sie deshalb aus purer Erleichterung in Tränen aus.

»Sie haben also festgestellt, dass sie es ist«, schniefte sie.

Er nickte.

»Und ob sie eines natürlichen Todes gestorben ist?«

Er nickte wieder. »Das haben wir. Und das ist sie nicht.«

Beide Auskünfte trafen sie nicht überraschend, aber die Gewissheit steigerte ihre Kopfschmerzen trotzdem.

»Er hatte schreckliches Nasenbluten, der ganze Boden im Zimmer nebenan ist rot«, flüsterte sie. »Er will in ihre Wohnung, aber ich habe gesagt, dass das nicht geht. Dass er das nicht darf. Auf polizeilichen Befehl. Das war doch richtig, oder?«

Langlo nickte. Er blieb vor Vikstrøms Tür in der Diele stehen und starrte auf den Boden. Sie selber rollte in die Küche und kochte Kaffee. Fuhr zum Tisch und klapperte mit Kessel und Tassen, mehr konnte sie ja offenbar nicht. Wenn nur Lars-Oscar schon da wäre! Sie hörte, dass Langlo an Vikstrøms Tür klopfte, hörte sie beide etwas murmeln, dann wurde die Tür hinter ihnen geschlossen. Wo hatte sie nur Tommy Hansens Mobilnummer hingelegt?

Sie fand sie und rief ihn an. Er saß im Auto, sie hörte seine Stimme vor dem Hintergrund des Verkehrsrauschens.

»Ihr dürft ihren Vater nicht zu ihr lassen«, sagte sie. »Nach zwei Wochen. Das dürft ihr nicht.«

»Wir werden es ihm ersparen. Machen Sie sich keine Sorgen.«

»Aber was ist, wenn er es sich nicht ersparen lassen will? Wenn er absolut ...«

»Wenn er darauf besteht, dann können wir nichts machen.«

»Herrgott ...«

»Ist Langlo schon da?«

»Er ist jetzt hier. Sie reden miteinander«, antwortete sie.

»Langlo kennt sich damit aus. Machen Sie sich keine Sorgen. Und vergessen Sie nicht, dass Sie nicht für diese Sache verantwortlich sind.«

Nicht verantwortlich ... als ob das eine Rolle spielte. Sie hatte immer für sehr viel mehr als nur ihre eigenen Angelegenheiten die Verantwortung übernommen. Das war doch ganz natürlich. Wenn nicht, dann würde niemand Amnesty oder Terre des Hommes oder die Heilsarmee unterstützen. Man übernahm Verantwortung, als Mensch, alles andere wäre eine Schande. Und dieses leichte Gefühl von Irritation half ihr, aufzuhören zu weinen. Konstruktiv, sie musste konstruktiv denken. Und jetzt kamen sie.

»Es riecht nach Kaffee«, sagte Langlo tonlos.

Vikstrøm trottete hinter ihm her. Seine geschwollene Nase glänzte, in jedem Nasenloch steckte ein Wattebausch. Er sah verlegen und unglücklich aus, sein Blick verriet, dass er am liebsten im Erdboden versunken wäre.

»Ich kann Waffeln machen, das Eisen steht griffbereit da, und ich habe noch Teig«, sagte sie.

»Nicht meinetwegen«, sagte Langlo. Vikstrøm sagte gar nichts, er setzte sich und griff zu der Tasse, die sie ihm hinschob.

»Zucker?« Er nickte.

Sie sagte kein Wort, während Langlo und Vikstrøm ihr Gespräch fortsetzten.

Vikstrøm redete einsilbig, kurze Mitteilungen in nordnorwegischem Singsang. Er nannte Langlo den Namen des Bestattungsunternehmens »auf dem Festland«, wie er es nannte. Langlo rief die Auskunft an, danach das Bestattungsunternehmen, erklärte, worum es ging, machte Notizen, nannte seine Mobilnummer. Sie fand es seltsam, dass er die Sache so kurz und präzise darstellen konnte. Wer tot war, dass der Fall untersucht werde, die Verstorbene werde in kurzer Zeit freigegeben werden, solche Sachen. Auch Vikstrøm hörte aufmerksam zu, als könnten Langlos Worte ihm zu neuen und ungeahnten Antworten verhelfen.

»Welche Nummer ist das hier?«, fragte Langlo am Ende an die Luft gewandt.

Sie zeigte auf das Telefon, er nannte die Ziffern laut, beendete das Gespräch, betrachtete Vikstrøm, der den Kopf gesenkt hielt und zwischen Daumen und Zeigefinger der rechten Hand mit einem Zuckerstück spielte.

»Morgen Nachmittag oder Freitag«, sagte Langlo, »können ... Sie los. Nach Hause fahren.«

»Was ist mit ihren Sachen?«, fragte Vikstrøm, ohne sein Zuckerstück loszulassen.

»Die werden Ihnen geschickt. Es wird noch eine Weile dauern, bis wir alles fertig untersucht haben.«

»Fertig.«

»Ja, wir müssen ...«

»Ist schon klar. Kann ich ... meine Frau anrufen?«

Sie schob ihm das Telefon hin.

»Ich bin's. Wie geht es ihr?«

Er wartete einen Moment, offenbar hatte er nicht seine Frau am Apparat. Irgendeine Verwandte, vermutlich.

»Freitag«, sagte er. »Spätestens. Und du ... sie ist nicht an ihrer Krankheit gestorben. Sie ist erwürgt worden. Lass keine Zeitung ins Haus, und sie darf nicht mit anderen sprechen. Ich kann jetzt nichts mehr sagen. Freitag. Ich muss sie wohl ... bis zur Kapelle. Am Freitag. Ja ... die sprechen bestimmt mit dem Pastor. Wenn nicht, dann musst du das übernehmen.«

Als er aufgelegt hatte, fasste er sich an die Nase und schloss die Augen. Das Telefon schellte sofort wieder. Eine Nachbarin wollte wissen, wie es ihr gehe. Sie hielt das Gespräch kurz und inhaltslos.

Gaute Gullberg war in seinem Element. Alle möglichen Zeitungen riefen bei ihm an, als wisse er alles über das schwarze Plastikpaket. Und im Grunde war das ja auch der Fall.

Er hatte fünf Exemplare von VG gekauft. Er machte sich gut auf dem Bild, aber es erschreckte ihn doch ein wenig, wie wichtig sie seine Spekulationen über Handschellen und Drogen genommen hatten. Die hatte er doch nur ganz nebenbei erwähnt. Mit Sicherheit wusste er nur, dass es sich beim Mörder um einen Kettenraucher handelte.

Der Polizist, der ihn vernommen hatte, sagte in der Zeitung, bisher wisse man noch nicht, ob es sich um einen natürlichen Todesfall handele oder nicht. Von einem Täter war nicht die Rede. Aber es war doch klar, dass sich irgendwer noch in der Wohnung aufgehalten hatte, als die Frau schon tot war.

Er hatte keinen Zweifel daran, dass hier ein Mord vorlag, das spürte er rein instinktiv. Leute, die eines natürlichen Todes starben, wurden nicht verpackt. Oder natürlich doch, aber in einen Sarg oder so, das schon. Später. Aber nicht zu Hause in Plastikfolie, während einer sich daneben eine nach der anderen ansteckte.

Es würde sicher nicht lange dauern, bis die Polizei zu Kreuze kriechen und zugeben musste, dass sie es hier mit einem Mordfall zu tun hatten. Sie würden in den sauren Apfel beißen und einem ganzen Stadtteil eine Höllenangst einjagen müssen. Gaute Gullberg freute sich darauf. Dann würde VG ihn wieder interviewen.

Er fühlte sich plötzlich mutig. Als er diese Tür geöffnet hatte … der Mörder hätte doch eine kleine Stippvisite machen, zum Tatort zurückkehren, ihn zu Boden schlagen, ihn vielleicht auch umbringen können. Zum Henker, da wäre doch alles möglich gewesen! Aber er hatte dort gestanden! In der Türöffnung! Mehrere Sekunden hatte er dort gestanden! Vielleicht sogar ganze fünf Minuten!

Er schlug die Zeitung zum soundsovielten Mal auf und blätterte wie zufällig zu seinem Bild. Das stand richtig schön mitten auf der Seite, und sein Name war richtig geschrieben. Sie hatten eine Seite nach der anderen mit einem Fall gefüllt, in dem er, ein bisher unbekannter Kabelmonteur, als Erster am Tatort gewesen war.

Gaute Gullberg konnte sich nicht vorstellen, welcher andere Tipp in diesem Monat seinen noch übertreffen konnte. Die zehn knisternden Tausender steckten im Grunde schon in seiner Hosentasche. Zusammen mit einem neuen, spannenden Alltag, sozusagen als einer Art Zugabe.

TOMMY HANSEN hatte keinen vernünftigen Grund, sich Irene Vikstrøm genauer anzusehen, und er wusste, dass Stemholdt das auch wusste. Trotzdem standen sie hier, jeder auf einer Seite der Leiche. Doch Stemholdt wusste auch aus Erfahrung, dass die taktischen Ermittler eine Konkretisierung für ihr Vorgehen brauchten, eine Motivation. Und nichts motiviert einen Fahnder stärker als der Anblick des Opfers aus nächster Nähe. Danach kann er einen tief empfundenen Wunsch aufbauen, den Täter zu entlarven.

Beide sprachen leise, flüsterten fast, das passierte hier immer. Noch andere Tische waren belegt und mit weißen Laken bedeckt, einige Laken wiesen Blutflecken auf. Leichen, die gerade bearbeitet wurden. Gelebte Leben, die analysiert wurden, um zu lateinischen Begriffen und DNA-Spektren zu werden.

»Denk doch mal an die alten Zeiten«, sagte Tommy Hansen. »Als wir noch nicht die Zähne untersuchen konnten und dann wussten, wer hier im Kühlraum lag. Als die Angehörigen alles Mögliche identifizieren mussten.«

»Ja, Scheiße.«

»Schön ist sie nicht.«

»Und gut riechen tut sie auch nicht.«

»Besser als vorher.«

»Das Tierleben ist schon voll im Gang. Dabei muss ich immer an Alien denken. Wie John Hurt daliegt und sich windet und dann plötzlich ...«

»Ich hab schon verstanden, Ole. Ja, und Jungfrau, meine Güte. Kein Wunder, dass sie sauer reagiert hat, als der Typ sich mit einem Porno amüsieren wollte. Nicht gerade die romantischste Weise, ihre Unschuld zu verlieren.«

»Die Kassette scheint einige Blutreste aufzuweisen. Und in zwei oder drei Tagen bekommst du die Filmkopie.«

»Blutreste?«

»Vermutlich von einem Schnitt in einem Finger. Wenn du so eine Plastikkassette zerbrichst ... das Cover lag übrigens nicht im Mülleimer. Der enthält offenbar auch sonst nichts von Bedeutung.«

»Dann hat Langlo sicher Recht. Dass das Video ohne Cover gekauft worden ist. Die Videoläden verkaufen oft alte, abgenutzte Filme. Was ist mit dem Garten? Und den Hunden?«

»Bisher haben sie noch nichts gefunden ... es gießt doch die ganze Zeit«, sagte Stemholdt. »Und im Garten können wir ohnehin kaum mit Leckerbissen rechnen. Aber wir haben alles eingesammelt, was herumlag. Und wenn diese Siri Taraldsen den Typen kaum je gesehen hat, dann können wir auch nicht hoffen, dass er durch den Garten getobt ist und seine Taschen ausgeleert hat.«

»Sie war doch im Krankenhaus. Und er hat das sicher gewusst.«

»Trotzdem. Er kommt mir einfach nicht wie ein Gartenmensch vor. Was ein bisschen seltsam ist, ist, dass wir vor ihrer Wohnungstür keine Kippen gefunden haben. Ich meine … wenn der Typ raucht und sie das nicht vertragen konnte. Dass er nicht ab und zu zum Rauchen vor die Tür gegangen ist.«

»Vielleicht konnte sie nicht mal das vertragen.«

»Manche Nichtraucher sind so hysterisch, dass sie …«

»Sie war krank, Stemholdt. Sehr krank.«

»Jaja. Aber du wirst schon sehen, wir kommen auch ohne Kippen aus dem Garten zurecht. Wir stehen doch bis zu den Knöcheln in biologischem Material.«

»Genauso hat Langlo sich auch ausgedrückt«, sagte Tommy Hansen.

»Gründlicher Bursche. Tüchtig.«

»Jung.«

»Genau wie du früher, Tommy. Und genau wie sie hier.«

Irene Vikstrøm war dünn gewesen, fast klapperdürr, so hatte Siri Taraldsen sie beschrieben. Sie war jetzt durchaus nicht mehr dünn. Sondern fast schon dick. Und sah aus, als habe sie vierzehn Tage lang am Mittelmeer Sonne genascht. Er wusste noch, dass er das einmal gesagt hatte, zu einer der Frauen, die ihn nach Mallorca mitgeschleift hatten, dass er sich nicht in der Sonne langweilen wollte, nur um dieselbe braunschwarze Hautfarbe zu bekommen wie eine mehrere Wochen alte Leiche. Der Frau hatte diese Bemerkung gar nicht gefallen. Wenn seine Erinnerung ihn nicht trog, hatte die Beziehung bei ihrer Heimkehr ein Ende genommen, unmittelbar nach Verteilung der zollfreien Waren. Diese Frau übrigens hatte ihm den Kaufhauskamin gekauft. Aber an ihren Namen konnte er sich nicht mehr erinnern.

»Scheißspiel«, sagte Stemholdt und zog einen Zahnstocher aus der Tasche. »Ich hab eine Tochter in dem Alter. Aber ich glaube nicht, dass sie Jungfrau ist.«

»I would not live forever, because we should not live forever, because if we were supposed to live forever, then we would live forever, but we cannot live forever, which is why I would not live forever.« Sagte Tommy Hansen.

»Himmel, ich wusste gar nicht, dass du Gedichte liest«, sagte Stemholdt.

»Du weißt so viel nicht. Aber sag den anderen, sie sollen sich beeilen. Die Fleckenleute und die Papillarjungs von Helsfyr. Ich will wissen, wie viele in dieser Wohnung waren. Und ob die Fingerabdrücke bekannt sind. Verdammt, warum haben wir kein richtiges DNA-Register?«

»Das kommt, das kommt. Aber so lange man eine solide, anständige Verurteilung in einem Sexualverbrechen vorweisen muss, um in dieses Register aufgenommen zu werden …«

»… hilft uns das nicht weiter. Der Typ kann doch siebzehn nicht verfolgte Anklagen auf Vergewaltigung hinter sich haben. Aber bei guten Fingerabdrücken können wir sicher …«

»Ich hab das Gefühl, dass er noch nie mit uns zu tun gehabt hat.«

»Wie kommst du darauf, Ole?«

»Stundenlang danach so sitzen zu bleiben, vier Packungen Zigaretten zu rauchen und an sich selber rumzufummeln, nein, so Leute hatten wir noch nicht. Das ist ein Frischling. Aber wir können natürlich hoffen. Vielleicht hat er als munterer Knabe schon Autos geknackt.«

»Oder vielleicht ist er noch ein munterer Knabe und hatte noch keine Zeit zum Autoknacken.«

Tommy Hansen hätte plötzlich gern den Schlauch an der Wand ausgerollt, ihn voll aufgedreht und den Raum gesäubert, all denen, die hier unter weißen, trockenen Laken lagen, eine erfrischende Dusche verpasst, den Boden von Blut und Tod befreit. Es wurde oft gegen ihn ins Feld geführt, dass er keine Kinder hatte, doch wenn er hier herkam, war er froh darüber. Die Vorstellung, selber hier zu landen, hatte für ihn nichts Erschreckendes. Schlimmer war es, sich lebendig hier aufzuhalten, selber zu sterben, war leichter, als jemanden zu verlieren. Irene Vikstrøms Vater würde das sicher jederzeit bestätigen.

»Ole, musst du nicht bald mal 'ne Runde schlafen?«, fragte er.

»In einer halben Stunde, ich brauche neunundzwanzig Minuten bis nach Hause. Wir reden morgen weiter. Und ich werde in Helsfyr Druck machen.«

Die Boulevardpresse des nächsten Tages brachte auf der ersten Seite Irene, mit einem schwarzen Balken über den Augen. Vikstrøm war zum Laden gegangen und hatte sämtliche Presseprodukte gekauft. Siri Taraldsen nahm an, dass sie ein Konfirmations- oder Klassenfoto vor sich hatte. Als Vikstrøm zu Hause anrief, nachdem er die Zeitungen durchgesehen hatte, wurde am anderen Ende der Leitung so heftig geweint und geschrien, dass sie es bis in die Küche hörte. Danach erzählte er, dass Presseleute auf der Insel gewesen waren, um sich ein Bild seiner Tochter zu verschaffen und sich Details über ihr Leben und ihre Kindheit erzählen zu lassen, was ihnen jedoch nicht gelungen war. Sie waren vom Kaufmann und der Besatzung zweier Fischkutter verjagt worden.

Doch der Vater erkannte das Bild, es war vor vier Jahren in der Lokalzeitung abgedruckt worden, als Irene in einem Wettbewerb um die beste Buchrezension den zweiten Preis gewonnen hatte. An den Buchtitel konnte er sich nicht mehr erinnern.

»Dass die Presse da oben den Leuten aus Oslo das Bild gegeben hat, unvorstellbar«, sagte Siri Taraldsen.

»Der eine Dienst ist den anderen wert. Sicher haben sie gegen irgendwelchen Dreck getauscht«, erwiderte er.

Der Zorn tat ihm gut. Und sie spürte in ihm eine Erleichterung. Bestimmt, weil sie jetzt alles wussten, zu Hause, auf seiner Insel. Dass sie nicht an ihrer Krankheit gestorben war. Die Tatsache, dass die Zeitungen noch immer ihre sadomasochistischen Spekulationen verfolgten, schien seine Erleichterung nicht schmälern zu können. Die Naivität schien den Sieg davonzutragen, die Unschuld, die er in sich trug, löschte alle Behauptungen, die nicht zutreffen *konnten.* Außerdem hatte Langlo ihn in diesem Punkt beruhigt, aber sie fragte sich doch, wie viel davon sich trotzdem in den Köpfen eingenistet hatte.

Sie hatten angerufen und gesagt, seine Tochter werde am folgenden Tag freigegeben. Ein Vertreter des Bestattungsunternehmens in Oslo hatte sich bereits gemeldet. Der Flug nach Norden war gebucht, und der Vater hatte telefonisch einen Sarg ausgesucht.

Das bedeutete noch einen Tag. Einen Tag mit Vikstrøm im Haus. Mit der Trauer im Haus.

»Ich mach einen Spaziergang«, sagte er.

»Aber das haben Sie doch eben erst«, wandte sie ein.

Er gab keine Antwort. Ging nur leise aus dem Haus, wusste, dass Lars-Oscar noch nicht aufgestanden war.

Sie war erleichtert. Sie hatten noch nicht richtig miteinander sprechen können, Lars-Oscar und sie, er war am späten Abend eingetroffen. Viele Maschinen waren verspätet eingetroffen, deshalb hatte er den Tower nicht einfach verlassen können. Sie hatte schon ins Bett gehen wollen, als er kam, und hatte nicht in der Küche flüstern und tuscheln mögen. Vor allem nicht, als Lars-Oscar wütend geworden war, weil Vikstrøm bei ihr wohnte.

»Das wird zu viel für dich, Mama«, hatte er gefaucht. »Du musst auch mal an dich denken!«

Sie hatte auch auf diese Diskussion nicht eingehen wollen. Sie sehnte sich nach Tommy Hansen, so war das. Nach seiner Anwesenheit im Haus, seinem breiten Körper, seiner Aktivität, seinem Hund, seiner Sicherheit.

Jetzt rollte sie zu Lars-Oscars Tür und rief: »Aufstehen, ihr Vater ist spazieren gegangen. Wir können Kaffee trinken und uns in Ruhe unterhalten. Alle Zeitungen sind heute voll von der Sache.«

»Vielleicht bist du die Einzige, die ihn gesehen hat, Mama.«

»Das glaube ich nicht.«

Er aß eine Scheibe Toast mit Himbeermarmelade.

»Den Zeitungen zufolge werden keine Zeugen gesucht«, sagte er.

»Noch nicht, nein. Die Polizei hat Besseres zu tun, als den Zeitungen Stoff zu liefern.«

»Mach nicht die Zeitungen verantwortlich. Das ist blöd. Das tun alle.«

»Die schreiben doch nur Unsinn.«

»Weil sie keine handfesten Informationen kriegen, ja. Natürlich tun sie das. Aber in dem Moment, in dem die Polizei eine Suchmeldung herausgeben will, sollen die Zeitungen sofort auf der Matte stehen. Hier heißt es geben und nehmen, Mama.«

»Hör mir auf damit. Es muss doch ein gewisses Arbeitsethos geben.«

»Das ist lange her.«

»Iss jetzt.«

»Aber wie hat er denn ausgesehen?«

»Und iss nicht mit offenem Mund. Wie eine Spinne. Er hat mich an eine Spinne erinnert. An eine Spinne mit langen Armen und Beinen. An mehr kann ich mich nicht erinnern.«

»Das können sie aber nicht als Suchmeldung an die Zeitung geben. Das Bild einer Spinne.«

Er lachte.

»Das ist nicht witzig, Lars-Oscar.«

»Das weiß ich doch. Warum bin ich sonst wohl gekommen, was meinst du?«

»Weil du das spannend findest.«

»Spinnenweibchen bringen die Männchen nach der Paarung um, hast du das gewusst?«

»Das wissen doch alle.«

»Hat kein lustiges Leben, so ein Spinnenmännchen. Vielleicht wollte er dem Weibchen zuvorkommen.«

»Dann kommt es nicht zur Paarung. Dann stirbt die Art aus.«

»Ja, das ist der negative Aspekt der Sache.«

»Oder der positive«, sagte sie. »Wozu brauchen wir schließlich Spinnen?«

»Die fressen Fliegen.«

»Lieber Fliegen als Spinnen.«

»Er kann zurückkommen, Mama. Hierher. Um sich das Haus anzusehen und so. Und du sitzt im Rollstuhl und kannst nicht weglaufen.«

»Ja, das habe ich mir auch schon überlegt.«

Sie wollte nicht zugeben, dass sie Angst hatte. Sie wollte nicht umziehen. Die Polizei würde noch mehrere Tage in der Gartenwohnung zu tun haben, hatte Langlo gesagt, und da konnte sie sich doch sicher fühlen. Und im Laufe dieser Tage würden sie ihn vielleicht finden.

»Ich kann bis morgen bleiben, ich hab bei der Arbeit erzählt, wie sehr du dich vor dem Alleinsein fürchtest.«

»Unsinn. Du willst nur ein paar Tage frei haben. Kommt Tove auch?«

»Nein, sie fühlt sich nicht ganz wohl. Hast du Lust auf ein Enkelkind, Mama?«

»Das hab ich mir noch nicht weiter überlegt.«

»Du kriegst aber eins. In sechs Monaten.«

Sie brach sofort in Tränen aus und wusste nicht, ob der Schock oder die Freude oder keins von beiden daran schuld war. Er rannte um den Tisch herum und nahm sie in den Arm, sie drückte ihn an sich.

»Es geht alles gut, Mama«, flüsterte er. »Es geht ganz toll.«

Sie nickte und dachte: noch ein Mensch, der plötzlich sterben kann.

»Wir rufen Tiril an«, sagte sie. »Oder weiß sie es schon?«

Er schüttelte den Kopf.

»Wir rufen an«, sagte sie. »Sofort.«

Und mit Tiril an der Strippe und Lars-Oscar im Zimmer kamen sie sich plötzlich wieder vor wie eine kleine Familie. Und plötzlich wusste sie, warum sie weinte.

Als sie sich von Tiril verabschiedet hatte, sah sie Lars-Oscar an und fragte: »Du hast keine Angst? Davor, dass ... das Baby ... dass etwas mit ihm nicht stimmen könnte?«

»Wie bei Pernille?«

»Ja.« Sie bereute ihre Frage schon, fühlte sich aber trotzdem ungeheuer erleichtert, weil sie gefragt hatte. »Weiß Tove, dass du eine Schwester mit Down hattest?«

»Mama, Down ist nicht erblich, ich bin kein Träger vom Down-Syndrom oder so.«

»Woher weißt du das?«

»Ich habe mich erkundigt. Das wird nicht auf diese Weise

übertragen. Und außerdem … wenn Tove und ich eine kleine Pernille bekommen … ja, dann ist das eben unsere kleine Pernille. So einfach ist das.«

»Ihr wollt keine Fruchtwasseruntersuchung vornehmen lassen?«

»Nein. Und wenn Tove zwanzig Jahre älter wäre und das erste Kind bekäme, würden wir das auch nicht wollen. Wir bekommen das Kind, das wir eben bekommen. Und du bekommst das Enkelkind, das Tove erwartet. Ist das abgemacht, Mama?«

»Ja. Und ich freue mich.«

Das stimmte zwar nicht ganz, aber sie musste es sagen.

Am nächsten Tag goss es noch immer wie aus Kannen. Er hatte auf ihrem Sofa übernachtet, das Asthma hatte sie wehrlos gemacht, sie glaubte ihm jedes Wort, bildete sich wirklich ein, er sei ihretwegen hier, weil sich sonst niemand um sie kümmerte.

Nach zahllosen Runden mit dem Inhalator atmete sie wieder leichter, aber der Anfall hatte sie schwach und müde gemacht. Sie wollte nichts essen. Er hatte zusammen mit den Zeitungen auch Brötchen gekauft, hatte gleich in der Nähe eine Tankstelle gefunden. Sie klagte über Herzklopfen, hohen Puls. Genauer gesagt … sie klagte nicht, sie erwähnte es nur. Das gefiel ihm – dass sie es nicht wiederholte, ihm alles Weitere überließ.

Irene stand der schwarze Balken über den Augen gar nicht gut. Eine Sonnenbrille hatte ihr auch nie gestanden, sicher war das der Grund. Ihre Haut war zu hell, ihr Haar zu farblos, die schwarze Farbe war zu hart und dominierend, er musste an einen Waschbären denken, er mochte Waschbären, sie wirkten nur selten bedrohlich, meist unterwürfig und gehorsam. Vom Bett her konnte sie ihn sehen, wie er am Tisch stand und Pulverkaffee trank und in den Zeitungen blätterte. Sie lag ganz still da, blinzelte und musterte ihn.

»Du hältst sicher alle Waschbären für Bären, nicht wahr?«

Sie gab keine Antwort.

»Aber das sind sie nicht. Der japanische und der chinesische Waschbär gehören zur Familie der Hunde. Deshalb fühlen sie sich in Gefangenschaft so wohl. Sie sind gehorsam und umgänglich und lernen leicht. Zum Beispiel, Obst aus Nachbars Garten zu stehlen.«

Sie gab noch immer keine Antwort. Er ging ins Schlafzimmer und trat an ihr Bett. Sie hatte nicht geduscht, seit er sie am Kiosk gefunden hatte, er wollte sie nicht berühren. Obwohl er hoch über sie aufragte, konnte er ihren Körpergeruch ahnen.

Sie sah nicht gut aus, wie sie da so lag, im Grunde war sie hässlich.

»Wie geht's dir?«, fragte er und füllte diese Worte mit Fürsorge.

Sie nickte schwach, ihre Augen waren geschlossen. »Du bist lieb«, flüsterte sie schließlich. »Warum bist du so lieb?«

»Weil du das gerade brauchst. Soll ich die Tür zumachen, damit du in Ruhe schlafen kannst?«

Sie nickte. Er hätte sie berühren, ihr die strähnigen Haare aus der Stirn streichen müssen, das hätte seine Glaubwürdigkeit noch erhöht, aber dann hätte er sich übergeben müssen, und er hasste den Geschmack von Kotze im Mund.

Leise schloss er die Tür und durchsuchte gründlich ihre Wohnung. Sie hieß Sofie Gundersen, aber das hatte er am Vortag schon auf dem Türschild gesehen. Er fand Briefe von einer

Mutter in Hedmark, las sie. Darin war die Rede von einem Bruder und einem Hof und zu wenig Kontakt. Die Mutter verlangte einen Besuch, hatte aber auch Verständnis dafür, dass Sofie gegen ihre Katzen allergisch war. Er fand Quittungen vom Sozialamt, ihre Personenkennnummer verriet ihm, dass sie neunundzwanzig Jahre alt war. Er fand ein altes Tagebuch, das er rasch überflog, dort stand nichts Interessantes, nur eine Menge Ergüsse über Sterne und Einsamkeit und Feste, zu denen sie nicht eingeladen gewesen war, im Gegensatz zu einem gewissen Ivar.

Er ging ihre Bücherregale durch und fand Kochbücher und Buchclubbücher. Es war so verdammt schwierig bei Mitgliedern von Buchclubs, sich einen Eindruck über ihre wirklichen Interessen zu verschaffen. Ihre Bücher zeugten nur von blindem Gehorsam einem Auswahlsystem gegenüber. Aber er fand ein paar Taschenbücher. *Nicht ohne meine Tochter, Vom Vater in die Sklaverei verkauft.* Solche Dinge. Und ein Kreuzworträtselbuch, das stark abgenutzt aussah. Und einen Gedichtband von einer gewissen Karin Boye. Er zog ihn heraus und blätterte ein wenig, las hier und dort; es war auf Schwedisch. Und es war Kitsch, Frauenkitsch. Gefühlsduselei schlimmster Sorte.

In den Regalen standen auch einige Bücher über Steppnäherei. Das lenkte seine Aufmerksamkeit auf die Decken, die an den Wänden hingen und in deren unteren Ecken ihre Initialen standen. S. G. Sie hatte sie selber gemacht, das erklärte auch den Nähtisch in der Ecke des kleinen Wohnzimmers. Er konnte nicht beurteilen, ob sie dabei gute Arbeit leistete, aber alle Vierecke und Sechsecke lagen genau aneinander, Farben und Muster wiederholten sich symmetrisch, sie schien ihr Fach zu beherrschen.

Steppdecken, Asthma und Kreuzworträtsel. Wenn sie erwachte, wollte er ihr vom Emu erzählen; sie hatte dieses Wort sicher recht häufig als Synonym für Strauß geschrieben. Er würde ihr erzählen, dass ursprünglich eine Kranichart so genannt worden war, dass die Niederländer aber damals Kraniche und Strauße verwechselt hatten, weshalb dieser Wirrwarr zu einer etablierten ornithologischen Wahrheit und Artbenennung geworden war.

Er suchte ein Fotoalbum, fand aber keins. Hatte sie Freunde, die vielleicht plötzlich zu Besuch kommen konnten? Rasch schloss er die Tür ab und fand die Leitung, die zur Tür führte, schnitt sie an einer Stelle ab, wo sie hinter einem Glockenstrang verschwand. Er wusste, dass so ein Teil Glockenstrang hieß, so ein langer, mit Rosen bestickter Kram. Der Glockenstrang erinnerte ihn an das Heim, er konnte Glockenstränge nicht ausstehen, er war einmal dazu gezwungen worden, einen herzustellen. Plattstich hieß die Technik, jetzt fiel es ihm wieder ein. Vier Stiche nebeneinander, ganz dicht, ohne Knoten, der Faden wurde an jedem Ende vernäht. Scheißarbeit. Aber die Leitungsenden waren damit verdeckt.

Die Zeitungen zu lesen war das pure Vergnügen. Die Polizei hatte offenbar keine Ahnung, arbeitete aber an der Sache. Ein Bild zeigte einen Bullen mit einem Schäferhund, die unterwegs in den Garten waren, das Tier würde rein gar nichts finden, er konnte sich nicht daran erinnern, jemals einen Fuß in diesen Garten gesetzt zu haben.

Irenes Garten …

Er spürte am ganzen Leib, dass er sie nicht mehr vermisste. Und das Fehlen der Sehnsucht gab ihm ein Gefühl von Leere im Brustkasten, ein Gefühl des Schwebens, der Lebenskraft, der überschäumenden Energie. Energie, die er in dieses arme Mädchen gießen wollte, das im Nebenzimmer lag. In dieses arme, hilflose, unnütze, kleine Artindividuum. Diese kleine Idiotin. Diesen kleinen Dummkopf. Ihm wurde heiß vor Mitleid bei dem Gedanken daran, wie dumm sie war, wo sie doch seit neunundzwanzig Jahren in sich gefangen war, ohne Fragen zu stellen. Sie hielt sich wohl für wichtig, glaubte, als Mensch etwas zu bedeuten, bildete sich ein, ihre Anwesenheit auf diesem Planeten sei von irgendeiner Bedeutung. Ihr *Ich* werde in einer Waagschale den Ausschlag geben. Das glaubte sie sicher. Bei diesem Gedanken musste er lächeln. Asthma und Allergien waren erblich, er war dabei, der Art einen großen Dienst zu erweisen.

Er hätte Krankenpfleger werden sollen, das wäre richtig gewesen. Sich eine Stelle in einem Heim suchen, wo es von solchen unnützen Individuen nur so wimmelte. Keinen einzigen Denker gab es unter ihnen. Stephen Hawking war die Ausnahme und nicht die Regel, wie auch dieser zwergwüchsige Pianist, der jetzt tot war. Er mochte Jazz nicht, gab aber gern zu, dass ein dermaßen standhafter Typ seine Existenz rechtfertigte. Und die blöde Irene, die beweisen wollte, dass sie schwanger werden konnte. Gott sei Dank hatte sie ihn nie dazu bringen können. Ein Embryo, das zur Hälfte von ihm abstammte – ein unerträglicher Gedanke. Aber sie hatte wirklich zu allen Mitteln gegriffen. Hatte sogar geglaubt, Porno könne ihn in Erregung versetzen. An diesem Abend war ihm die Beherrschung sehr schwer gefallen. Aber der Plan, sie korrekt zu dekorieren, im Hinblick auf alle Faktoren, die ihren Tod rechtfertigten, war damals noch nicht ausgereift gewesen. Er hatte zum Beispiel noch keine einzige Zigarette geraucht, aber die Zigaretten waren bereits als ungeheuer wichtiges Element in der Erniedrigung ihres Körpers definiert gewesen. Sie hatte geschrien, als er das Video in blinder Wut zerstört hatte. Er hatte es aus dem Gerät gerissen und zerbrochen, hatte es an die Wand geschleudert. Doch danach hatte sie ihm ein Pflaster geholt und ihn um Verzeihung gebeten, was ihr das Leben gerettet hatte, jedenfalls für diesen Abend.

In diesem Fall musste er die Stepperei heranziehen. Und die Kreuzworträtsel. Listen von Wörtern derselben Kategorie, die aus dem Kreuzworträtselbuch herausgerissen waren. Und ihre Inhalatoren, sie waren weiß und schön, fast wie kleine Phallusse, er spielte mit dem Gedanken, einen in sie hineinzustecken, aber dann würde er Handschuhe tragen müssen. Die bloße Vorstellung, sie unten zu berühren ... und etwas mit Katzen, die konnte sie nicht vertragen. Bestimmt konnte sie noch ganz andere Dinge nicht vertragen. Wie wäre es, eine Katze zu fangen und zu töten? Um sie dann auf ihr zu arrangieren? Hier galt es, Fantasie walten zu lassen, jedes Wort zu wägen und zu bewerten.

In der Küche fand er Teebeutel. Pfefferminztee, seine Lieblingssorte. Und während das Wasser im Kessel dampfte und sich dem Siedepunkt näherte und die Fenster beschlug und damit das Licht dämpfte und aussperrte, kamen die Worte wie von selber, kleine Wasserperlen von Worten, die ihn durchflossen, unerträglich schön: *Trachte ich denn nach Glück? Ich trachte nach meinem Werk. Es ist* mein *Morgen,* mein *Tag hebt an!*

»Das sieht nicht gut aus, Langlo. Das ist verdammt noch mal unfassbar!«

Sie hatten Verstärkung für die Ermittlungen bekommen. Das war paradox. Je weniger Anhaltspunkte sie zu haben glaubten, umso mehr Leute wurden ihnen zugeteilt. Tommy Hansen wippte wütend auf seinem Bürostuhl herum, in der Hoffnung, ihn zu zerbrechen. Dann wäre doch wenigstens etwas passiert. Vielleicht könnte er sich sogar eine Krankschreibung zusammenstürzen und am folgenden Wochenende mit Otto zur Ausstellung in Sundsvall fahren und Jungfrauen und Professorinnen und der verdammten Verantwortung, die wie ein bleierner Mantel um seine Schultern lag, eins husten. Er glaubte nicht, dass Langlo auch so empfand. Ein Ermittlungsleiter trug die Verantwortung, solange der Täter unbekannt war. Landete der Schuldige dann hinter Gittern, teilte die ganze Truppe sich die Ehre.

Er sehnte sich nach Otto, der zu Hause im Badezimmer in seinem Korb lag und vor träger Wärme kochte, wollte das arrogante Gesicht mit seinem Unterbiss schnarchend unter dem Schreibtisch liegen haben, ohne irgendeine andere Sorge auf der Welt als Blase und Hunger.

»Jetzt sind schon Tage vergangen, Langlo. Und was wissen wir? Rein gar nichts. Auch wenn Stemholdt zu glauben scheint, dass wir in Informationen fast ertrinken. Was zum Teufel hilft uns das?«

Langlo ließ sich nicht zu einer Antwort herab, sondern blätterte mit vorgetäuschtem Eifer in seinem Notizbuch. Als könnte sein Gekritzel plötzlich Gold und Zusammenhänge absondern und ihnen Antworten bescheren.

»Wir gehen alles noch mal durch«, sagte Tommy Hansen mit harter Stimme. »Den Lebensmittelladen, den Videoverleih, die Nachbarn, die Bibliothek. Setz sie unter Druck, Langlo. Und die anderen sollen das auch tun. Ich nehm mir Siri Taraldsen im Framvei vor, sie hat ihn doch gesehen, zum Henker …«

»Aber, aber. Ganz ruhig, Mann.«

»Aber das ist doch total bescheuert, Langlo! Wenn alle ihre Proben untersucht haben, werden wir so viele biologische Infos über diesen Kerl besitzen, dass wir ihn klonen könnten!«

»Ja, vorläufige Ergebnisse lassen wirklich annehmen, dass …«

»… dass es sich um ein und denselben handelt. Die einzigen abweichenden Abdrücke, die wir bisher im Haus gefunden haben, stammen von den Lebensmitteln, an denen die Leute aus dem Laden rumgefummelt haben, und von Zigarettenpackungen, an denen andere Leute aus dem Laden rumgefummelt haben. Und solcher Kleinkram. Der feuchte Griff des Kabelmonteurs um die Türklinke. Ansonsten ist es immer derselbe. Immer. Ein Mann, der in keinem Archiv auftaucht. Und wir haben … was haben wir, Langlo? Erzähl uns, was wir haben.«

»Haare, Fingerabdrücke, Speichel, Sperma. Und Blut auf dem Video.«

»Das haben wir. *Sein* Blut.«

Tommy Hansen wippte noch energischer hin und her, sein Stuhl knackte in allen Fugen. »Denn er hat dieses Video zertrümmert. Aber warum zum Kranich schlägt ein Mann ein Video in Stücke? Erzähl mir das mal! Männer sehen sich Pornos an, so ist das. Und Frauen schlagen sie zu Klump, wenn sie einen in die Finger kriegen. So ist die Welt.«

»Sie war Jungfrau und sie …«

»Umso schlimmer. Umso unwahrscheinlicher, dass sie so einen Film im Haus haben wollte.«

»Vielleicht wollte sie keine Jungfrau mehr sein«, sagte Sverre Langlo leise.

Tommy Hansen hielt im Wippen inne und musterte ihn einige Sekunden lang.

»Sie wollte keine Jungfrau mehr sein …?«, wiederholte er spöttisch.

»Ja«, sagte Langlo. »Wenn er die Kassette ruiniert hat, könnte das doch so gewesen sein.«

Tommy Hansen kehrte ihm den Rücken zu und glotzte die verdammte Aussicht an. Sundsvall wäre ihm lieber gewesen. Otto war zwar schon König, aber ein bisschen Konkurrenz wäre trotzdem nett, einfach, um ihn ein wenig vorzuzeigen, ihn im Ausstellungsring glänzen zu lassen.

»Die Technik ist bald so weit«, sagte er. »Dann können wir in die Wohnung, vielleicht heute schon. Da muss sich doch was finden lassen. Irgendetwas, das uns auf die richtige Spur bringt. Wir haben ja schon ihr Adressbuch und andere Kleinigkeiten. Such dir diese Sigrid, die gestern damit beauftragt worden ist, sie soll alle Nummern noch mal durchgehen. Frag bei der Auskunft nach, ob auf einer Nummer mehrere Namen stehen.«

»Aber wir haben doch schon ... und es waren nur elf Nummern. Frau Vikstrøm war kein Party-Girl.«

»Mach's einfach. Wir machen alles noch einmal. Und diesmal gründlicher. Mit mehr Leuten. Wieder und wieder.«

»Sie fährt heute nach Norden«, sagte Langlo.

»Wer? Diese Sigrid?«

»Irene Vikstrøm. Mit ihrem Vater. Mit dem Flug um halb eins.« Langlo schaute auf seine Armbanduhr. »Sie sind schon unterwegs.«

»Ich auch. Zum Framvei. Komm nach, wenn du die anderen informiert hast. Jetzt gibt es nichts mehr, das Wochenende heißt, Langlo. Und auch kein Weekend. Hast du heute die Zeitungen gelesen?«

»Ja.«

»Die Nachbarschaft stellt jetzt nachts Wachtposten auf.«

»Das habe ich gesehen.«

»Die Leute haben Angst, Langlo.«

»Ich habe die Zeitungen gelesen.«

»Das Taxigewerbe reibt sich die Hände. Junge Mädchen

trauen sich nach Anbruch der Dunkelheit nicht mehr in die Kneipe, aus Angst, sie könnten in Handschellen und mit einer Kippe im Mundwinkel auf dem Paradebett landen.«

»Die werden auf den Handschellen herumreiten, bis wir ihnen etwas anderes in den Rachen werfen können.«

»Aber sie kriegen nichts anderes, Langlo.«

Es klopfte. Eine Hausbotin steckte den Kopf herein, sie hielt ein Paket in der Hand. »Für Hansen«, sagte sie.

»Danke«, antwortete Langlo, griff nach dem Paket und warf es Tommy Hansen zu.

Auf der Verpackung stand in Kritzelschrift: *Ruf mich an, wenn du das hier kriegst, Ole.*

Tommy Hansen betastete das Paket, stellte fest, dass es ein Video enthielt, wählte die Nummer der Kjølberggate und hatte gleich darauf Stemholdt an der Strippe.

»Es ist angekommen«, sagte er.

»Wollte nur sagen, dass es ganz zurückgespult worden ist. Entweder haben sie es sich nicht unmittelbar vor der ... Zerstörung angesehen, oder sie waren bis zum bitteren Ende dabei, und es hat sich von selbst zurückgespult.«

»Wie kannst du das so sicher wissen?«, fragte Tommy Hansen.

»Das kann ich nicht. Kommt mir nur unwahrscheinlich vor, ein Video zurückzuspulen, um es dann in seine Bestandteile zu zerlegen. Aber vergiss das erst mal. Wichtig ist, dass es nicht bei irgendeiner bestimmten Szene angehalten worden ist. Denn das wäre doch interessant für dich gewesen, oder?«

»Sicher. Da sagst du was Wahres. Und das war also nicht der Fall.«

Sie fanden ein freies Besprechungszimmer mit einem Videogerät.

»Ich freu mich fast ein bisschen«, sagte Langlo.

»Du willst dir sicher auch gleich noch eine Erektion gönnen«, sagte Tommy Hansen.

»Ich werd' versuchen, mir das zu verkneifen.«

Tommy Hansen schob die Kassette in den Apparat und machte sich an Fernbedienung und Sendern zu schaffen. »Nichts darf heutzutage einfach sein, zum Henker«, sagte er.

»Das Schlimmste, was es gibt«, sagte Langlo, »ist so ein Kurs, wo das Video stecken bleibt, und der Typ gerade etwas zeigen will, was seine Behauptungen belegt, und alles endet im Chaos.«

»Es gibt noch was Schlimmeres«, sagte Tommy Hansen und drückte wie wild auf der Fernbedienung herum. »Nämlich, wenn solche Heinis selbst gebastelte Folien für den Overhead-Projektor verwenden und sie mit einem Blatt Papier verdecken und das nach unten ziehen, sozusagen eine Zeile nach der anderen freilegen wollen. Dann möchte ich alles anwenden, was ich je über Schusswaffen gelernt habe …«

»Schön zu hören, dass nicht einmal *deine* Selbstbeherrschung ewig hält«, sagte Langlo trocken.

»Nein, stell dir vor, das tut sie nicht. Jetzt mach, dass dieser SCHEISS funktioniert, Langlo!«

Die erotische Lisa war dänisch synchronisiert. Langlo glaubte aufgrund ihrer Mundbewegungen, dass sie ursprünglich auf Deutsch gestöhnt hatte. Der Film war ein wildes Gewusel, mit einer erotischen Lisa nach der anderen, und Männern, die im wahrsten Sinne des Wortes kamen und gingen. Der Regisseur hatte weder Filmmeter noch Gehirnkapazitäten für die Handlung verschwendet, die Beischlafszenen lösten einander ab, in einem klassischen pornografischen Gewimmel von Genitalien in freier Dressur.

»Jetzt fehlen nur noch Pizza und Cola«, sagte Tommy Hansen und verschränkte die Hände im Nacken.

Der Film war solide Handelsware und enthielt nichts Gewagteres, als man für hundert Kronen in jedem norwegischen Hotel bekommen konnte. Er war enttäuscht. Obwohl Stemholdt ihm das Video gezeigt und erklärt hatte, dass das kleine Siegel auf der Rückseite entfernt worden war, sodass dies bestimmt kein entlarvendes *home video* sein könne, hatte er doch die stille Hoffnung gehegt, etwas Interessantes zu finden. Und es hatte weit hinten unter dem Bett gelegen, an einer Stelle, die ein frischgebackener Mörder vielleicht nicht untersuchen würde, wenn er in der Wohnung unerwünschte Spuren entfernte …

»Keiner von den Männern ist groß und dunkel und dünn«, sagte Langlo mit leicht belegter Stimme. »Das kann ihn also nicht provoziert haben. Und keine von den Frauen sieht aus wie Irene.«

»Aber es ist auch nur ein Pornofilm«, sagte Tommy Hansen. »Sollen wir abschalten, oder willst du das Ende mitkriegen?«

»Man weiß ja nie«, sagte Langlo kleinlaut. »Es kann doch plötzlich etwas auftauchen …«

»Wenn noch weitere Leichen auftauchen, dann ruf mich an.«

»Hä?«

»Vor deiner Zeit, Langlo. Ein alter norwegischer Film.«

Tommy Hansen musterte Langlo von der Seite. Seine Augen funkelten. Und die Damen mit dem dänischen Stöhnen und den deutschen Mundbewegungen sahen gar nicht schlecht aus. Sie waren frisch frisiert und geschminkt und hatten sich offenbar nicht am Weihnachtsbraten überfressen, wenn er das richtig sah. Nein, man merkte ja schnell, dass sie schreckliche Sehnsucht danach hatten, sich endlich wieder den Mund voll stopfen zu können. Und er dachte: Soll Langlo sich noch ein Weilchen amüsieren, bei diesem Job gibt es wirklich nicht oft Gratiszugaben.

MEHRERE FLUGGÄSTE starrten den Sarg an, als er das Gepäckband hoch ins Flugzeug glitt. Er hatte erwartet, dass der Sarg auf irgendeine Weise getarnt sein würde. Der Anblick des schmalen mattweißen Behälters tat ihm bis in die Fingerspitzen, bis in die Ohrläppchen weh. Er griff sich an die Nase.

Die Leute flüsterten untereinander, bald wusste es sicher das ganze Flugzeug. Eine Leiche im Laderaum. Leiche. Seine Irene. Sein Goldmädel. Das zu Mama nach Hause wollte und so viel Schnee gegessen hatte, dass ihm der Bauch wehtat.

Der Arzt hatte ihr etwas gegeben, der zu Hause. Das hatte die Schwester erzählt, als er sie am Morgen angerufen hatte. Etwas gegeben, das Schlaf und Gleichgültigkeit schenkte, das die Wirklichkeit auf Distanz hielt, das die Zeit verstreichen ließ und bis zu dem Tag vorhielt, an dem sie sich wieder dem Alltag stellen müsste.

Worüber sollten sie jetzt reden? Sie hatten noch nie viel Gesprächsstoff gehabt, aber jetzt? Vielleicht über ihr Grab, was sie dort pflanzen würden, dass sie hingingen, oder dass sie wegen des Wetters einen Tag warten wollten, wie schwierig es sei, Pflanzen zum Wachsen zu bringen, obwohl der Friedhof an der geschütztesten Stelle der Insel lag. Er hatte andere solche Gespräche führen hören, viele Male. Jetzt war er an der Reihe.

Er fragte sich, ob der Sarg im Laderaum ausreichend befestigt sei. Und nicht umherschlingerte. Dass sie nicht darin umherschlingerte.

Im Laderaum war es sicher kalt. Und finster. Kalt und finster wie im Grab. Eine Generalprobe.

Er wollte sie sehen. In der Kapelle wollte er sie sehen. Nicht vorher. Das hatte er beschlossen. In der Kapelle, mit nur einer dünnen Bretterwand zwischen sich und dem Meer, wollte er sie sehen. Und wissen, dass er jederzeit den Sarg verlassen und durch die Tür hinausgehen und den Himmel und ein paar Lachmöwen sehen konnte.

Sie würde sie nicht sehen. Dafür würde er sorgen. Auch, wenn sie nach allen Regeln der Kunst geschminkt worden war, denn das hatten sie versprochen, würde *sie* sie nicht sehen dürfen. Ihre Habseligkeiten, die demnächst geschickt werden würden, auf die würde *sie* sich konzentrieren dürfen. Auf Erinnerungen. Aber nicht auf die Leiche, nicht auf die Kleine. Das würde sie zerstören, würde sie für immer blenden; sie würde den Unterschied zwischen einem lebenden und einem totgeborenen Lamm nicht mehr sehen, sie würde sich nach keinem einzigen Daunenbüschel mehr bücken, sie würde in den Berg übergehen, würde vor seinen Augen im Meer verschwinden, ohne dass er sie zurückhalten oder ihren Blick offen und mit Gewalt brechen könnte.

Das Flugzeug steigerte sein Tempo und hob ab. Er zitterte im selben Rhythmus wie der Rumpf. Oslo verschwand, sie verließ die Stadt und den Mann, der ihr das angetan hatte. Mit keinem Wort hatte sie ihn je erwähnt. Polizei und Zeitungen redeten von ihrem »Liebhaber«. Das glaubte er nicht. Dann hätte sie etwas gesagt. Denn das hätte sie zu Hause beruhigen können.

Sie waren nett zu ihm gewesen. Fürsorglich. Voller Respekt vor seiner Trauer. Das wusste er zu schätzen.

Er betrachtete die Wolken und ließ seinen Blick noch höher wandern. Der Himmel war ein Dach, ein endloses Dach, hier oben schien immer die Sonne, aber bald kam der Winter. Und im Frühjahr kehrten die Eiderenten zurück. Zahm und schwerfällig zwischen den Steinen am Strand, schön und rein und mit klarem Blick. Es war leichter, an die Eiderenten zu glauben als an Gott. Die Eiderenten übersprangen kein einziges Jahr, keinen einzigen Frühling. Während er das Gott durchaus zutraute. Und wenn ihm etwas wichtig war, dann Pflichtbewusstsein und Verstand genug, um zu begreifen, dass man dort zu erscheinen hatte, wo man hingehörte, wo man erwartet wurde.

Er würde es schaffen. Er musste es.

Aber erst, wenn sie sicher zu Hause in der Kapelle lag und er frei wäre, nachdem er sie gesehen hatte.

… doch dann kam die Sonne
und gab ihm wieder Mut …

SOFIE GUNDERSEN VERGASS schließlich, wie alles angefangen hatte; schon nach wenigen Wochen hatte sie das Gefühl, ihn immer schon gekannt zu haben, obwohl er nicht über seine Kindheit oder Jugend sprechen wollte. Nicht das Wissen um die Vergangenheit gab ihr das gute Gefühl von alter Bekanntschaft, sondern sein Wesen, so, wie er immer war, bei ihr.

Wenn er einige Tage ausblieb, trauerte sie. Nähte und trauerte. Er rief nicht an. Behauptete, kein Telefon zu haben. Er arbeitete nirgendwo, das wusste sie. Aber ob er arbeitslos war oder eine Frührente bezog, wusste sie nicht. Er sagte, er studiere, wolle Biosof werden, müsse sich aufs Examen vorbereiten. Und er wusste wirklich sehr viel über Tiere. *Meine* Tiere, nannte er sie.

Sie konnte das Wort »Biosof« in keinem Wörterbuch finden, wagte aber nicht, danach zu fragen.

Es machte sie traurig, das mit den Tieren. Sie hatte ihm von ihren Allergien erzählt. Gegen Hunde, Katzen, sogar Vögel, es reichte die Berührung eines einzigen Federchens. Sie sei allergisch gegen alles, mit Ausnahme von Aquariumsfischen, hatte sie erzählt, und ihr Gesichtsausdruck hatte um Entschuldigung gebeten.

Er selbst besaß kein Tier; sie hatte ihn gefragt, warum nicht, er antwortete, das sei eine zu große Verantwortung. Eine zu große Verantwortung! Dabei half er ihr, ohne mit der Wimper zu zucken, putzte und bezog das Bett. Er war so lieb! Obwohl er nicht in ihrem Bett liegen wollte, er übernachtete auf dem Sofa. Trotzdem bezog er ihr Bett neu. Und wusch ihre Kleider und … aber er wollte sie nicht draußen auf die Leine hängen.

»Ich bin menschenscheu«, hatte er gesagt. »Ich fühle mich nur mit wenigen Auserwählten wohl. Häng du sie doch auf.«

Sie lachte über ihn. Und zum ersten und einzigen Mal war er ein wenig böse gewesen.

»Nicht lachen«, hatte er gesagt. Und ein wütendes Gesicht gemacht, wie auf einer Witzzeichnung, mit harten Umrissen, ohne Schatten.

Warum wollte er sie nicht küssen?

Er streichelte ihre Haare, ihren Rücken und ihre Oberarme, manchmal auch ihre Wange, aber er küsste sie nie. Trotzdem hatte sie das Gefühl, dass sie zusammen waren. Er wollte auch keinen Alkohol trinken, sie hatte Rotwein gekauft, um ihn aus der Reserve zu locken, ein wenig.

»Sind wir … zusammen?«, hatte sie gefragt.

»Ich sitze doch hier, mein Mädel«, antwortete er. Und lächelte. Sie hätte ihn gern geküsst, der Wunsch war so heftig, dass er fast schmerzte – und danach ihr Gesicht in seine Halsgrube gepresst –, aber sie traute sich nicht. Er war zu stark, er bestimmte, er war zu ihr gekommen. Wie ein Jesus war er gekommen. Eines Tages nannte sie ihn Jesus. Und er lachte.

»Jesus hatte doch keine Ahnung!«, sagte er. Sie fragte nicht weiter, hatte Angst, er könne sie für dumm halten, hatte Angst, die Antwort liege auf der Hand und sie sei die Einzige auf der Welt, die nicht kapierte, dass es Jesus am richtigen Durchblick gefehlt hatte.

Ich sitze doch hier, mein Mädel.

Mein Mädel. So hatte sie noch kein Mann genannt. Noch

nie. Und auch kein Junge. Wie eine Ausgestoßene war sie vom Kind zur Erwachsenen geworden, ohne jemals irgendjemandes Mädel zu sein. Sie wusste, dass sie hässlich war, fand sich aber doch nicht hässlich genug, um ein solches Ausmaß an Hass zu provozieren, das ihr zuteil geworden war. Sie zu vergewaltigen hatten sie dagegen geschafft. Als sie sechzehn war. Eine ganze Bande. Dazu war sie gut genug. Sie hatten im Wald Kleber geschnüffelt und waren wütend geworden, als sie die Flasche umgestoßen hatte. Sie war davon krank geworden. Nicht vom Kleber, denn danach hatte sie nie mehr geschnüffelt, sondern von der Vergewaltigung. Sie versuchte sich einzureden, es wäre auch nicht schlimmer, wenn sie vom Baum gefallen wäre und sich einen Zaunpfosten zwischen die Beine gerammt hätte. Wunden verheilten. Unten herum war sie wieder gesund. Aber es half nichts, an einen Zaunpfosten zu denken, noch Wochen nach der Vergewaltigung konnte sie bisweilen ein leises *plopp* hören, wenn sich tief in ihr etwas löste und in die Toilette fiel. Es war kein Zaunpfosten gewesen, sie hatte sie gesehen, und das hatte sie krank gemacht, hatte dafür gesorgt, dass sie von der Schule abgehen und verstummen und Asthma bekommen musste. Ehe das alles passiert war, hatte sie einen Hund und eine Katze gehabt, und das wollte sie ihm auch erzählen. Oder … vielleicht nicht. Über die Vergewaltigung hatte sie mit niemandem gesprochen.

Kurse und Therapien und alles andere, nichts hatte geholfen. Außer der eigenen Wohnung, die sie jetzt hatte. Und sie wusste, dass es besser werden würde, wenn sie sich ein wenig mehr Zeit ließ. Sie nahm immer weniger Medikamente und war gebeten worden, für eine Jugendorganisation einen Steppnähkurs zu leiten. Das könnte doch etwas werden. Sie könnte doch etwas werden. Auch sie hätte studieren können, wenn ihr die Examen erspart worden wären, wenn sie ihr glaubten, wenn sie sagte, sie könne alles auswendig, habe es gelernt. Aber sie verlangten Leistungen, schriftlich und zu einem bestimmten Datum. Und das schaffte sie nicht.

Mein Mädel. Wenn sie nur in Gedanken diese Worte hörte, spürte sie irgendwo in ihrem Bauch ein Pochen, ein Tuckern wie von einem leichten, kleinen Fischkutter, oder den Klang einer Kirchenglocke in der Ferne. Die Worte, die er gesagt hatte, ohne Druck von ihr. Er hatte sie ganz von selber gesagt. Mein Mädel. Sein Mädel.

Er hatte versprochen, heute zu kommen. Das glaubte sie wenigstens.

Er wollte sich nicht beeilen. Wollte sich nicht durch zufällige Umstände zu einer Entscheidung drängen lassen. Er hatte in ihrer Nachbarschaft zwar allerlei Katzen gesehen, Katzen, die davonjagten, wenn er ihnen nur ein Wort zuflüsterte, und vermutlich würde er sich einfach eine von ihnen schnappen. Aber eine Katze … die konnte er ja aufbewahren, irgendwo verstecken. Brauchte nicht die ganze Aktion zu starten, nur weil eine Katze tot war und als Dekorationsrequisit wartete.

Er war gern mit ihr zusammen. Sie war Gelee, Modelliermasse, flüssiges Gas, aus dem alles werden konnte, wenn er heftig genug blies oder presste, mit den Händen. Ton. Sie war ein Tonklumpen aus Bedürfnissen. Nach Liebe, die sie nie bekommen hatte. Er wusste nicht, warum, wusste nicht, ob etwas passiert war, das ihr klargemacht hatte, dass sie keine Liebe verdiente. So hässlich, wie sie war, lag das eigentlich sehr nahe. Aber ihr Bett war zu schmal, darin konnte er nicht liegen.

Er schaute zur Zeichnung des Komodowarans hoch. Zu dem nackten und verbissenen Blick, der das Fehlen eines Ausdrucks zeigte. Er musste ab und zu herkommen, um seine Gedanken zu sammeln, um Einsamkeit und Alleinsein auszukosten. Hierher durfte sonst niemand. Hier gab es nur ihn, seine Bücher, seine Gedanken, seine Wahrheiten. Er suchte keinen von den alten Orten mehr auf. Hatte sich einen neuen Lebensmittelladen, ein neues Postamt und eine neue Bibliotheksfiliale gesucht.

Jetzt musste er mit der U-Bahn fahren, wenn er sich Bücher ausleihen wollte, aber das machte nichts, er hatte Zeit, und außerdem gab es in der neuen Filiale eine größere Auswahl, es waren immer mehr Bücher, die ihn interessierten, vorrätig, vermutlich benutzten weniger Schüler und Studenten diese Zweigstelle.

Die Filiale Blystad aber hatte ihm eine Mahnung geschickt. Als er den Umschlag aufriss, schwankte das Zimmer, er konnte kaum lesen, was dort stand, weil sich rote Angstflecken in sein Blickfeld schoben: er glaubte für einen Moment, das Buch liege im Framvei 2, er habe es mitgenommen, um es dort zu lesen. Natürlich hatte er Irenes Bücherregale durchgesehen, ehe er den Tatort verlassen hatte, aber für einen kurzen Moment ...

Aber dann fand er das Buch in seinem eigenen Regal. Vor Erleichterung hätte er sich fast übergeben. Und er schickte das Buch mit der Post, ein Buch über Zebras in Namibia, es war ein richtiges Leseerlebnis gewesen, vor allem die Sache über das Hartmannsche Bergzebra und das Burchellsche Zebra, die nebeneinander lebten, ohne sich miteinander zu paaren. Sie fraßen dasselbe Gras und spürten ihre Herzen unter derselben Sonne schlagen, aber ihre Körperflüssigkeiten mischen, das wollten sie nicht. Er betrachtete das als Beweis dafür, dass das Individuum sich seiner Art bewusst ist, der Reinheit seiner Art, ihrer Beschaffenheit, Integrität. Diese Zebras hatten viel mehr begriffen als Hunde zum Beispiel, wo ein Dackel und eine Dogge, ohne zu zögern, Junge zeugten, wenn es physisch möglich war. Er hatte über eine solche Kombination gelesen, der Dackel hatte auf einer Mülltonne gestanden und auf diese Weise wirklich eine weibliche Dogge gedeckt. Das Ergebnis dieser blinden Reproduktion war natürlich eine Degeneration der Art. Während das Hartmannsche Bergzebra und das Burchellsche Zebra dieses Risiko nicht eingingen und in dieser Entschlossenheit eigene, individuelle Bedürfnisbefriedigung hintan stellten. Sie hielten sich für stolze Vertreter ihre Art, und das musste man respektieren, darin erkannte er sich selbst wieder. Hunde dagegen ... und Katzen! Katzen betrieben dieselbe blinde Verwässerung ihrer Art, es würde ihm ein Vergnügen sein, ein Individuum abzumurksen.

Zusammen mit dem Zebrabuch schickte er auch das später ausgeliehene über die Bienen zurück. Und damit war jeglicher Kontakt mit der Filiale Blystad beendet.

Er räumte sein Zimmer auf. Spülte Teebecher, wischte über die Bücherregale, warf Zeitungen weg. Sie hatten das Interesse an Irene verloren, schienen den Fall für unlösbar zu halten. Er war ganz ihrer Meinung. Sie hatten nicht einmal ein Phantombild von ihm als angeblichem Zeugen veröffentlicht. Die Frau aus dem Haupthaus, die mit Müllsack und Pantoffeln, hatte offenbar nichts mitbekommen. In Gedanken strich er sie von seiner Liste.

An dem Tag, an dem der Tipp des Kabelmonteurs zum Tipp des Monats gewählt worden war, stand eine kleine Zusammenfassung auf der Rückseite von VG. Das war alles. Die Polizei behauptete, mehrere Spuren zu verfolgen. Er musste lachen. Was zum Henker hätten sie denn sonst sagen sollen? Der Kabelmonteur wurde interviewt und forderte die Öffentlichkeit auf, im Alltag aufmerksamer zu sein, so wie er selber. Unter dem Foto des Monteurs stand, er wolle sich für das Geld eine neue Fernsehanlage kaufen. Man musste wohl Fernsehsklave werden, wenn man davon lebte, die Welt mit Fernsehkabeln vollzuknallen. Idiot. Gut, dass er nicht verheiratet war und Kinder hatte, in der Zeitung wurde er als Junggeselle bezeichnet. Gott sei Dank.

Er würde jetzt zu ihr fahren. Sich von ihr bekochen, umsorgen lassen. Mit ihren häuslichen Aktivitäten investierte sie in seine gute Laune, ließ sie wachsen und zu einer Berührung werden. Ihr waren Berührungen noch wichtiger als Irene; er konnte das ausdehnen und sie zu seiner kleinen Sklavin machen. Zwei Tage zuvor hatte er sich von ihr Pickel auf dem Rücken ausdrücken und die Haut mit Desinfizierwasser waschen lassen. Glücklich hatte sie sich in die Arbeit vertieft, mit Schreibtischlampe und Watte und eifrigen Kommentaren über Reifegrad und Größe der Pickel, durchsetzt mit ängstlichen Fragen, ob es nicht zu weh tue. Aber es war ein Genuss, so umsorgt zu werden, der Schmerz war unwesentlich, er wurde an einer Stelle gewaschen, die er selber nicht berühren konnte.

Sie sagte, sie sei eine gute Friseuse. Und nun wollte er sie bitten, ihm die Haare zu schneiden. Nach dem Essen. Sie würde etwas Leckeres kochen. Sie freute sich immer, wenn er kam. Das schmeichelte ihm. Obwohl er wusste, dass ihre Leere dahinter steckte, nicht seine Größe.

Denn sie hatte ihn unten gesehen, mit dem Gesicht auf der Höhe der Regentropfen, die auf den Boden prallten. Das durfte er nicht vergessen. Wenn sie sich das alles richtig überlegte, würde sie ihn verachten. Und das musste er verhindern. Bei Irene hatte die Verachtung die Oberhand gewonnen. Sie war sicher gewesen, aber zu groß geworden. Ihr Abscheu war in einen Zustand umgeschlagen, der ihm Schmerzen in Kopf und Handgelenken verursachte hatte, an manchen Tagen hatte er fast ununterbrochen das Wort *töten* gedacht, es war zu einem rhythmischen Gesang geworden, der nicht verstummte, auch wenn er laut über Alltagsdinge redete.

tötentötentötentötentötentötentötentötentötentöten

Aber soweit würde er es mit Sofie nicht kommen lassen, sie würde ihm durch ihr Verhalten und ihr Wesen keine Schmerzen in den Handgelenken bescheren.

Er hatte gelernt.

Tommy Hansen hatte beschlossen, Vertrauen zu ihr zu haben. Nicht einmal Langlo wusste, wie viel er am Esstisch in dem großen Zimmer zwischen Kamin und Bücherregalen preisgab.

Er sah zu, wie sie eine weitere Zigarette ausdrückte.

»Sie rauchen ziemlich viel«, sagte Tommy Hansen.

»Aber immerhin sehen alle Kippen sich sehr ähnlich.«

Sie wusste Bescheid über Stemholdts Beobachtung, und zusammen hatten sie untersucht, wie sie ihre Kippen ausdrückte. Und die eine sah wirklich aus wie die andere.

Die Skizze, die sie von dem Spinnenmann angefertigt hatten, lag zwischen ihnen auf dem Tisch. Eine Handzeichnung, kein Computerbild. Durch die Haarfunde kannten sie Haarlänge und Farbe. Außerdem hatte Siri Taraldsen die ungefähre Größe angeben können, nachdem mehrere Fahnder über den Gartenweg zur Wohnung der Verstorbenen gelaufen waren. Sie waren zwischen einsachtzig und einsneunzig gelandet, und der Zeichner hatte eine dunkle Gestalt mit langen Armen und Beinen und kurzen, dunklen Haaren geliefert. Die Gestalt ging hinter allerlei Zweigen nach links. Das Gesicht des Mannes lag im Schatten; eine genauere Rekonstruktion dessen, was sie gesehen hatte, war nicht möglich.

Tommy Hansen kam sich blöd vor, wenn er die Zeichnung herumzeigte und fragte, ob jemand sich erinnern könne, diesen Mann gesehen zu haben. Die Zeichnung machte ihnen nur noch deutlicher, wie wenig sie hatten. Er überließ die Fragerei in Lebensmittelladen, Videothek und Bücherei deshalb Langlo. Unter keinen Umständen durfte die Zeichnung an die Presse gelangen und sie endgültig zum Gespött machen. Er hatte das Gefühl, einen grafischen Druck in der Tasche zu haben, ein Stück Kunst.

Von einem präzisen Ermittlungswerkzeug konnte nicht die Rede ein. Sie hatten nicht einmal eine verbale Beschreibung veröffentlicht. *Großer, dünner, dunkler Mann, gesehen in der Nähe des Framvei 2,* das ging einfach nicht.

»Habt ihr jetzt die Ergebnisse aller Tests?«, fragte sie.

»Aus der Wohnung, ja. Alle.«

»Könnt ihr nicht einfach von allen großen, dünnen Männern Fingerabdrücke nehmen? Auf gut Glück?«

»So läuft das nicht. Wir sind schon sehr weit gegangen, als wir die Abdrücke von allen in den Läden und der Bibliothek genommen haben. Unter dem Vorwand, sie damit als Täter auszuschließen. Wir vergleichen die Funde mit früheren unaufgeklärten Morden im Land und mit unaufgeklärten Vergewaltigungsfällen, aber selbst das ist schwierig, vor allem, wenn wir keine namentlich bekannten Verdächtigen haben. Das bisher nicht vorbestrafte Individuum muss auf jeden Fall geschützt werden. Das fordert der Rechtsstaat.«

Er ließ seinen Blick hinaus in den Garten wandern. Die Herbstsonne fiel schräg durch knorrige Apfelbäume und betautes Gras. Die Farben, die von Tod und Wiederkehr zeugten, wurden gerade erst deutlich. Jedes einzelne Blatt mit seinen charakteristischen Streifen und Flecken, einzigartig. Wie Fingerabdrücke.

»Es gibt so viel, was wir nicht tun können«, sagte er. »Jetzt haben wir die Fingerabdrücke von allen, die im Lebensmittelladen, in der Videothek und der Bücherei arbeiten. Das lässt sich vertreten, ganz einfach, um einen besseren Überblick über die Abdrücke in der Wohnung zu erhalten ... das haben wir jedenfalls behauptet. Um sie überhaupt nehmen zu können.«

»Aber was ist, wenn Sie sozusagen das ... Gefühl haben, dass jemand es gewesen sein muss. Und wenn Sie den dann auf ein Bier einladen und danach sein leeres Glas einstecken und damit zu den ... wie haben Sie die noch genannt ...«

»Den Papillarjungs«, er lächelte. »Weil die Linien im Abdruck Papillarlinien genannt werden.«

»Ja, richtig.«

Er hatte den Verdacht, dass sie das Wort gar nicht vergessen hatte, sondern ihm das Gefühl des allwissenden Vaters geben wollte, aber er ging nicht darauf ein. Sondern sagte: »Das wäre unmöglich. Das ist verboten. Ich brauche einen Grund, einen vor Gericht haltbaren Grund, um solche Daten über einen Menschen einzubringen.«

»In den USA ist das möglich.«

»Und im Film«, sagte er. »Aber hier nicht. Und ich könnte mir zum Beispiel vorstellen, zwanzig Mann in die Archive zu schicken und alle Ausleihen von Videos und Büchern durchzusehen. Und die müssten dann alle jungen Männer überprüfen, die sie finden, zu denen nach Hause fahren, feststellen, welche groß und dunkel sind. Denen dann ein Bier ausgeben oder ihnen ein Haar vom Kragen zupfen oder …«

»Aber das geht nicht«, sagte sie.

»Nein, das geht nicht. Was wir haben, ist dieses Kunstwerk hier auf dem Tisch. Und wir haben das Blut weiter untersucht und wissen jetzt, dass er keine nachweisbaren Krankheiten hat, wir haben seinen echten und seinen genetischen Fingerabdruck. That's it, lady. Ich werde morgen mit den Fachleuten von der Gerichtsmedizin sprechen. Die einzige Hoffnung, an die wir uns klammern können, ist Irenes Vertreter in der Bibliothek.«

»Der, dem der Mann auf der Zeichnung vage bekannt vorkommt?«

»Ja. Aber weiter sind wir nicht gekommen. Am Ende sagte er, die ganze Szene mit den Bäumen und dem Licht erinnere ihn an einen Film. Hoffnungslos.«

»Aber er hat doch Zeit? Zum Nachdenken.«

»Wir waren schon dreimal bei ihm. Im Laufe mehrerer Tage«, sagte Tommy Hansen.

»Außerdem hat er die Stelle doch erst nach ihrem Tod übernommen. Wäre es da nicht seltsam, wenn er ihren Liebhaber erkannt hätte?«

»Richtig. Aber was ich Sie fragen wollte, ist, ob Sie mit in die Wohnung kommen würden. Ehe wir alles zusammenpacken und in den Norden schicken. Ich habe die Frist jetzt lange genug ausgedehnt.«

»Aber was kann ich denn schon machen?«

»Keine Ahnung. Ich bringe Sie hinüber. Man weiß nie.«

»Sieht es schrecklich aus?«

»Ziemlich chaotisch.«

»Stinkt es?«

»Ein wenig. Sie werden einmal kurz durchwischen müssen, ehe Sie die Wohnung wieder vermieten können.«

Tommy Hansen hatte sich schon gefragt, wie lange er sich noch Gründe aus den Fingern saugen könnte, um herzukommen. Und nachdem er sich alles lange und ausgiebig überlegt hatte, war er zu dem Schluss gekommen, dass das eine unwesentliche Frage sei. Er wollte herkommen, und er kam. Otto hatte mehr als Waffeln bekommen, er hatte sogar eine ganze Nacht hier verbracht, als sie abends besonders große Angst gehabt und ihn zu Hause angerufen hatte.

Ihn angerufen und um sein Kommen gebeten. Weil sie sich fürchtete und meinte, ihr Sohn habe seine eigenen Probleme. Das hätte Langlo wissen sollen! Was ja vielleicht auch der Fall war. Ohne ein Wort zu sagen. Und er sollte sich hüten, der Grünschnabel. Tommy Hansen wusste inzwischen, wer Langlos großes Ideal war, nämlich MacGyver, der einzige Mensch auf der Welt, den man wirklich brauchte, wenn man auf einer einsamen Insel landete, wie er sagte. Tommy Hansen hatte deshalb ein wenig von seinem Respekt für ihn verloren. Obwohl er sich an die Hoffnung klammerte, Langlo sei ein Scherzkeks. Sicher war er sich nicht. Aber wer zum Kranich landete heutzutage noch auf einer einsamen Insel? Man hatte doch immer sein Handy dabei? Und wenn Langlo auch nur einen kleinen Kommentar, einen winzigen Kommentarfetzen über diese vielen Besuche im Framvei 2 brachte, würde es mit einer geraden Linken enden. Er würde Langlos jungem Gesicht einen Otto von Porat-Schlag verpassen. Der sollte bloß die Klappe halten.

Egal. Es spielte keine Rolle. Noch nicht. Aber bald würde

er sich entscheiden müssen. Sie war Zeugin in einem Fall, Zeugin in einem wichtigen Mordfall, bei dem er die Ermittlungen leitete, und mit Zeuginnen hatte man sich nicht einzulassen. Sie war zwar über jeglichen Verdacht erhaben, das schon, obwohl sie das selbst zur Sprache gebracht hatte, als auch ihr die Fingerabdrücke abgenommen worden waren. Um sie aus dem Fall zu entlassen, formal gesehen.

Zur Tatzeit hatte sie im Krankenhaus gelegen, und sie war kein junger Mann. Natürlich hätte sie sich die Beobachtung dieses langen, dünnen Dunklen aus den Fingern saugen können, es konnte sich auch um einen kleinen, dicken, dunkelhaarigen Täter handeln, der auf ihren Befehl hin gehandelt hatte, sie konnte insgeheim eine sadistische Satanistin sein, deren Schränke mit schwarzen Kutten und Peitschen und stacheligen Hundehalsbändern vollgestopft waren, aber das glaubte er nicht. Es war nicht einmal so, dass er das nicht glauben wollte, er wusste einfach, dass sie so war, wie sie zu sein schien.

Und was wäre das Schlimmste, das passieren könnte? Dass sie eine Beziehung eingingen.

Nirgendwo, weder in den norwegischen Gesetzen noch in den Richtlinien für den polizeilichen Dienst, hatte er gelesen, es sei verboten, eine zufällige Zeugin in einem Fall zu küssen. Trotzdem küsste man keine Zeuginnen, das tat man einfach nicht. Das wussten alle. Man blieb auf professioneller Distanz, was den Teil des Gehirns, der sich Küsse und anderes ausmalte, ausschaltete. Auf dieselbe Weise, wie Psychologen und Ärzte das machten, und andere, die professionell mit Menschen zu tun hatten. Ein Friseur oder ein Verkäufer konnte sicher ein Verhältnis mit einer Kundin eingehen, aber das war nicht zu vergleichen mit jemanden, dessen Fachkenntnisse über das Wissen um Frisur und Essgewohnheiten hinausging.

Er hatte mit dem Gedanken gespielt, sie zu küssen, hatte es aber nicht getan. Er glaubte schon, dass es ihr gefallen hätte. Aber wenn es es tat und es auch noch regelmäßig wiederholen wollte, würde er den Dienst quittieren müssen. Niemand würde ihn dazu auffordern, niemand würde auch nur behaupten, er habe sich falsch verhalten, aber er würde aussteigen müssen. Um sich auf Siri Taraldsen und den König zu konzentrieren. Rund um die Uhr.

Dieser Gedanke hatte nichts Abschreckendes, trotzdem machte er ihm Angst. Weil er spürte, dass hier starke Gefühle im Spiel waren, Gefühle ohne Bremsen. Er begriff instinktiv, dass sie die Sorte Frau war, die ihn in mehr als einer Hinsicht ändern würde, aber sie liebte Otto. Das war sehr wichtig. Denn nach Otto würde es einen neuen Otto geben, Tommy Hansen konnte sich sein Leben ohne einen Otto in der Nähe nicht vorstellen. Und Siri Taraldsen hatte offenbar auch nichts gegen die Aussicht auf eine endlose Reihe von Ottos, sie sprach oft davon, sich einen Hund anzuschaffen, und er glaubte, dass das nicht nur aus Angst vor dem Alleinsein geschah.

Er hatte sogar mit dem Gedanken gespielt, sie um die Gartenwohnung zu bitten. Um nicht zu schnell vorzugehen, um eine schrittweise Gewöhnung zu ermöglichen. Nicht, um die Sache vor den Kollegen zu verheimlichen, sondern, um in ihrer Nähe zu sein, ohne dabei etwas Werdendes zerstören zu können.

Sie roch gut. Er half ihr, die zwei Treppenstufen vor der Haustür zu bewältigen, ihr Körper war fest und weich zugleich; er schaute in eine andere Richtung, während er sie im Arm hielt. Dann schob er sie zur Gartenwohnung und hielt sie wieder fest, während er mit der anderen Hand die Tür öffnete und den Rollstuhl vor sich herschob. Sie schwieg, während er vorging, die Bremse einlegte und sich umdrehte, um ihr über die Türschwelle zu helfen. Sie wusste, dass er nicht verheiratet war, das hatte er ihr an dem Abend erzählt, als er Otto gebracht hatte; sie hatte gefragt, ob ihm dieser späte Besuch *zu Hause* keine Probleme bereitete.

»Wenn Otto und ich hier sind, ist niemand zu Hause«, war seine Antwort gewesen.

»Nie?«

»Nein, das ist schon lange her.«

Sie war rot geworden und hatte ihr Feuerzeug zu Boden fallen lassen.

Er blieb einen Moment stehen, als er den Arm um sie legte, und schaute ihr aus nächster Nähe ins Gesicht.

»Graust es dir vor der Wohnung? Wenn du das ganz schrecklich findest, können wir auch …«

»Nein, es geht schon. *Du* bist doch hier.«

SIE HATTE MIT DER ANGST GEKÄMPFT, er könne zurückkommen. Sein langer dünner Spinnenleib könne sich über den Gartenweg ins Haus schleichen und sie erwürgen. Sie hatte auch geträumt, lebhafte Albträume, dass ihre Haut von kriechenden Insekten bedeckt gewesen war.

Es fiel ihr schwer, sich wirklich klarzumachen, dass Irene in dieser Wohnung ermordet worden war. Das einzig Konkrete, an das sie wirklich glaubte, war die Trauer des Vaters. Nach seiner Abreise tröstete sie wieder das Gefühl, alles, was hier passierte, sei eine Art Film. Die Streifenwagen, die die ganze Zeit in der Auffahrt standen, die Aktivität, die sie wie ein Summen in der Wand spürte, ohne diesem Klangbild Details entnehmen zu können, die Neugier der Nachbarn. Die sie übrigens nicht mehr anriefen. Als die Zeitungen aus einem Grashalm keine Suppe mehr kochen konnten, hatten auch die Nachbarn die Lust verloren. Auf einmal gab es diese dringenden lokalen Probleme nicht mehr, die unbedingt erörtert werden mussten: gemeinsame Briefkästenhalter, Gartenpflege und solche Dinge.

Das mit der Gartenpflege hatte sie allerdings interessiert. Lars-Oscar hatte den Garten, die Tatsache, dass sie dafür Hilfe brauchte, längst vergessen. Mit Mühe erinnerte er sich an Computer und Internet; die Tatsache, dass die Mieterin seiner Mutter ermordet worden war, hatte fast alles andere verdrängt. Und jetzt sollte er außerdem Vater werden, natürlich nahm ihn das in Anspruch.

Sie selber hatte kaum mehr an das nahende Enkelkind gedacht, seit sie mit Tiril gesprochen hatten. Sie sagte sich, dass sie ihre Gefühle noch nicht sortiert hatte, aber sie wusste im tiefsten Inneren, dass ein Enkelkind sich nicht einsortieren lässt. Sie musste einfach den Mut aufbringen, um diesen Teil der Wirklichkeit an sich heranzulassen, alles andere war unwichtig. Aber dazu war sie noch nicht bereit; sich selber als Großmutter zu sehen, sie war nicht dazu bereit, sich der Angst vor einem Enkelkind mit Down-Syndrom und Herzfehler zu stellen.

Doch die Vorstellung eines oder mehrerer Gärtner beschäftigte sie, erfüllte sie mit Erwartung. Für Geld ließ sich alles kaufen. Alles! Wenn sie nur wagte, locker zu lassen, geschah etwas. Eine Gartenbaufirma war bereits verständigt worden, sie arbeitete stundenweise, die Kundin entschied selber, wie viele Männer sie haben wollte, die Firma schlug drei vor, und sie konnte einfach rauchend in der Terrassentür sitzen und munter mit Befehlen um sich werfen.

Das wollte sie sich leisten. Es als Übung betrachten, Verantwortung zu delegieren, zu lernen, dass es nicht darum ging, dass alles genau auf ihre eigene Weise geschah, sondern dass es überhaupt erledigt wurde.

Tommy Hansen kochte Kaffee auf andere Weise als sie. Wenn er den Kessel vom Herd nahm, hob er ihn in die Luft, wie um die Kaffeekörner mit Hilfe der Zentrifugalkraft zu Boden zu drücken. Sie hatte ihm erzählt, wie sie es machte: Sie rührte ganz schnell mit einem Löffel um und gab dann einen Schuss kaltes Wasser dazu.

»Ich mach das nicht so«, sagte er.

»Dann nicht«, sagte sie. »Aber du könntest es doch probieren?« Ihr nächster Gedanke war dann, dass sie auch seine Methode ausprobieren könnte, und sie begriff, dass sie auf dem richtigen Weg war. Im Grunde war es möglich, dass dieser Knöchelbruch zu etwas gut war; er zwang sie, ein wenig von ihrer Kontrollsucht aufzugeben.

Sie würde die Sache mit dem Kaffeekessel nicht mehr erwähnen, nie mehr ein Wort über seine Luftaktivitäten verlieren. Wichtig war, dass er sich überhaupt in der Nähe ihres Kessels befand. Aber obwohl er ihr jetzt in Irenes Wohnung hineinhalf, log sie, als sie sagte, es sei kein Problem. Sie wollte nicht hier sein, nicht hineingehen. So, wie sie sich durch Geld von der Gartenarbeit befreite, wollte sie ein Putzunternehmen und einen Abfallcontainer bestellen. Alles musste weg, danach würde sie die Wohnung anstreichen und tapezieren lassen. Alle Spuren mussten getilgt werden.

Die Wohnung sah wirklich schrecklich aus.

»Herrgott.«

»Es bringt ein wenig Unordnung, wenn man …«

»Danke, das sehe ich.«

»Außerdem sind Langlo und ich ihre Habseligkeiten mehrere Male durchgegangen. Haben Postkarten, fremde Namen in Büchern, auf leere Briefumschläge gekritzelte Telefonnummern gesucht, Briefe, Tagebücher, was auch immer. Wir haben alle Taschen, Jacken, Brieftaschen durchgesehen, haben jedes Detail an ihrer Pinnwand untersucht, haben sogar Bilder an der Wand aufgeschlitzt, in der Hoffnung auf weitere Bilder im selben Rahmen. Und haben uns den Türrahmen beim Telefon vorgenommen. Haben ihn mit einer Lampe abgeleuchtet.«

»Warum in aller Welt habt ihr das denn gemacht?«

»Wir haben einmal auf diese Weise einen Mord aufgeklärt. In Tromsø, in den alten harten Zeiten war ich dahin verscheucht worden. Und das Opfer, eine Frau mittleren Alters, hatte neben dem Telefon in den Türrahmen eine Telefonnummer geritzt. Sie hatte mit einem Schlüssel oder so in den Lack geschrieben. Als die Beziehung zu Ende war, hat sie an diesen Ziffern herumgerieben und gescheuert, vermutlich mit Spucke, wie man das macht, um einen Flecken zu entfernen. Sie waren kaum noch zu entdecken, aber wir haben sie gefunden. Und damit den Typen. Der sie umgebracht hatte, weil er sie keinem anderen gönnte.«

»Aber so was gibt's hier nicht?«

»Nein. Warst du oft hier?«

»Nur zweimal. Die Stühle ...«

Sie zeigte darauf.

»Darauf hat sie gelegen«, sagte Tommy Hansen.

Sie verstummte. Irene hatte darauf gelegen, zwei Wochen lang, tot, es war nicht zu fassen.

»Die kommen in den Müll«, sagte sie endlich. »Alles kommt in den Müll. Bett und Stühle, Tisch und Regale, ich will sie nicht mehr haben.«

»Hat sie möbliert gemietet? Danach wollte ich eigentlich

auch fragen. Damit wir nichts in den Norden schicken, was dir gehört.«

»Alle Möbel gehören mir. Und einige gelbe Teller in den Küchenschränken, sechs gelbe Becher, zwei Kochtöpfe und eine Bratpfanne. Den Rest hat sie selber angeschafft, ich weiß nicht, was das alles war. Ich hatte ihr Geld gegeben, und sie hat eingekauft und mir die Quittung gebracht. Ich sagte, sie solle das Nötigste kaufen, und es solle dann zur Wohnung gehören. Die Regale im Wohnzimmer und die Möbel im Schlafzimmer gehören ihr, abgesehen von Bett, Decke und zwei Kissen. Bettwäsche hatte sie selber. Und der kleine Fernseher gehört auch ihr.«

»Himmel, du hast ja alles im Kopf.«

»Ich versuche nur, ein wenig konstruktiv zu sein«, verteidigte sie sich. »So bin ich eben. Wenn ich mich nicht wohl in meiner Haut fühle. Dann werde ich rational und konstruktiv.«

»Das ist keine schlechte Reaktion, finde ich.«

»Ach, ich weiß nicht. Es wäre vielleicht sinnvoller, ein wenig meine Gefühle auszuloten. Aber genau die Gefühle, die mich hier überkommen, verwandeln sich ganz schnell in Angst.«

Sie erwiderte seinen Blick und merkte, dass sie ihren eigenen nicht unter Kontrolle hatte. Sie wollte nicht betteln, das war das Letzte, was sie wollte. Aber sie wollte gern wissen, wo *er* stand.

»Er kommt nicht zurück«, sagte er leise und eindringlich. »Jetzt nicht. Er weiß, dass wir kein Bild veröffentlicht haben. Er weißt, dass wir mit leeren Händen dastehen.«

»Wie lange wirst du an diesem Fall arbeiten?«

Sie glaubte, es lässig, fast gleichgültig gesagt zu haben.

»Noch eine ganze Weile«, sagte Tommy Hansen und stieg

auf dem Weg zum Schlafzimmer über durchsichtige Plastikfolie, die auf dem Boden lag. Er kehrte ihr dabei den Rücken zu. »So schnell werden die Ermittlungen nicht eingestellt. Aber er wird bald nicht mehr der vorrangig untersuchte Fall sein.«

»Aber ich meine, wie lange musst du … herkommen? Zum … Tatort?«

»Noch eine ganze Weile.«

Seine Haare waren zerzaust, sie sträubten sich, hatten Farbe und Stärke von Stahlwolle. Sie hatte nichts gegen die Vorstellung, diese Haare neben sich auf einem Kissen zu sehen. Sie umklammerte ihre Rollstuhllehnen.

»Was macht Otto denn heute?«

»Der liegt zu Hause im Badezimmer und amüsiert sich mit Gary Larson.«

Er drehte sich zu ihr um, die Hände in den Taschen. Sie musterte ihn fragend, und er erklärte ihr, wie er sich jeden Morgen aus Morpheus' Armen riss, indem er die Zitate und Karikaturen an der Klowand studierte. Als er beschrieb, wie der Fahnder vor dem erstochenen Butler hockte und ein anderer Butler fragte: *Who do you think did it, sir,* lachte sie unnormal laut und lange, dann sage sie: »Ich lese immer die letzte Seite in einem Krimi, um zu sehen, ob es der Butler war, *who did it.*«

»Als ob das interessant sei. Im Grunde. Hier stehen wir und wissen, wer es getan hat, aber nicht, wer er ist.«

»Das ist auch eine Ausdrucksweise. Er könnte doch als Butler arbeiten.«

»Sie war Jungfrau. Also muss er ein sehr höflicher Mann sein.«

»Stimmt das?«

»Sicher. Sie war Jungfrau.«

»Vielleicht ist er schwul und verachtet alle Frauen?«

»Kann schon sein. Er war … ist jedenfalls nicht HIV-positiv. Das haben wir überprüft.«

»Dass sie wirklich Jungfrau war. Dass sie gestorben ist, ohne erfahren zu haben, was für ein Gefühl es ist, jemanden zu lieben.«

»Sie können sich doch geliebt haben, ohne … Penetration.«

»Da hast du Recht. Die jungen Leute heutzutage sind sehr kreativ. Ich will nicht mehr hier sein. Jetzt, wo du weißt, was mir gehört und was ihr.«

»Willst du dir ihre Sachen nicht ansehen? Vielleicht … vielleicht fällt dir irgendetwas daran auf.«

»Und was sollte das sein? Ich habe sie nicht gekannt. Ich war doch nur zweimal hier! Schick alles nach Norden, ich will hier RAUS!«

Sie weinte, als er gegangen war. Sie hätte Otto gern wieder bei sich gehabt, traute sich aber nicht zu fragen. Sie wollte ihn zum Essen einladen, traute sich aber nicht zu fragen. Sie wollte von ihm auf andere Weise berührt werden, als wenn er ihr durch eine Tür half, traute sich aber nicht zu fragen. Sie rief Tiril in Paris an, und Tiril meldete sich sofort.

»Dass du jetzt Tante wirst«, sagte sie.

»Und du Großmutter. Du wirst eine gute Großmutter sein.«

»Sie finden den Mörder nicht. Sie finden ihn einfach nicht. Und ich sitze allein hinter verschlossenen Türen in einem Rollstuhl.«

»Aber Mama. Das sieht dir gar nicht ähnlich, so zu …«

»Das mit dem Enkelkind hat mich ein wenig umgehauen, Tiril, ich wollte nicht jammern. Es ist nur so seltsam. Dass der kleine Lars-Oscar … die Zeit vergeht.«

»Der kleine Lars-Oscar, du meine Güte! Jetzt hör aber auf,

Mama! Freu dich. Und du hast doch neulich selber gesagt, es sei nicht gefährlich, dort zu wohnen!«

»Sicher. Alle Vernunft sagt, dass ich sicher bin. Und abends fährt einige Male ein Streifenwagen vorbei, und Tommy hat mir die Durchwahl zur Wache gegeben, falls ich etwas hören oder sehen sollte.«

»Tommy. Redet ihr euch jetzt mit Vornamen an?«

»Das bleibt nicht aus. Er arbeitet doch an dem Fall. Leitet die Ermittlungen. Und jetzt bekomme ich einen Computer«, fügte sie übergangslos hinzu, fast, um sich selber alles Spannende aufzuzählen, das gerade in ihrem Leben geschah.

»Das ist toll, dann können wir E-Mails schicken, das wird super.«

»Ich muss das aber erst lernen.«

»Das ist ganz einfach, Mama. Aber das mit dem Enkelkind und dass du Großmutter wirst ... du kannst doch alles heraussuchen, was noch von früher da ist, als Lars-Oscar und ich und ... Pernille klein waren, nicht wahr? Vielleicht gibt es noch Babysachen, die das Kleine haben kann. Spielzeug und Bücher, das wäre doch toll.«

»Du bist so lösungsorientiert, Tiril. Das hast du von mir.«

Sie lachten eine Weile, sie freute sich darüber, dass sie angerufen hatte, das half. Und warum nicht Tommy zum Essen einladen? Es war doch gut möglich, dass er jeden Tag kläglich vor einem Spiegelei oder einer Fünf-Minuten-Terrine saß. Die Haushaltshilfe kam am nächsten Tag, und die sollte gefälligst Dinge aus der Tiefkühltruhe im Keller holen, auch wenn diese Art anspruchsvoller und kräftezehrender Arbeit nicht in ihre Zuständigkeit fiel.

Und sie würde Tirils Vorschlag befolgen, die Schränke in den ehemaligen Kinderzimmern durchforsten und Erinnerungen aus der Vergangenheit hervorholen.

»IST ES NICHT EIN SCHRECKLICHER GEDANKE, dass wir eines Tages sterben müssen?«, fragte Sofie.

Sie hatte ihm einen schwarzen Müllsack um die Schultern gelegt und mit einer Wäscheklammer unterm Kinn befestigt und seine Haare mit viel zu kaltem Wasser angefeuchtet. Er saß mitten im Wohnzimmer auf einem Hocker; sie hatte die billigen Flickenteppiche mit dem Fuß beiseite geschoben. Ihre Schere hatte einen orangefarbenen Plastikgriff, er spürte, dass sie nicht zögerte, als sie losschnitt; sie war tüchtig und selbstsicher in diesem Moment. Aber sie hätte nur wissen sollen, welche Assoziationen ihm kamen, als er hier in schwarze Plastikfolie eingehüllt saß und ihrer scharfen Schere preisgegeben war.

»Find ich nicht«, sagte er. »Alle müssen sterben.«

»Ich hab so was im Fernsehen gesehen«, sagte sie. »Das wird jetzt erforscht. Im Fernsehen kam etwas, das wie eine Katze heißt.«

»Schrödingers Katze.«

»Genau, ja. Sie versuchen festzustellen, warum die Zellen nicht mehr leben wollen.«

Er war wider Willen beeindruckt. Sie hatte das auf treffend einfache Weise beschrieben.

»Ich habe darüber gelesen«, sagte er. »Ein wenig. Aber interessant ist es nicht.«

»Nicht interessant?« Sie lachte laut und ließ Schere und Kamm sinken. »Nicht interessant, dass man zweihundert Jahre leben kann?«

»Würdest du das denn wollen?«

»Ja, natürlich«, sagte sie und lachte wieder.

»Wenn du dir die Leute anhörst, die das alles so wichtig finden, dann wirst du feststellen, dass sie nur an sich denken.«

»Ach?«

»Sie haben Angst vor dem Sterben. Todesangst. Im wahrsten Sinne des Wortes. Und sie möchten eine Möglichkeit finden, dem zu entgehen. Alle denken nur an sich selbst. Wie kann ICH ewig leben. Ich ich ICH! Sie denken nicht an die MENSCHEN!«

»Tun sie das nicht? Nicht böse sein ...«

»Ich bin nicht böse. Ich meine nur ... was glaubst du, was dann passieren würde? Wenn wir länger lebten als heute? Wir leben ohnehin schon lange genug. Diese Leute, die solche Forschungen betreiben, denken nicht für eine Sekunde daran, dass wir die Erde ohnehin schon versaut haben, was Lebensmittelproduktion und Besiedlungsmuster und Verteilung von Wissen angeht. Ich kann dir eins sagen, mein Mädel ...«

Er wich mit dem Kopf der Schere aus und starrte ihr voll ins Gesicht. Seine Augen waren schwarz und kugelrund, zwischen farblosen, hässlichen Wimpern.

»Ich kann dir eins sagen ... wenn der Mensch eine Möglichkeit findet, zweihundert Jahre zu leben, dann WIRD DER MENSCH AUSSTERBEN!«

»Na gut.«

Er holte Luft. »Aber Haare schneiden kannst du. Das merke ich.«

»Findest du?«

»Ja.«

Eine schwarze Katze. Eine echte Hexenkatze. Die Zeitungen würden Amok laufen. Plötzlich beugte sie sich vor und küsste ihn auf die Stirn; er nahm den Geruch ihres Atems wahr. Er saß ganz still. Sie sagte nichts, sie richtete sich einfach wieder auf und schnitt weiter seine Haare. Erst, als sie fertig war, ihn von dem Plastiksack befreite, seine Haare bürstete und sagte, *das steht dir wirklich gut,* entdeckte er, wie sehr seine Handgelenke schmerzten.

Es gab ihm das vertraute Gefühl von Unterlegenheit hier zu sein, mit dieser Fr. Sandnes zu sprechen, die ihn von vornherein für einen Idioten hielt, weil er nur die Polizeihochschule besucht und vierzehn Millionen Kurse gemacht hatte.

»Sie wissen doch, was DNA *eigentlich* ist?«, fragte sie, die Fachfrau von der Rechtsmedizin. Sie war eine große, strenge Frau in Weiß mit gedrucktem Namensschild, ihre Aussprache wies auf das feinste Westend hin. Erstaunt und morgenmuffelig hatte sie Tommy Hansen empfangen und darauf hingewiesen, dass sie Kopien aller Unterlagen geschickt hatten und nun auf Proben von mutmaßlichen Verdächtigen warteten. Dass der Ermittlungsleiter höchstpersönlich auftauchte, war Fr. Sandnes nicht gewöhnt.

»Das sind die Gene«, sagte er. »Sequenzen von Genen, Genpaare. Das weiß ich. Und DNA bedeutet Deoxyribonukleinsäure. Acid bedeutet Säure, deshalb das a, und deshalb ist oft auch die Rede von DNS. Irgendwas hab ich schließlich auch mitgekriegt.«

»Aber Sie scheinen anzunehmen, dass wir aus einem solchen Spektrum Jahreseinkommen, Beruf und zweiten Vornamen herauslesen können?«

»Das habe ich nicht behauptet. Ich wollte nur wissen, ob wir überhaupt etwas feststellen können.«

»Sie stellen die Sache auf den Kopf. Absolut auf den Kopf.«

Er zählte in Gedanken bis zehn und sagte dann: »Das ist möglich.«

»Wir haben die DNA Ihres Täters. Die haben wir. Aber wir können die DNA-Marker dieses Mannes anstarren, bis wir blind werden, ohne etwas anderes zu sehen als eben die DNA-Marker dieses Mannes. Die Marker an sich sagen gar nichts aus.«

»Sie brauchen anderes Material zum Vergleich – das ist also alles, wozu diese Marker sich verwenden lassen?«

»Ja.«

»Aber das haben wir nicht. Im Gegenzug haben wir jegliches biologische Material über diesen Mann, abgesehen von einer Stuhlprobe«, sagte Tommy Hansen unnötig laut.

Sie lachte nicht. Sie lächelte nicht einmal. »Das hilft uns nicht weiter«, sagte sie nur. »Wir wissen, dass es sich um einen Mann handelt. Und aus den Haarproben kann jedes Kind schließen, dass er kurzhaarig und dunkel ist. Aber seither kann er sich natürlich eine Glatze geschoren haben.«

»Ich habe mich im Internet über DNA-Forschung informiert«, sagte er. »Und in den USA etwas namens Human Genome Project gefunden.«

»Die wollen eine Aufstellung der gesamten DNA der Menschheit zusammenbringen«, sagte Fr. Sandnes. »Viel Glück, sage ich nur. Sie behaupten, es bis zum Jahr 2003 geschafft zu haben. Viel Glück, sage ich noch einmal.«

»Beim Hefepilz ist ihnen das gelungen«, sagte Tommy Hansen, noch immer in der Hoffnung auf eine Art Dialog mit dem Fachwissen.

»Hefepilz, ja. Der sorgt dafür, dass der Teig für Rosinenbrötchen geht. Man sollte ja meinen, das sei ein einigermaßen schlichter Organismus, aber sie haben trotzdem eine Ewigkeit für die Analyse gebraucht. Das Ganze entspricht der Fingernagelstruktur eines Menschen, vielleicht nicht einmal der. Und ich nehme doch an, dass diese Frau nicht von einem *Hefepilz* umgebracht worden ist?«

Er schaffte es, sich zu beherrschen. Doch ehe er sich fertig beherrscht hatte, schlug sie die Augen nieder und sagte leise: »Tut mir Leid, ich weiß ja, dass Sie nicht weiterkommen.«

»Und deshalb bin ich hier. Nicht um in Erfahrung zu bringen, was Sie normalerweise machen, um Ihnen auf die Finger zu schauen, sondern um zu fragen, ob es heutzutage möglich ist, beim heutigen Wissensstand, aufgrund des DNA-Spektrums irgendetwas über einen Menschen auszusagen.«

»Ist es nicht«, erwiderte Fr. Sandnes.

»Aber eines schönen Tages ...«

»Das Ziel des Human Genome Projects ist eigentlich die Verhinderung von Krankheiten. Das Erkennen von Genen, die Träger einer vererbbaren Krankheit sind ... oder von in sich selber kranken Genen.«

»Um sie zu manipulieren«, sagte er.

»Glauben Sie wirklich, dass dieses Wissen nicht missbraucht werden wird?«

»Nein, das glaube ich nicht.«

»Es ist gut möglich, dass wir in Zukunft an der Grenze keinen Pass mehr vorlegen müssen, weil irgendein Apparat unser DNA-Spektrum lesen kann.«

Machte sie jetzt Witze? Unmöglich zu sagen.

»Im Moment wäre es ein Segen, wenn wir so einen Apparat hätten«, sagte Tommy Hansen. »Eine vollständige Übersicht über die DNA-Marker aller Menschen in Oslo.«

»Big Brother-Mentalität. Gefährlich.«

»Vieles ist gefährlich. Wenn ich mich nicht irre, haben die Erfinder der Atombombe auch nicht an Atomkrieg und Hiroshima gedacht.«

»Genau.«

Genau? Das war doch *sein* Argument. Er musste weg hier.

»Danke für die Hilfe«, sagte Tommy Hansen.

Otto wartete im Wagen. Am Morgen war er unruhig gewesen, er hatte sich daran gewöhnt, sich auf den Tag zu freuen, rechnete damit, dass etwas passierte. Action. Miezekatzen in den Hecken des Framvei und Waffeln auf Porzellantellern, er hatte sich wirklich königliche Angewohnheiten zugelegt.

»Verdammt, Otto, was machen wir jetzt? Soll ich auf alle Regeln scheißen und altmodisch und gesetzlos vorgehen oder mich von einer Klatschillustrierten als Privatdetektiv anheuern lassen? Soll ich Listen von Leuten durchgehen, die sich Bücher und Videos ausleihen? Ich kann die Leute in diesen Läden ja bluffen, kann mit meinem Dienstausweis wedeln und das alles als Routine ausgeben, verächtlich schnauben, wenn sie eine schriftliche Vollmacht sehen wollen, ehe sie ihre Computer für mich einschalten. Soll ich das?«

Er blickte Otto im Spiegel an, und Otto glotzte stumm zurück.

»Aber das bringt nichts. Scheiß Papierkrieg. Und wenn ich unter dem Gewicht von Haaren und Fingerabdrücken schon zusammenbreche, dann muss ich doch erst erklären und begründen und in fünfzehnfacher Ausfertigung belegen, wie ich den ganzen Dreck zusammengerafft habe.«

Er knallte die flache Hand auf das Lenkrad. Er brachte es nicht über sich, ins Büro zu fahren, es war erst halb elf, der Arbeitstag war noch jung, aber er brachte es einfach nicht über sich. Er zog sein Mobiltelefon hervor und schaltete es aus.

»Ein kleiner Waldspaziergang, Otto, wie wäre das? In den Wald gehen und die Herbstfarben anpissen?«

Otto hob seinen Unterbiss noch etwas höher in die Luft, gähnte ausgiebig und schlug mit dem Schwanz gegen die Heckklappe. Das mit dem Wald war eine gute Idee. Mit seiner Nase konnte König Otto fast alles rekonstruieren, was in den vergangenen dreißig Tagen auf den Waldwegen passiert war.

In Comics nahmen sie einen Gegenstand, der dem Täter gehört hatte, eine Zigarettenschachtel, in die er onaniert hatte, zum Beispiel, und hielten sie einem Bluthund unter die Nase, und der Hund marschierte los, über Stock und Stein, und endete kläffend auf der Treppe des Mörders. Schlicht und ergreifend. Tommy Hansen hatte von einem isländischen Hund gehört, der eine Woche, nachdem der Mann dort unterwegs gewesen war, die Fußspuren eines Mannes durch ganz Reykjavik verfolgt hatte. Und dieser Mann hatte keine ausgefallenen Schuhe getragen, keine Schuhe mit geruchsverstärkenden Stoffen. Sondern normale Turnschuhe. Aber der Hund kannte den Mann, das reichte. Eine Woche später.

Tommy Hansen hatte selber beeindruckende Leistungen trainierter Hunde beobachten können; einen Drogenhund, der Schokolade liebte, der aber alle Schokoladenstücke beiseite gefegt hatte, um einen Klumpen Hasch in einer Glasschüssel auf einem Tisch zu finden, einen Riesenschnauzer, der seinem Herrn eine Salzstange gebracht hatte, ohne auch nur einmal abzubeißen; er trug sie einfach nur im Maul, obwohl Salzstangen zu seinen Lieblingsleckerbissen gehörten; einen Spürhund, der einer Spur durch eine Schafherde hindurch gefolgt war und die Schafe nur zur Seite geschoben hatte. Und nicht zuletzt die neuen Leichenhunde, die Ertrunkene markierten; sie saßen vorn im Boot und beschnüffelten die Wasseroberfläche. Ganz besonders imponierend und unbegreiflich jedoch waren die Hunde in Deutschland, die ihre Menschen auf nahende Epilepsieanfälle hinweisen konnten. Einige Minuten, ehe die Person selber spürte, dass der Anfall im Anmarsch war. Es war nicht zu fassen.

»Du könntest mir jetzt helfen, weißt du, Otto. Wenn du dein Leben nicht mit Katzen und Frauen verbracht hättest. Übrigens haben wir eine Dame im Visier, eine fesche, kleine

Schwedin. Sie kommt in ein paar Wochen. Ich habe zugesagt, Otto, habe gesagt, dass es dir recht ist. Champion ist sie auch. Oder Pfifferling, wie Langlo das nennt.«

Der Wald war die richtige Entscheidung. Er nahm sie gastfreundlich auf, war menschenleer, bis auf einige verbissene Jogger. Unter ihnen lag die Stadt. Die Menschen waren auf ihre unterschiedlichen Positionen verteilt, taten das, wofür sie bezahlt wurden, hielten die *Gesellschaftsmaschinerie* in Gang.

Abgesehen von denen, die den anderen das Leben ruinierten. Die mordeten. Die den Tatort mit einem ganzen Füllhorn von Spuren übergossen, um sich danach in Luft aufzulösen.

Otto durfte losrennen. Er stürzte davon und pisste dampfend den erstbesten Busch an, nur um in Gang zu kommen. Er wedelte mit dem Schwanz, und seine Nase klebte schon am Boden, um die nötigen Daten über den Waldboden zu sammeln.

Dort draußen war er irgendwo. Dort unten in der Stadt. Lief munter und triumphierend mit einer Prince im Mundwinkel umher. Der Arsch. Der eine kranke Frau in der Badewanne umgebracht hatte, während sie sich nichts Böses dachte, um sie dann in Plastikfolie einzuwickeln und vier Packungen Zigaretten zu rauchen, während er seine Männlichkeit in leere Prince-Schachteln ergoss. Und der wagte es, von Liebe zu reden? *Love?* Das unbenutzte Kondom hatte offenbar darauf hinweisen sollen, dass Geschlechtsverkehr ausgeschlossen war, und der Hund und das Parfüm waren eine Art Salz, das zusätzlich in die Wunde gerieben werden sollte. Wie intelligent war er? Oder wie dumm? Wie geplant war das Ganze gewesen? Würde er die Vorstellung wiederholen?

Tommy Hansen glaubte nicht, dass sie einen vergleichbaren Fall im Archiv finden würden. Leichen zu dekorieren gehörte nicht zu Sitte und Brauch unter Mördern, die meisten entfernten sich nur ganz schnell vom Ort des Geschehens.

Und das war das Schlimmste an diesem Fall, das, was er am ganzen Leib spürte, seit er den Tatort zum ersten Mal betrachtet hatte: Dass der Mann danach so lange dort gesessen hatte, zeigte überaus deutlich, dass er nicht *bereute.* Dass er den Mord nicht ungeschehen machen wollte. Er hatte es genossen, allein mit der Leiche zu sein. Er musste komplett verrückt sein und doch so gut funktionieren, dass er in keiner Anstalt gelandet war. Langlo hatte sich nach ausgebrochenen Irren erkundigt, aber alle hatten ein Alibi.

Er warf Otto ein Stöckchen hin, das der Hund wie üblich ignorierte. Der König apportierte keine Stöckchen, das überließ er kleinen Tölen von undefinierbarer Rasse.

Ich muss an etwas anderes denken, entschied er. Lieber Gott, lass mich an etwas anderes denken. An Siri Taraldsen zum Beispiel, vielleicht sollte ich alles auf eine Karte setzen und sie zum Essen einladen. Oder warten, bis die Ermittlungen beendet sind. Aller Wahrscheinlichkeit nach eingestellt. Dann kann ich machen, was ich will.

»Und dann können wir machen, was wir wollen, Otto!«, rief er laut durch den Wald.

Siri Taraldsen schlief auf dem Sofa ein und träumte, dass er gefasst wurde. Sie nahmen ihn fest, warfen ihn um. Er war groß wie Gulliver im Lande Lilliput, wurde aber vorschriftsmäßig mit tausend Tauen am Boden festgebunden, vertäut, er konnte sich nicht mehr befreien.

Noch vor dem Ende dieses Abends würde sie ihre Träume für Weissagungen halten können, und sie würde noch etwas anderes einsehen, nämlich, dass es die Kleinigkeiten sind, die zählen, die winzigen Grasbüschel, die die höchsten Wagen zum Umkippen bringen.

Doch als sie aus ihrem Traum erwachte, fühlte sie nur Unbehagen bei der Erinnerung an diesen Anblick, wie er auf dem Rücken lag, lang und bedrohlich, mit Hunderten von Miniaturmenschen, die umherwuselten, um sich durch gemeinsamen Einsatz Macht über ihn zu verschaffen. Sie spülte sich dieses Bild aus dem Kopf, indem sie ihr Gesicht in eiskaltes Wasser tunkte, und ging die Wirklichkeit von neuem an. Sie begrüßte die Haushaltshilfe höflich und fuhr in das eine Kinderzimmer.

Aus den Schrankfächern hob sie eine Tüte nach der anderen, zusammen mit Kartons, die mit den Namen der Kinder beschriftet waren, und dabei verfluchte sie Knöchelbruch und Rollstuhl und Höhe der Fächer. Was hatte sie alles verstaut und aufgehoben! Wenn Toves Schwangerschaft etwas weiter fortgeschritten wäre, würden sie sich aussuchen können, was sie brauchten.

Sie hörte, wie die Haushaltshilfe sich im Badezimmer zu schaffen machte, und mochte sie nicht bitten, zur Tiefkühltruhe im Keller zu gehen. Sie hatte mehrmals Tommys Mobilnummer gewählt, aber sein Telefon war ausgeschaltet. Im Büro war er auch nicht. Vielleicht war er unterwegs zu ihr? Das hoffte sie, dann könnte sie ihn zum Essen einladen, es hinter sich bringen, ehe ihr Mut verflogen war.

Sie öffnete die erste Tüte und fand drei Babysäcke und winzige Pantoffeln mit gelben Entlein, die hatten Pernille gehört.

Und einen gestreiften Wollanzug, den ihre Mutter gestrickt hatte. Die armen Kleinen, nicht einmal ihre Großeltern hatten sie länger behalten dürfen. Thor hatte seine Eltern ebenfalls verloren, schon als Teenager, die Mutter starb an Krebs, der Vater bei einem Arbeitsunfall. So viel Tod, so viele Lücken, so viel Sehnsucht gehörten mit zum Leben. Und so viel Glück. Sie dachte an Pernille in den Pantöffelchen, an die kleine Pernille, die lächelte, von dem Moment an, an dem sie morgens die Augen aufschlug, bis sie abends mit dem Daumen im Mund einschlief.

Sie zog ein Paar Turnschuhe aus dem Schrank. Rot, mit weißen Schnürsenkeln, sie stammten von Lars-Oscar. Lächerlich klein, obwohl er schon drei oder vier Jahre alt gewesen war. Wie rasch vergaß man, dass die Kinder einmal problemlos hochgehoben werden konnten, dass es eine Zeit gegeben hatte, in der sie sich vor allem nach Körperkontakt und Schmusen und Küssen und Wärme gesehnt hatten? Man arbeitete sich derweil kaputt und verpasste über der ganzen Plackerei die kostbarsten Augenblicke. Lars-Oscarchens Füße in roten Turnschuhen bewegten sich wie die Trommelstöcke über dem Boden, und dabei rief er mit dünner Kinderstimme; sie sah ihn vor sich, wie er ihr vom Tor zum Kindergarten aus zuwinkte, tapfer lächelnd, während Mama in die Schule ging, um ganz viel zu lernen, damit sie später Geld verdienen könnte.

Ein Karton enthielt ausschließlich Kinderkleidung. Strampelhosen und weiße Hemdchen mit Mausezähnchen am Hals und Bändern am Rücken, rosa für Tiril und Pernille, hellblau für Lars-Oscar, mindestens fünfzehn von jeder Sorte. Sie hatte ja so viel! Einen Stapel Windelhülsen aus Plastik, die unten im Boden ordentlich aufgestapelt gewesen waren, konnte sie gleich wegwerfen, die Windeln heutzutage hatten alle innere Plastikschichten und waren so schön, dass man nicht glauben mochte, dass sie zum Wegwerfen gedacht waren. Und so angenehm zu tragen, dass die Kinder Windeln trugen, bis sie in die Schule kamen. Faulheit, dachte Siri Taraldsen. Keins von ihren Kindern, nicht einmal Pernille, hatte länger als fünfzehn Monate Windeln getragen. Danach war Topftraining angesagt, und nochmals Topftraining. Heutzutage konnten Kinder in komplizierten Relativsätzen reden, ehe von ihnen verlangt wurde, sich zu melden, wenn sie Pipi machen mussten. Sie hatten offenbar Geld genug, diese jungen Leute, die noch jahrelang Windeln kauften, wenn es schon längst nicht mehr nötig war.

Sie verteilte alles, was sie gefunden hatte, auf den Betten in Tirils und Lars-Oscars altem Zimmer. Irenes Vater hatte zum Glück im Gästezimmer geschlafen, das immer schon Gästezimmer gewesen war. Die Haushaltshilfe würde dort sicher nichts machen wollen, das Bett abziehen zum Beispiel, aber das hatte ja auch Zeit.

Sie hatte die Tür zu dem Zimmer, in dem Irenes Vater geschlafen hatte, abgeschlossen; sie hatte die Trauer weggesperrt, hatte sich aber die Adresse auf der kleinen Insel geben lassen. Sie würde ihnen eine Weihnachtskarte schicken, wenn es soweit war, um zu zeigen, dass sie nichts vergessen hatte. Die dort oben hatten sicher auch die Schränke voller Erinnerungen, Hemdchen und Turnschuhe, die Irene gehört hatten.

Der nächste Karton war federleicht, gespannt riss sie ihn auf. Er war mit Schmusetieren gefüllt. Mit abgenutzten, alten und heiß geliebten Schmusetieren. Tirils Pu, Pernilles Löwen und Lars-Oscars undefinierbarem Teddy mit der roten Schirmmütze. Platt gedrücktes Fell berichtete von ausgiebigem Pressen gegen kleine Körper und nasse Gesichtchen; ihr fiel wieder ein, dass Tiril immer Pus eines Ohr hatte berühren müssen, wenn sie den Daumen in den Mund schob, und danach war sie innerhalb von Sekunden eingeschlafen.

Alle ihre Kinder hatten Däumchen gelutscht, was ihr allerlei Kritik eingebracht hatte. Damals waren Schnuller angesagt gewesen, das hatten sie gelernt, die Pädagogen. Sie hatte nur abgewinkt, wie bei so viel anderem, sie war sicher eine schwierige Person gewesen, keine, die immer nickte, die vor den Fachleuten auf den Knien lag. Sie war keine, die ihren Kindern das Däumchen aus dem Mund zog und es mit Essig beschmierte!

Der Karton enthielt noch weitere Schmusetiere, bekannte und geliebte, die abends, wenn die Kinder schlafen mussten, am Fußende des Bettes sitzen durften. Tiril hatte nie so recht gewusst, wem die Ehre zukommen sollte, zusammen mit Pu neben ihr schlafen zu dürfen. Es gab immer ein großes Hin und Her, ehe die Ausgewählten im Bett lagen. Wenn dann endlich das Licht gelöscht werden konnte, war Tiril zwischen den vielen Kuscheltieren kaum noch zu sehen.

Sie empfand ein hell aufloderndes Glück. Großmutter. Sie würde Großmutter sein. Noch einmal einen duftenden, kleinen Körper an sich drücken dürfen, ein Kind, das teilweise ihr eigen Fleisch und Blut war, es war nicht zu fassen! Sie spürte, wie ihr die Tränen kamen, Tränen der Dankbarkeit Tove gegenüber. Sie wollte von nun an alles tun, was sie konnte, um die richtige Wellenlänge zu Tove zu finden, wollte eine hilfreiche, gute Schwiegermutter werden, statt die junge Frau wie eine von Lars-Oscars zufälligen Bekannten zu behandeln. Davon hatte es mehrere gegeben. Aber als Mutter für sein Kind hatte er sich Tove ausgesucht. Das war wichtig. Und deshalb wollte auch sie Tove jetzt ernst nehmen.

Ganz oben im Schrank standen die schwersten Kästen, die, auf die sie sich im Grunde vor allem gefreut hatte, die mit den Kinderbüchern. Sie stellte die Bremse des Rollstuhls ein und zog sich auf einen Fuß, aber das hielt sie nicht durch. Sie konnte das Gleichgewicht nicht halten und brauchte doch alle Kräfte, die sie in den Armen hatte. Sie seufzte gereizt und ließ sich wieder in den Stuhl sinken.

»Frau Gregersen«, rief sie mit einschmeichelnder Stimme. Und Frau Gregersen kam, trat in die Tür und stemmte die Hände in die Hüften.

»Was für ein Chaos«, sagte sie. »Fängt bei Ihnen die zweite Kindheit an?«

»Das sind die Sachen meiner Kinder, ich werde zum ersten Mal Großmutter, und ich schwelge in alten Erinnerungen.«

Sie lächelte die Haushaltshilfe an, in der Hoffnung, den Menschen hinter den Dienstvorschriften hervorlocken zu können. »Könnten Sie mir bitte die beiden Bücherkisten aus dem obersten Fach heben? Sie enthalten Kinderbücher, die ich mir gern ansehen würde.«

Schweigend nahm die Haushaltshilfe die Kisten aus dem Schrank und zeigte ihre Verärgerung dadurch, dass sie sie nicht vorsichtig auf den Boden stellte, sondern sie aus zwanzig Zentimeter Höhe mehr oder weniger fallen ließ.

»Tausend Dank, ich sehe sie mir später an. Aber wo Sie gerade hier sind … ich brauche etwas aus dem Keller.«

»Dann kann ich die Böden nicht fertig putzen.«

Als die Haushaltshilfe endlich das Haus verlassen hatte und wieder Ruhe eingekehrt war, versuchte sie es noch einmal mit Tommys Nummer.

Dieser Anschluss ist vorübergehend nicht erreichbar. Der Apparat ist ausgeschaltet oder nicht in Reichweite.

Sie rief nicht in seinem Büro an, spürte instinktiv, dass sie nicht quengeln dürfe; sie durfte den Kollegen auf der Wache keinen Gesprächsstoff bieten. Bei ihrem letzten Anruf hatte sich unter Tommys Nummer jemand anders gemeldet; es ging nicht, dass sie anrief, wenn es nichts mit dem Fall zu tun hatte.

Sie setzte den Kaffeekessel auf, fuhr ins Kinderzimmer, nahm den ersten Karton auf den Schoß und rollte damit ins Esszimmer. Das wiederholte sie dann mit dem zweiten.

Mit einer Tasse frisch aufgebrühtem Kaffee öffnete sie den ersten Karton und vertiefte sich in den Anblick der Bücher, die obenauf lagen, die *Scherzverse* von André Bjerke und *Babar wird Vater*. Der arme Babar, der nicht rechtzeitig zur Geburt zu Hause war und doch Vater der Drillinge Flora, Pom und Alexander wurde! Und als die Elefantenkinder nicht schnell genug wuchsen, verschrieb ihnen Dr. Capoulosse einen großen Löffel Honig, der in ihre Milchfläschchen gegeben werden musste.

»Das will ich auch«, hatte Tiril gesagt.

Und zwischen den Scherzversen fand sie das Bild des betrübten Vogels, der weinte, weil es ihn nicht gab, die Kinder hatten eins nach dem anderen über diesem Bild Tränen vergossen ... *dann sagen wir doch einfach, gell, wir sehen Pindia-Pampistiko-Pampinabell! Dann kann er endlich glücklich sein, es gibt ihn ja, ihn ganz allein!*

»Mama, was bedeutet gell?«

Eines Tages würde sie ihr Enkelkind auf dem Schoß haben und lesen; es war ihr unbegreiflich, wie sie es aushalten sollte, so lange zu warten.

Und singen, sie wollte singen. Ihre Singstimme war nicht besonders gut, eigentlich war sie erbärmlich, aber sie hatten das *Große Kinderliederbuch* fast in Fetzen gelesen, wo steckte das wohl?

Sie bückte sich tief über die Kartons und stapelte alle Bücher auf dem Tisch. Goldene Erinnerungen zwischen Einbanddeckeln aus Pappe. *Meine Schatzkammer,* sechs von zehn Bänden intakt, und *Der kleine Prinz* und *Weiblein Winzigklein* und die *Wichtel*-Bücher, und da war es endlich, das Liederbuch. Sie schlug es auf. Die Lieder waren alphabetisch angeordnet, mit kleinen schwarzweißen Federzeichnungen, sie kannte noch jedes Einzelne davon.

Klein-Lottchen ist so wunderfein und geht schon in die Schul' allein …

Sie hätte Tiril gern Lotte genannt, aber Thor hatte auf Tiril bestanden. Auf dieses Lied folgte *Klein-Martine* in ihrer schönen Krinoline, *Die arme Amsel,* die versuchte, Futter für ihre Jungen zu finden, und *Der kleine Petter Spinnenmann, der stieg mir auf den Hut.*

Sie erstarrte. Sie summte nicht mehr. Das Buch in ihren Händen wurde schwer, und dann noch schwerer. Die Noten flogen zu ihr hoch wie kleine, schwarze Kugeln, kleine, kugelrunde Tiere.

Spinnenmann. Petter. So hatte er geheißen!

Sofie folgte ihm, als er nach Hause ging. Er wollte ihr nicht verraten, wo er wohnte, und deshalb folgte sie ihm. Schon nach ein paar hundert Metern hatte er es gemerkt. Deshalb machte er einen langen Spaziergang, einfach so, in die entgegengesetzte Richtung, um zu sehen, was sie tun würde. Nach einer Weile konnte er sie nicht mehr sehen. Er war inzwischen oben in Veitvet und winkte einem Taxi.

Er nahm nur selten ein Taxi, es tat gut, hier zu sitzen. Warm und ohne Verantwortung, die Sitze waren aus schwarzem

Kunstleder, er fuhr mit der Hand darüber: *Zu jeder Seele gehört eine andre Welt, ihre Welt; für jede Seele ist jede andre Seele eine Hinterwelt. Wie lieblich ist es, dass Worte und Töne da sind; sind nicht Worte und Töne Regenbogen und Schein-Brücken zwischen Ewig-Geschiedenem?*

Warum war er so dumm gewesen? Hatte er wirklich geglaubt, er müsse sich nicht beeilen, er habe es nicht eilig?

Seine Handgelenke schmerzten.

Er bat den Fahrer, an der Ecke zu halten, beim Kiosk. Ging hinein und kaufte vier Packungen Prince.

Seine Handgelenke schmerzten.

Er bezahlte. Er dachte: Katzen weinen bei der Paarung wie kleine Kinder, wie viele Inhalatoren hat sie noch in ihrem Medizinschränkchen, waren es nicht vier?

Zwei junge Mädchen standen kichernd vor dem Regal mit den Teeniezeitschriften. Er wusste genau, was darin stand. Er hätte gern gerufen: »Nutten!«

Langsam verließ er den Kiosk und ging nach Hause, während er in den Büschen am Straßenrand Ausschau hielt. Ein Stück Stahldraht, er brauchte ein Stück Stahldraht. Oder ein Kabel.

Ja. Ein Kabel wäre eine gute Idee. Außerdem durfte er die Gummihandschuhe nicht vergessen, wenn er den Inhalator anbringen wollte.

Und diesmal wollte er Musik dabei haben. »Tubular Bells« wäre das Richtige.

Als er auf die Wache zurückkehrte, wurde ihm schon von der Rezeption her zugerufen:

»Du musst eine gewisse Siri Taraldsen anrufen. Es ist wichtig!«

Er machte auf dem Absatz kehrt und tastete seine Geheimnummer ein, während er losstürzte. Er hatte die Mailbox vorübergehend ausgeschaltet, fühlte sich davon gestresst. Das bereute er jetzt, das und den Waldspaziergang.

Bei ihr war besetzt, es war noch immer besetzt, als er den Wagen anließ und losfuhr. Er fluchte ununterbrochen, drückte wieder und wieder auf den *yes*-Knopf, und dabei stellte er sich vor, was alles passiert sein konnte, von irgendeiner blöden kleinen Bagatelle bis zum Schlimmsten; dass der Täter zurückgekehrt war, um auch sie umzubringen, dass er erfahren hatte, dass sie in der Nachbarschaft das Kunstwerk herumzeigten, dass er selber dieses Kunstwerk für bedrohlich ähnlich hielt, dass er glaubte, sie habe sein Gesicht gesehen, ohne dass die Polizei das verraten hatte, dass …

Wenn er einen Streifenwagen gefahren hätte, hätte er das Blaulicht einschalten können. Aber er wollte keinen Streifenwagen dazuholen. Er beschloss, Ruhe zu bewahren, denn wenn sie in Lebensgefahr schwebte, dann hätte sie nicht nach Tommy Hansen *in persona* gefragt, sondern wäre mit absolut jeder Hilfe zufrieden gewesen. Sein Puls verlangsamte sich ein wenig und war fast entspannt, als er in den Framvei abbog.

Die Gegend war ruhig, wie sie es vor den Ereignissen gewesen war. Weit und breit kein Mord, nicht eine Andeutung von Ereignissen, die nicht vorhersagbar und vertraut wären, keine Absperrung, kein einziger Bullenwagen in den Farben der norwegischen Flagge. *Da geht mein Volk. Ich muss feststellen, wohin es geht, damit ich es führen kann.*

Nein, das musste er allein schaffen. Er brachte die Treppe

mit einem Sprung hinter sich und ließ sich keine Zeit, um anzuklopfen.

Sie saß am Esstisch, mit dem Telefon in der Hand und einer Gesichtsfarbe, die ihm überhaupt nicht gefiel.

»Ich habe die ganze Zeit versucht, dich anzurufen, aber immer war besetzt, nur anfangs nicht, als du dein Telefon ausgeschaltet hattest. Er heißt Petter, er heißt PETTER, Tommy!«

Sie plapperte. Stand an der Grenze zur Hysterie. Der Tisch war übersät von alten Büchern, Kinderbüchern, sie hatten bunte Einbände. Er setzte sich ruhig ihr gegenüber hin, nahm ihr das Telefon aus der Hand und legte es auf den Tisch, ohne ihre Hand loszulassen.

»Ganz ruhig, ganz ruhig jetzt.«

Er streichelte ihre Hand, suchte ihren Blick. »Ich bin hier, Siri. Was ist mit … Petter?«

»So heißt er, ich weiß nicht mehr, wann sie das gesagt hat, ich weiß nur, dass Irene das gesagt haben muss, und deshalb habe ich an eine Spinne gedacht, als ich ihn gesehen habe, die langen Beine und Arme, er hätte mich doch auch an … einen Vogel erinnern können, nicht wahr? Lang und dünn? Aber ich dachte an eine Spinne, weil ich wusste … nicht richtig *wusste*, sodass ich das bewusst dachte, aber ich hatte gehört, dass er Petter heißt, du darfst nicht böse sein, weil mir das erst jetzt einfällt, ich weiß ja, wie viel Arbeit euch dieser Fall macht, und ich habe mir wirklich alle Mühe gegeben, aber ich habe die ganze Zeit seinen Körper vor mir gesehen und die Art, wie er ging, und versucht, mich an sein Gesicht zu erinnern … so was, und deshalb … habe ich nicht an Namen gedacht.«

Sie war außer Atem geraten. Er stand auf, ging um den Tisch herum und nahm sie in den Arm. Sie weinte nicht. Ihr

Körper war gespannt wie eine Stahlfeder. »Ich will nicht allein sein«, sagte sie in seinen Jackenärmel.

»Das brauchst du auch nicht«, sagte er. »Aber ich muss nachdenken.«

Vor ihr lag ein aufgeschlagenes Liederbuch, auf dem eine leere Kaffeetasse stand. *Der kleine Petter Spinnenmann, der stieg mir auf den Hut …*

Er bekam eine Gänsehaut. Sah plötzlich Irene Vikstrøms Leichnam schwarzbraun und aufgedunsen auf dem Tisch der Pathologie liegen, dachte an John Hurt und Aliens und kletternde Wesen. An den jungen Bibliothekar. Mit dem musste er reden.

»Du kommst mit mir«, sagte er. »Bleibst im Auto sitzen. Ich habe Otto dabei. Du bleibst mit Otto im Auto sitzen, und ich überprüfe etwas. Klingt das machbar?«

Sie nickte viele Male hintereinander und holte tief und pfeifend Luft. »Du hast keine Ahnung, wie froh ich bin, dass du gekommen bist, du hast keine Ahnung.«

Im Auto rief er Langlo an.

»Er heißt Petter, unser Täter. Oder …. der, der die Tote besucht hat. Petter. Siri ist das eingefallen. Siri Taraldsen. Ich fahre in die Bibliothek. Du suchst alle anderen Orte auf, wo du schon neunzehnmal gewesen bist und zeigst noch einmal die Zeichnung vor, diesmal aber als Bild von Petter. Ruf mich an, wenn du etwas findest. Ich meine, *falls.*«

»Seltsam. Ich war so lange nicht mehr von zu Hause fort. Offenbar ist der Herbst nicht nur in meinen Garten gekommen …«

Ihr Gesicht war dem Seitenfenster zugekehrt, sie schien alles genau zu betrachten. »Ich glaube, ich habe nicht abgeschlossen«, sagte sie ohne sonderliche Besorgnis in der Stimme. Sie hatten sich auch nicht die Zeit genommen, den Rollstuhl ins Auto zu heben, alles war sehr schnell gegangen.

Er gab keine Antwort. War vollauf damit beschäftigt, vor roten Ampeln Ruhe zu bewahren. Wie hieß er noch gleich, der junge Mann hinter den Bücherstapeln, der immer denselben grünen Pullover trug? Johan, richtig. Johan Soundso.

Er ließ den Motor im Leerlauf, als er vor der Bibliothek aus dem Auto sprang.

»Viel Glück«, sagte sie leise.

Er saß so da wie bei ihrer ersten Begegnung. Vor einem aufgeschlagenen Buch, gab etwas ein, saß vor Strichcode und Titel.

»Hallo, können Sie sich an mich erinnern? Polizei Oslo.«

Johan schniefte und schaute zu Tommy Hansen hoch. Eine rote Nase und trübe Augen berichteten von einer kräftigen Erkältung.

»Aber sicher«, sagte er. »Es ging um Irene, nicht wahr? Meine Vorgängerin? Und diese Zeichnung. Aber ich habe doch schon tausendmal gesagt, dass ich nicht …«

»Sie müssen Sie sich noch einmal ansehen.«

Tommy Hansen merkte, dass seine Finger zitterten, als er die Zeichnung auseinander faltete. Er strich sie vor seinem Bauch glatt, dann hielt er sie hoch.

»Er heißt Petter«, sagte er. »Das hier ist *Petter.* Erkennen Sie ihn jetzt? Er ist ein Zeuge, wir möchten ihn als *Zeugen* vernehmen, das ist alles. Erkennen Sie ihn?«

»Petter, sagen Sie …?«

Johan schniefte, zog die Nase hoch. Johan ohne Land. Tommy Hansen dachte: Du bekommst die Prinzessin und das halbe Königreich, wenn du …

»Ja, also ... wenn Sie sagen, dass er ... Petter heißt er, haben Sie gesagt?«

Johan runzelte die Stirn. Eine Kollegin näherte sich von einem Bücherregal her. Tommy Hansen dachte: Wenn diese Frau jetzt auch nur ein Wort zu Johan sagt, dann schlag ich sie zu Boden.

»Jetzt fällt mir etwas ein«, sagte Johan. »Ja, er heißt nämlich Petter, der, der ...«

Er drehte sich zum Computer und redete weiter: »Diese Mahnung. Ich fand es so seltsam, dass er das andere Buch gleich mit zurückgeschickt hat, danach hatte ich gar nicht gefragt, er hatte es ja gerade erst ausgeliehen, ich weiß noch, dass ich dachte, vielleicht ist er jetzt sauer und will klar stellen, dass er bei uns nie mehr etwas ausleihen wird oder so, nicht zuletzt, weil er die Bücher mit der Post geschickt hat, statt zu .... mal sehen ...Petter Århus, Salve Kruses vei 84, das ist diese große Mietskaserne, wissen Sie? Hier sind die Titel, ja. Ich habe das Buch über die Zebras angemahnt, und dann hat er es zusammen mit einem Buch über Bienen zurückgeschickt. Und die Bienen, das Buch hatte er eben erst ...«

»Petter Århus, okay, das ist gut. Sie werden Ihren Lohn im Himmel erhalten, Johan. Tausend Dank, wir werden auf Sie zurückkommen«, sagte Tommy Hansen.

Sollte er Langlo anrufen? Ganz ruhig jetzt. Ruhig.

»Konnte er sich an etwas erinnern«, fragte Siri Taraldsen.

»Ja.«

Ruhig. Ganz ruhig. »Glaubst du, du würdest ihn wiedererkennen«, fragte er.

»Weiß nicht. Kommt drauf an, ob ... ich weiß nicht. Ich glaube schon. Aber es ist doch lange her und ...«

Es hatte keinen Sinn, die Nachbarschaft in Aufregung zu versetzen. Es war noch lange bis zum Nationalfeiertag, die Nationalfarben würden schrecklich auffallen, obwohl das Mietshaus durchaus berüchtigt und die Straße nicht unbekannt war, weder haltende noch fahrende Streifenwagen waren hier ungewöhnlich. Aber er wollte nicht, dass die Ratten sich noch tiefer in ihre Löcher zurückzogen.

»Hast du heute schon etwas gegessen?«, fragte er.

Sie blickte ihn überrascht an. »Ja.«

»Hältst du es ein bisschen im Wagen aus, was meinst du? Zusammen mit mir? Da, wo er wohnt?«

»Ja.«

Plötzlich ergab alles einen Sinn. Es war perfekt. Dass er seinen eigenen alten Volvo fuhr, der dringend gewaschen werden musste. Dass neben ihm eine erwachsene Frau saß, dass er hinten im Wagen einen Boxer hatte. Boxer waren keine Polizeihunde. Und Tommy Hansens Bild war nicht in Verbindung mit dem Fall in den Zeitungen erschienen, diese Ehre war seinem Vorgesetzten zuteil geworden.

Perfekt. Es ergab einen perfekten Sinn.

»Dann geht's los«, sagte er.

Die verdammte Katze konnte sich im Fallen so weit umdrehen, dass sich ihre Eckzähne in das weiche Fleisch unter seinem kleinen Finger bohrten. Und sie ließ ihn nicht los. Es brannte leicht salzig an den Stellen, wo die Zähne die Haut durchbohrten, aber es tat nicht weh, noch nicht.

Du bist so fein, mein Sussilein …

Auf niemanden war Verlass. Auf niemanden. Er ging davon aus, dass die Kiefer sich öffnen würden, wenn das Katzenvieh erst krepiert wäre. Er zog das Kabel enger zusammen, brauchte alle Kraft, um es um den dünnen Hals zu schnüren.

Die Pfoten zappelten wild, die Krallen waren ausgefahren. Er hielt die Katze wie eine Kreuzotter von sich weg. Ein leises Piepen kam aus ihrer Kehle, wie aus einem nicht richtig zugedrehten Gashahn. Die Augen quollen hervor, umrahmt von langen Wimpern, sie waren wirklich schöner als Sofies. Mike Oldfields »Tubular Bells«, gewaltige und schöne elektronische Musik, das wäre wirklich gut. Wagner wäre noch besser, aber er hatte nichts von Wagner, hatte Wagner nie gemocht, Wagners Musik hatte etwas selbstsicher Dämonisches, das ihn bezwang, provozierte.

Der Schwanz der Katze bewegte sich immer langsamer, am Ende rührte sich nur noch die Schwanzspitze. Der Laut aus ihrer Kehle sank auf ein Minimum herab, und die Augen bekamen einen beruhigend toten Glanz, glasig, als habe jemand sie mit dünnem Zellophan überzogen.

Er spürte, wie ihm der Schweiß ausbrach, er roch seinen eigenen Schweiß, er wollte nach Hause und duschen, ehe er zu Sofies Wohnung ging, zu Sofie.

Die Katze hing. Glatt nach unten. Sie sah aus wie ein kleiner Rucksack, ein Rucksack in Tierform, wie Kindergartenkinder ihn liebten. Sie sah auch aus wie die Pelze alter Frauen, die Pfoten, Schwanz und Augen noch hatten, die sie sich um die Schultern legten, zur Zierde, es war unbegreiflich, dass sie so etwas tragen konnten.

Sie zuckte ein letztes Mal. Dann war es vorbei.

Eine tote Katze. Eine Katze weniger auf der Welt.

Er konnte ihre Kiefer auseinander stemmen. Noch immer tat der Biss nicht weh. Die Katze war nicht ganz schwarz, aber schwarz genug, sie würde sich wunderbar machen. Er wusste noch nicht, wie er sie arrangieren wollte, er musste sich Zeit lassen, durfte sich nicht von der Laune eines Augenblicks lenken lassen. Die weißen Flecken. Die könnte er vielleicht ansprayen, einfach die ganze verdammte Katze mit schwarzer Farbe besprühen, Fell und Schnauze und Augen, vielleicht war das eine Idee? Es gab endlos viele Möglichkeiten, aber er hatte alles im Griff. Die CD durfte er nicht vergessen. Und die Zigaretten. Und die Gummihandschuhe.

Aber zuerst duschen. Nach Hause gehen und sauber werden.

Er steckte die Katze in eine Plastiktüte, und da lag sie dann wie ein frisch gefangener Lachs. Ihm kam der Gedanke, dass es in gewisser Hinsicht gut sei, dass gerade diese Katze geboren worden war. Das hatte ihm die Möglichkeit gegeben, sie sich zu Nutze zu machen. Er dachte: *Überall ertönt die Stimme derer, welche den Tod predigen: und die Erde ist voll von Solchen, welchen der Tod gepredigt werden muss.*

An dieser Stelle komme ich ins Bild, dachte er und lächelte.

Er steckte die Hand in den Mund, drückte die Zähne auf die Bissstelle und saugte sein eigenes Blut.

Otto sass lange ungeduldig fiepend da, dann rollte er sich zusammen und schlief ein. Tommy Hansen verfluchte die abendliche Dunkelheit, die sich jetzt senkte. Zum Glück war die Gegend gut beleuchtet, eben weil das gemeindeeigene Mietshaus so verrufen war. Neonlaternen an hohen Pfählen ergänzten die normale Straßenbeleuchtung. Vor allem die parkenden Autos lagen in einer Lichterflut, die einem Autodieb Albträume bescheren müsste. Er selber hatte ein Stück entfernt gehalten, im Schatten.

Tommy Hansen horchte auf den Atem neben sich, er atmete zweimal, wenn Otto das dreimal machte. Er musste dafür sorgen, dass sie ihn sah, für einen Moment, musste hören, was sie zu sagen hatte. Ein Vorname reichte nicht, um Leute einzubuchten, ihnen Haare auszurupfen, ihre Fingerspitzen auf ein Stempelkissen und weißes Papier zu drücken. Ohne wenigstens eine halbherzige Identifizierung durch Siri Taraldsen standen sie weiterhin mit leeren Händen da. Er stellte sich vor, wie er mit Büchern über Zebras und Bienen bei der Technik antanzte. Mit zwei Bibliotheksbüchern. Die Papillarjungs würden sich scheckig lachen und vermutlich fragen, ob er nicht lieber die Fingerabdrücke auf einer alten Theke in einem viel besuchten Zeitungskiosk untersuchen wolle. Oder auf einer Bus-Haltestelle, gleich nach der morgendlichen Stoßzeit? Und danach die Gerichtsmedizin: *Untersucht diese Bücher auf Haare und Krümel und Spuren von Husten und Niesen …*

Er schaltete sein Mobiltelefon aus. Langlo würde ihn in die hinterste Hölle verfluchen, aber das konnte er nicht ändern.

Plötzlich öffnete sie wortlos das Handschuhfach. Es gefiel ihm, dass sie sich so verhielt, ihre Selbstverständlichkeit: dass sie sich offenbar bei ihm im Auto entspannen konnte. Aber er fühlte sich nicht mehr so wohl, als sie fragte: »Hast du hier die Gedichtsammlung liegen?«

Er rutschte auf dem Sitz hin und her, hüstelte. »Ach, die«, sagte er.

Sie suchte ein wenig, fand sie. »Was heißt hier ›ach, die‹? Das sind Rolf Jacobsens Gesammelte. Darf ich rauchen?«

»Frag Otto.«

»Ich rauche eine, Otto«, sagte sie.

Sie steckte sich eine Zigarette an, schlug das Buch irgendwo auf, hielt es ins Licht der Laterne. Und mit Zigarettenrauch im Mund, was ihre Stimme ein wenig dumpf klingen ließ, las sie vor: *Etwas ist verbrannt von einer anderen Sonne. Es hat Augen aus Schnee und Stimmen hinter Eisentüren und hat das Licht eines anderen Lichts …*

Die Worte hingen für eine Weile zwischen ihnen in der Luft. Ein Radfahrer kam in hohem Tempo am Wagen vorbei, eine kleine Asiatin ging zur Eingangstür des Mietshauses.

»Petter Århus«, sagte er. »Das scheint von Petter zu handeln. Das Gedicht.«

»Das ist das Schöne an Gedichten«, sagte sie. »Dass dort Platz für den Leser ist. Und für die Gedanken des Lesers. Für deine Gedanken über Petter, zum Beispiel.«

»Ich bin kein Leser«, sagte er.

»Aber du bist ein guter Zuhörer«, sagte sie mit einem Lächeln in der Stimme.

Eine Stunde verging. Und die Hälfte einer weiteren. Es wurde immer dunkler. Sie plauderten leise über alles Mögliche, über Hundehaltung und Justizpolitik; sie durfte keine weiteren Zigaretten rauchen, das Auto sollte leer und dunkel aussehen. Die Spannung füllte seinen Körper jetzt wie eine Krankheit, aber er glaubte nicht, dass sie es spürte.

»Wir können ja nicht in alle Ewigkeit hier sitzen bleiben«, sagte sie endlich. »Solltest du dich nicht besser zuerst ein wenig über ihn informieren?«

Sicher. Er hätte auf der Wache anrufen und sie bitten müssen, alle Informationen über Petter Århus herauszusuchen, Zivilstand und Alter und den Teufel und seine Großmutter. Er würde das auch tun. Aber erst, wenn Siri Taraldsen ihn gesehen hätte.

Wenn er hier war. Wenn er kam oder ging.

Erst dann würde er eine Verbindung haben, einen Zusammenhang, etwas mehr als einen Vornamen.

»Da kommt jemand«, sagte sie, als er gerade dachte: Jetzt scheiß ich auf die Regeln, das hier ist mein letzter Fall, wenn es nur vor Gericht durchgeht, dann scheiß ich auf die Regeln.

Die Gestalt kam aus der Haustür. Aus dieser Tür waren viele gekommen, seit sie hier saßen, während andere hineingegangen waren. Aber er begriff, was sie meinte. Die Gestalt war sehr dünn und groß.

»Ist er das?«

»Ich ... o Himmel, Tommy ... es ist so schwer zu ... aber seine Bewegungen sind sehr ähnlich.«

Sie beugte sich vor und rieb die beschlagene Fensterscheibe trocken.

»Dreh das Fenster herunter«, sagte er hart. »Beug dich für einen Moment hinaus. Sieh ihn dir genau an.«

Die Gestalt war sechzig Meter von ihnen entfernt. Sie ging unter einer der grellen Laternen hindurch.

»Ich würde ihn gern von der Seite sehen«, jammerte sie und kurbelte das Fenster hinunter.

Tommy Hansen schwieg. Der Puls flatterte in seinen Schläfen, der Blutstrom rauschte, wie ein Fernsehschirm voller Schneegestöber, er musste sich aufs Atmen konzentrieren.

Sie kurbelte das Fenster wieder hoch. Die Gestalt bewegte sich über die Straße, schräg, fort von ihnen.

»Ja«, sagte sie. »Er hat Ähnlichkeit. Er hat sehr große Ähnlichkeit, Tommy.«

»So sehr, dass du das bestätigen würdest? Morgen, zum Beispiel?«

»Ja.«

»Ich will ihn aus der Nähe sehen«, sagte er plötzlich und stieg aus. »Warte hier. Warte einfach hier, es ist nicht gefährlich. Ich bin gleich wieder da.«

Es war jetzt bald die Zeit, in der Hunde Gassi geführt wurden. Die Leute hatten ihre Fischstäbchen gegessen und die Nachrichten gesehen, und jetzt würden sie mit ihren Vierbeinern losziehen. Tommy Hansen würde nicht weiter auffallen. Auch er führte seinen Hund Gassi.

Nachdem er Otto an die Leine genommen hatte, lief er um den weiter unten an der Straße gelegenen Block; er wollte den Mann überholen und ihm dann aus der Gegenrichtung im Schlendertempo entgegenkommen.

Er rannte so schnell, dass sein Mund nach Metall schmeckte und er Stiche in der Lunge verspürte; er stellte sich dann hinter das Trafo-Häuschen, bis er wieder zu Atem gekommen war. Die Gestalt hatte sich in diese Richtung bewegt, er musste sie jetzt um zehn oder vielleicht zwanzig Meter überholt haben.

»Ganz ruhig, Otto«, sagte er und trat gelassen auf die Straße.

Der Mann, der auf ihn zukam, trug in der linken Hand eine Plastiktüte. Er rauchte. Er ging über den rechten Bürgersteig. Tommy Hansen spazierte gemächlich über die Straße, um auf der Innenseite an ihm vorbeizugehen, mit Otto zwischen sich und dem anderen. Er wollte das Gesicht des Mannes sehen, er wusste nicht, warum, er wollte nur sein Gesicht sehen und dann wissen, dass alles seinen Gang ging.

Als nur noch wenige Meter sie trennten, explodierte die Lage. Otto verwandelte sich aus einem braven Begleithund in ein kraftstrotzendes, durch die Luft jagendes Muskelpaket, er warf sich auf den Fremden und stieß dabei ein Geräusch aus, das eher einem Dröhnen ähnelte als einem Bellen. Tommy Hansen wurde die Leine aus der Hand gerissen, und er konnte erst reagieren, als der Mann sich auf die Straße fallen ließ, um dem Hund auszuweichen, auf die Knie fiel, die Plastiktüte losließ, auf die Beine kam und losstürzte.

Ganz instinktiv rannte Tommy Hansen hinterher, aus einem Instinkt heraus, den ihm ein langes Leben bei der Truppe antrainiert hatte.

»STEHENBLEIBEN!«, brüllte er. »Stehenbleiben, zum TEUFEL!«

Sein erster Impuls jedoch war, um Verständnis zu bitten, um Verzeihung dafür, dass Otto einen Fremden dermaßen überfallen hatte, so hatte Otto noch nie auf einen Menschen reagiert.

»STEHENBLEIBEN!«, brüllte er noch einmal. Es konnte keine Hundephobie sein, die den anderen weiterjagen ließ, das konnte nicht stimmen. Was hier nicht stimmte, war etwas ganz anderes.

»POLIZEI!«, rief er.

Doch jetzt stürzte die Gestalt, sieben oder acht Meter vor ihm, stolperte über ihre viel zu langen Beine, wenn Tommy Hansen das richtig gesehen hatte, er selber konnte kaum noch bremsen und wäre fast über den anderen gefallen.

Der Mann atmete schwer, presste seine rechte Wange auf den Boden und stützte die Hände platt auf den Asphalt, wie um sich aufzurichten. Aber er kam nicht weit, Tommy Hansen stand breitbeinig über ihm, einen Fuß auf jeder Seite.

»Sie sind … Petter Århus, nicht wahr?«, fragte er keuchend und beugte sich über den anderen. Sein Brustkasten schmerzte, er war zu alt für solche Sprinteinsätze. Wenn er jetzt einen Herzanfall erlitt, dann würde er immerhin auf seinem Posten sterben.

Der Mann nickte. Seine Wange schrammte über den Boden. Seine Haut war von tiefen Pockennarben entstellt.

Und jetzt war Tommy Hansen wie vom Teufel besessen.

»Sie haben Irene Vikstrøm gekannt, nicht wahr?«

Wieder nickte der Mann, ohne zu zögern. Er starrte weiterhin den Boden an, schaute nicht zu Tommy Hansen hoch, nicht einmal mit einem raschen Seitenblick.

»Warum um alles in der Welt haben Sie sie in Plastiksäcke eingepackt?«

»Um ... um nichts schmutzig zu machen. Ich kann Schmutz nicht ausstehen.«

Seine Stimme klang tonlos und unterschwellig aggressiv.

»Aber es ist trotzdem allerlei herausgeflossen. Nach einer Weile«, fügte Tommy Hansen hinzu. »Nur, damit Sie es wissen.«

»Verzeihung«, sagte Petter Århus, ohne die Wange vom Boden zu heben.

Tommy Hansen griff zu seinem Mobiltelefon, gab seine Geheimnummer ein, wartete auf den GSM-Kontakt und wählte dann den Code für die Wache. Dabei hörte er hinter sich ein Geräusch, ein Geräusch von eiligen Pfoten, von Hundepfoten auf trockenem Asphalt. Er schaute sich um.

Otto wedelte aufgeregt mit dem Schwanz, der sich wie ein Quirl bewegte.

Aus seinem Maul hing eine schwarze Katze.

… Und da stieg der Spinnenmann mir wieder auf den Hut.

Er hätte Skier mitnehemen sollen. Und sie benutzen. In der Nordmarka lag wunderbarer Schnee, es war ein Jammer, hier in Turnschuhen herumzustapfen. Tommy Hansen kam sich ziemlich blöd vor, als mehrere Skiläufer mit einem »Vorsicht« an ihm vorüberglitten. Er war schon bis zu den Knöcheln nass und kalt. Die Kälte fraß sich langsam seine Waden hoch.

Otto lag ein Stück von ihm entfernt bäuchlings im Schnee und zerlegte einen riesigen Tannenzapfen in seine Bestandteile. Sein Fell erinnerte vor dem weißen Hintergrund an honiggelben Herbst, er war schön, lebendig, völlig vom Augenblick in Anspruch genommen.

Er setzte sich auf einen Baumstumpf, nachdem er den Schnee weggewischt hatte. Holte tief Luft, spürte, dass er jetzt fast glücklich war, unbeschwert glücklich, ohne einen einzigen toten Punkt weit und breit.

Es war zu Ende. *Das,* und sein Leben als Polizist. Er hatte Jobs bei Wachgesellschaften beschnuppert, hatte aber feststellen müssen, dass diese Arbeit ihm nicht lag. Ein viel zu streng geregelter Alltag, acht bis vier, sonst danke. Und keine Karriere als Privatdetektiv, nein, davon sollte Sverre Langlo träumen. MacGyver auf einer einsamen Insel, er selber war für solche Dinge zu alt. Die Wirklichkeit war nicht spannend, Kriminalfälle waren nicht spannend, Morde waren einfach scheußlich.

Während der Rekonstruktion des Mordes an Irene Vikstrøm hatte er das Gefühl gehabt, unter Valium zu stehen. Er hatte viele Jahre zuvor einige Valiumtabletten genommen, als er zu einem Flugzeugabsturz ermittelte, damals, als die Psychiater Krisenpsychiatrie für etwas hielten, das in kleinen Dosen ausgegeben werden konnte. Deshalb wusste er, welches Gefühl Valium hervorrief: totale Benommenheit, ein Vakuum dort, wo es sonst Gefühle gab. In einem solchen Zustand befand er sich während der Rekonstruktion, als alle durch die kleine Wohnung liefen und zuhörten, wie Petter Århus detailliert berichtete, was er getan hatte. Eiskalt erzählte er, zwischendurch fast munter, als er beschrieb, dass das Klebeband nicht richtig haften wollte, weil seine Finger feucht geworden waren. Und wenn Tommy Hansen nicht auf seinen eigenen mentalen Valiumknopf gedrückt hätte, hätte er die nötige Selbstbeherrschung nicht mehr aufbringen können. Mehrere von den anderen mussten während der Rekonstruktion häufig Pausen einlegen; sie hielten es nicht aus, sich für längere Zeit im selben Raum aufzuhalten wie Århus, während dieser den Mord ohne Ermüdungserscheinungen schildern konnte. Irgendwann hatte er um eine Mittagspause gebeten, er habe Hunger. Sie mussten ihn oft auffordern, sich an die Tatsachen zu halten, wenn er plötzlich mit leuchtenden Augen die Hände im Rücken verschränkte und sich in unbegreiflichen Zitaten verlor.

Petter Århus … er bekam neun Jahre und zehn Jahre Sicherheitsverwahrung. Reichte das? Was würden Haft und anschließende Sicherungsverwahrung mit der Gehirnmasse anstellen, die diesen kleinen Schädel füllte? Die Fachleute waren einander in ihrem Eifer, ihn begutachten zu dürfen, geradezu auf die Zehen getreten. Die Verteidigung hatte in seiner Vergangenheit herumgewühlt und auf tränentriefende Weise eine Kindheit mit einer Mutter beschrieben, die ihren kleinen Sohn missbraucht hatte. Obwohl Ende der siebziger Jahre das Wort *Inzest* nur selten in amtlichen Berichten verwendet worden war.

Eine frühere Kindergartenangestellte und eine Pflegemutter waren als Zeuginnen für die Verteidigung aufgerufen worden, doch ihre Aussagen hatten nur dem Staatsanwalt geholfen. Hinter allem, was die beiden erzählen konnten, versteckte sich eine schlichte Mitteilung: Der Junge war schon mit sechs Jahren völlig verdreht gewesen. Und die Mutter war inzwischen gestorben.

Das Etikett »sadistische Neigungen« wurde eifrig verwendet, kombiniert mit einem bereits in der Kindheit verwurzelten Rachebedürfnis. Die Fachleute hatten einander zugenickt, selbstzufrieden wie satte Katzen, nachdem Petter Århus darum gebeten hatte, aus Nietzsches »Also sprach Zarathustra« vorlesen zu dürfen.

Und geschah euch ein großes Unrecht, so tut mir geschwind fünf kleine dazu. Grässlich ist der anzusehen, den allein das Unrecht drückt. Eine kleine Rache ist menschlicher als gar keine Rache. Und wenn die Strafe nicht auch ein Recht und eine Ehre ist für Den Übertretenden, so mag ich auch euer Strafen nicht.

Der Richter hatte schließlich gefragt, ob er nicht bereue. Tommy Hansen wusste noch, welche Stille sich über den Gerichtssaal gesenkt hatte; eine hoffnungsvolle Stille, die in Ekel umschlug, als Petter Århus lange nachdachte, dann dem Richter aufrichtig ins Gesicht blickte und antwortete:

»Ja. Vielleicht das mit der Katze. Das mit der Katze bereue ich wohl ein bisschen.«

Tommy Hansen ging langsam zum Auto hinunter. Das müsste gewaschen werden. In dem Neuschnee sah es noch schmutziger aus, als es ohnehin schon war. Zäher Dreck klebte am Lack, Öl und Salzspritzer. Er wollte es noch heute waschen, sich in eine handfeste, klare Aufgabe vertiefen, die einen Anfang und ein Ende hatte.

Alles andere lag hinter ihm. Er hatte entschieden, dass es hinter ihm lag. Rekonstruktion und Prozess, eine letzte Zuckung, ein letztes lebhaftes Strampeln von Petter Spinnenmann in sonnenhellem Scheinwerferlicht, es war zu Ende, vor zwei Stunden war das Urteil gefallen. Aber wie viele gab es noch dort draußen? Die lautlos umherkletterten, solange die Sonne schien? Bestand das Glück, das er in seinem ganzen Leib perlen spürte, bestand es ausschließlich darin, dass ihm das Wissen um ihre Existenz erspart blieb?

Nein, es bestand auch noch aus etwas anderem, aus Zukunft, aus der Fähigkeit, den nächsten Mund voll Leben zu genießen, ohne sich nach dem Mund voll zurückzusehnen, den er soeben verschluckt hatte. Aber jetzt fragte er sich, wann er es wagen würde, seine vielen Zitate und Gary-Larson-Zeichnungen auf ihrer Toilette aufzuhängen.

»Na los, Otto! Gehen wir nach Hause. Da werden wir schon erwartet!«

Sofie Gundersen schob neun himmelblaue Stoffvierecke aneinander. Sie hatte die Nähte gefaltet und gebügelt, die Ecken passten perfekt, sie müsste nur noch nähen. Die tief stehende Wintersonne schien durch das Fenster, bald war Weihnachten, sie musste zu ihrer Mutter nach Hause, aber zuerst musste sie sich vom Arzt eine Spritze geben lassen, um mit den Katzen zusammen im Haus sein zu können.

Sie hatte sich auf dieses Weihnachtsfest gefreut. Hatte gehofft, es mit Petter zusammen zu verbringen. Und dann war er einfach verschwunden. Sie wusste nicht, wo er wohnte, sie kannte nicht einmal seinen Nachnamen; sie wusste nur, dass sie ihn unendlich liebte, dass er in ihr *lebte,* noch immer.

Sie wartete jeden Tag auf ihn, die ganze Zeit, wenn sie zu Hause war, und das war sie ja fast immer. Sie horchte wie ein alter Hund auf Schritte, erwachte in der Nacht und glaubte, er stehe im Zimmer, über ihr, bereit, zu ihr unter die Decke zu kriechen. Sie dachte an den Weihnachtsbraten, den sie am Heiligen Abend für sich und ihn hatte zubereiten wollen, daran, wie schwer es war, die Schwarte kross zu bekommen, dass sie sich ein Kochbuch hatte besorgen wollen, um alles richtig zu machen.

Sie hatte sogar bei der Polizei angerufen und gefragt, ob in Oslo irgendwelche Unfälle geschehen seien, ob jemand überfahren worden oder ertrunken sei. Nach einer Woche kaufte sie alle Zeitungen, um sich über alle Unfälle in der Umgebung von Oslo zu informieren. Aber die Zeitungen schrieben nur über diesen Mordfall, dass der mutmaßliche Mörder endlich festgenommen worden war. Die arme Frau. Erwürgt in der Badewanne. Und krank war sie außerdem gewesen.

Aber sie würde warten. Um ihn an dem Tag, an dem er endlich käme, beweisen zu können, dass sie kein »aus den Augen, aus dem Sinn«-Typ sei. Sie war loyal und treu und vergaß nicht.

Sie steppte die himmelblauen Vierecke aneinander fest und legte sie abwechselnd nach rechts und nach links. Die Kettfäden im Stoff ließen die blaue Farbe ihre Schattierung ändern, es sah schön aus.

Sie drückte sich ihre Näharbeit an die Augen. Irgendwo im Zimmer tickte eine Uhr, in der Ferne hupte zweimal ein Auto, in der Nachbarwohnung brachte das Radio Akkordeonmusik. Sie würde nie wieder einen wie ihn finden, niemals. Für sie gab es nur einen Petter. Nur einen. Sicher hatte sie einen Fehler begangen, hatte ihm Angst gemacht, ihn verjagt.

Wenn sie nur wüsste, womit.

GOLDMANN

Das Gesamtverzeichnis aller lieferbaren Titel erhalten Sie im Buchhandel oder direkt beim Verlag.
Nähere Informationen über unser Programm erhalten Sie auch im Internet unter:
www.goldmann-verlag.de

★

Taschenbuch-Bestseller zu Taschenbuchpreisen
– Monat für Monat interessante und fesselnde Titel –

★

Literatur deutschsprachiger und internationaler Autoren

★

Unterhaltung, Kriminalromane, Thriller
und Historische Romane

★

Aktuelle Sachbücher, Ratgeber, Handbücher und Nachschlagewerke

★

Bücher zu Politik, Gesellschaft, Naturwissenschaft und Umwelt

★

Das Neueste aus den Bereichen
Esoterik, Persönliches Wachstum und Ganzheitliches Heilen

★

Klassiker mit Anmerkungen, Anthologien und Lesebücher

★

Kalender und Popbiographien

★

Die ganze Welt des Taschenbuchs

★

Goldmann Verlag • Neumarkter Str. 28 • 81673 München

Bitte senden Sie mir das neue kostenlose Gesamtverzeichnis

Name: ________________

Straße: ________________

PLZ / Ort: ________________